Wohin der Weg uns führt

von Ulrike Allert

Über die Autorin:
Ulrike Allerts Leidenschaft für Bücher entstand bereits im Kindergartenalter und zog sich bis heute wie ein beständiger roter Faden durch ihr Leben. Im Schulalter schrieb sie bereits Gedichte und kurze Geschichten. Durch ihre Liebe zum Lesen entwickelte sich auch die Liebe zum Schreiben. Mit ihrem Debütroman erfüllt sie sich einen lang ersehnten Traum und hat bereits weitere Projekte für dieses Jahr geplant. Sie lebt mit ihrem Mann und ihren zwei Kindern glücklich im niedersächsischen Sittensen.

Wohin der Weg uns führt

geschrieben von Ulrike Allert

Bibliografische Information der Deutschen Nationalbibliothek: Die deutsche Nationalbibliothek verzeichnet diese Publikation in der Deutschen Nationalbiografie; detaillierte bibliografische Daten sind im Internet über www.dnb.de abrufbar.

© 2016 Ulrike Allert
Herstellung und Verlag:
BoD- Books on Demand, Norderstedt
ISBN: 9783739230917

Covergestaltung Stefanie Schläfke
und Sarah Buhr von www.covermanufaktur.com
unter Verwendung von Bildmaterial von
Shutterstock.com und Fotolia.de
Pärchen: Young couple kissing in autumn 68049113
Fotolia.de/ ©michaeljung
Textur: TabitaZn/ Shutterstock.com

Kapitel 1

Ich liebe den Herbst. Besonders, wenn er so golden ist, wie in diesem Oktober. Die Sonne blinzelt durch das bunte Blätterkleid der Bäume. Alles sieht verändert aus. Durch die sanften Farben erscheint alles etwas freundlicher. Ich nehme einen tiefen Atemzug dieser frischen Herbstluft, welche nach Wald, Regen, Moos und Pilzen duftet und fühle mich gleich ein klein wenig besser. Maggie schaut verstohlen auf den Tennisball in meiner Hand, wohlwissend, dass ich ihn gleich werfen werde. Sie wetzt dem Ball hinterher als hätte sie Angst ihn nicht wieder zu finden, wenn sie nicht vor dem Aufprall bei ihm sein würde. Mit wedelndem Schwanz und aufgeregtem Hecheln bringt sie ihn mir zurück, legt ihn vor meine Füße und wartet erneut auf den nächsten Wurf. Doch meine Gedanken driften ab. Driften ab zu einem Zeitpunkt, an dem alles noch in Ordnung war. Einem Zeitpunkt, an dem ER noch am Leben war. Einem Zeitpunkt, an dem mein Vater noch nicht von uns gegangen war.

„Braten, Braten. Immer nur Braten. Seit eh und je wenn du zum Essen kommst, bereitet dir deine Mutter dein Leibgericht zu. Du hättest nicht so früh ausziehen dürfen. Dann würde sie sich nicht mit ihren Depressionen plagen, seufzend in deinem Zimmer stehen und jedes Wochenende Braten auftischen",

sagte mein Dad lautstark mit einem breiten Grinsen im Gesicht, um meine Mutter zu ärgern. Mum war schon längst in der Küche verschwunden, um den Nachtisch vorzubereiten.
„Pudding, Pudding. Immer nur Pudding", sagte ich mit nachgeahmter Mine.
„Wenn du nicht jedes Wochenende nörgeln würdest, dass wir immer nur Braten essen, gäbe es vielleicht auch mal einen anderen Nachtisch als deinen Lieblingspudding."
Er ermahnte mich, gefälligst nicht so frech zu sein. Wir versuchten beide uns zusammenzureißen, schafften es aber natürlich nicht und prusteten laut los. Meine Mutter lächelte bei unserem Anblick. Nach dem Essen gab ich ihm einen Kuss auf die Wange und fuhr zu meiner Wohnung im 20km weit entfernten Hamington.
„Tschüss, Kleines! Bis nächsten Sonntag."
Doch jenen Sonntag sollte es nicht noch einmal geben.

Maggies Bellen entreißt mich wieder meiner Erinnerung. Sie ist ein sehr aufgeweckter und mitfühlender Hund. Sie spürt es sofort, wenn mit mir etwas nicht in Ordnung ist. Mit ihren großen Augen und leicht schief gelehntem Kopf blickt sie mich fragend an. Tränen kullern abermals über meine Wangen. Dies war wohl einer der schlimmsten Tage in meinem Leben. Ein Tag, den ich eigentlich noch in weit entfernter Zukunft geglaubt hatte. Doch das

Schicksal holt einen manchmal schneller ein, als man denkt. Schon seit ich denken kann glaube ich an das Schicksal. Ich glaube, dass alles in dieser Welt einen Sinn hat und alles was wir tun, Auswirkungen auf unser Schicksal in irgendeiner Weise hat.
Jeder ist seines eigenen Glückes Schmied, sagte mein Vater immer. Doch nun ist er tot. Innerhalb weniger Wochen aus dem Leben gerissen. Das war sein Schicksal. Und wir Hinterbliebenen müssen lernen, damit umzugehen. Das ist nicht fair. Sein ganzes Leben lang hatte er von morgens bis abends gearbeitet und brachte es trotzdem jeden Abend fertig, mir noch eine Geschichte vorzulesen. Er war ein sehr liebevoller Vater und auch Ehemann. Man spürte förmlich das positive Karma, wenn man dieses Haus betrat. Meine Eltern behandelten sich stets mit Respekt und waren sehr aufopfernd in ihrer Ehe. Sie waren stets bemüht, einander glücklich zu machen. Ich hatte immer gehofft, einmal genauso glücklich zu werden und die Liebe zu finden, die sie einander geschenkt hatten. Meine Mutter, meine arme Mutter. Es hat mir fast das Herz zerrissen, sie heute so bitterlich weinen zu sehen. Sie hat ihr Liebstes verloren. Jede Ecke und jeder noch so kleine Gegenstand in unserem Haus erinnert sie an ihn. Unerträglich. Ob sie je wieder so lachen wird wie früher? Die Verzweiflung stand ihr ins Gesicht geschrieben. Sie war am Boden zerstört. Meine sonst so starke Mutter. Gebrochen vom Lauf des Lebens. Gebrochen vom Schicksal ihres Mannes. Ich hoffe ihr Herz fügt sich eines Tages wieder zusammen.

Es war eine schöne Trauerstunde. Sofern man das überhaupt so sagen kann. Überall waren Kerzen aufgestellt. Sie tauchten den kleinen Raum in ein sanftes Licht, welches sich an den bunten Gläsern der Kapelle brach. Im vorderen kuppelartigen Bereich lag ER in seinem Totenschrein umringt von creme- und bordeauxfarbenen Tüchern und großen weißen Kerzen. Vor ihm ausgelegt jene Blumen, die wir beim Eintritt niedergelegt hatten. Zur linken standen zwei Staffeleien mit großen Bildern vom ihm, eines aus seinen jungen Jahren und eines aufgenommen vor ein paar Monaten. Auf beiden vernahm man sein herzliches Lächeln, welches zu keiner Zeit gekünstelt oder unecht ausgehen hatte. Er lachte sehr gern. Nie hätten wir vor ein paar Monaten gedacht hier zu sein und meinen Dad zu beerdigen. Die Rednerin verstand es, uns alle in Erinnerungen schwelgen zu lassen. Erinnerungen an die schöne Zeit mit ihm und an sein Wesen, welches immer gutmütig und liebevoll war. Erinnerungen aus meiner Kindheit, die ich nie vergessen werde. Erinnerungen an sinnlose Streits in meiner Pubertät, die er am Ende nur belächeln konnte. Sie führte einem vor Augen, was für ein toller Mann mein Vater war und dass wir dankbar sein sollten für die Zeit, die wir mit ihm verbringen durften. Im Hintergrund lief seine Lieblingsmusik. Auf den Bänken, die gerade mal 4 Personen Platz geboten hatten, überkam mich ein Gefühl der Beklommenheit. Doch so konnte man sich gegenseitig trösten. Und Trost hatten wir bitter nötig. Vor allem meine Mum. Die Zeremonie dauerte eine gefühlte Ewigkeit. Jeder nahm auf seine Weise

Abschied. Schluchzen, Flüstern und Taschentuchgeknister durchströmte die Kapelle und ließ einen nicht zur Ruhe finden. Die Sargträger kamen herein und geleiten seinen Körper zur letzten Ruhestätte. Hunderte Menschen hatten sich versammelt, um meinem Vater die letzte Ehre zu erweisen. Leute aus unserer Stadt, Arbeitskollegen, Freunde, entfernte Bekannte. Alle waren gekommen, um an seinem Grab Abschied zu nehmen. Ich bin sicher, er hätte gelächelt, wenn er die Menschenmengen gesehen hätte. Die ganze Zeit über versuchte ich meiner Mutter etwas Kraft zu geben und sie zu stützen. Es war unglaublich zu sehen, wie viele Leute meinem Vater noch etwas zu sagen hatten. Ich warf eine Rose hinunter und einen letzten Brief, in dem ich alles aufgeschrieben hatte, was ich ihm letztendlich nicht mehr sagen konnte.
„Ich liebe dich und danke dir unendlich für die schöne Zeit. Ich wünschte, du wärst noch nicht von uns gegangen."

„Elli!", höre ich eine sich nähernde Stimme rufen.
„Elli, wir müssen langsam zur Trauerfeier. Deine Mum wartet sicher schon."
Ian blickt mich besorgt an mit seinen graugrünen Augen, welche im Moment die einzigen sind, die mir etwas Halt geben können. Er gibt mir einen tröstenden Kuss auf die Stirn und wischt mir meine Tränen von den Wangen. Etwas aufatmend falle ich ihm in die Arme.
„Maggie, komm. Du musst wieder rein."

Im Bad mache ich mich noch etwas frisch und wasche mein Gesicht und meine Augen mit kaltem Wasser. Augenblicklich spüre ich den kühlenden Effekt und das Brennen lässt etwas nach. Irgendwann kann man doch keine Tränen mehr haben oder? Kopfschmerzen erinnern mich in diesen Tagen immer wieder daran, was passiert ist. Bald ist es überstanden. Nach der Trauerfeier wird wieder jeder seiner Wege gehen und der Schmerz wird tagtäglich ein Stück weit erträglicher werden. Hoffentlich.

Ich betrete mit Mum und Ian den Raum. Alle in schwarz. Die meisten haben sich schon wieder gefangen und erzählen sich bei einem Gläschen Geschichten aus früheren Zeiten. Es ist seltsam. Gesichter, die ich schon seit meiner frühen Kindheit nicht mehr gesehen habe. Zu solch einem Anlass kommen alle zusammen. Warum erst jetzt? Warum nicht, als Dad noch gelebt hat? Natürlich geht niemand davon aus, dass sein Bruder oder sein Neffe so plötzlich diese Welt verlässt. Jeder lebt in dem Glauben, es würden alle genauso lang auf dieser Welt verweilen wie er selbst. Jeder denkt, er hätte schon noch genug Zeit für einen Besuch. Nächstes Jahr auf jeden Fall. Aber auf einmal ist da kein nächstes Jahr mehr. Man hat seine Chancen vertan. Im schlimmsten Fall konnte man noch nicht einmal auf Wiedersehen sagen. Doch das Karussell des Lebens dreht sich einfach weiter.
„Mein herzliches Beileid", sagt Tante Luise.

Ich war neun, als sie mit ihrem Mann mal einen Nachmittag bei uns verbracht hatte, weil sie auf der Durchreise waren. Sie hatten mir einen Lolli geschenkt.
„Unser aufrichtiges Beileid."
Marie und Evan. Sie waren zuletzt beim 40. Geburtstag meines Dads und haben die Party bis morgens fünf Uhr in Gang gehalten obwohl sich alle schon sehnlichst ihr Bett herbeigewünscht hatten.
„Es tut mir ja so unendlich leid, Elli!"
Mit trauriger Mine kommt Isa auf mich zu und umarmt mich so fest, dass mir fast die Luft wegbleibt. Mein Cousinchen. Wie habe ich sie vermisst. Ich hätte sie lieber unter anderen Umständen wieder getroffen. Sie besitzt die Gabe, es einem immer etwas wärmer ums Herz zu machen, auch wenn es noch so kalt ist. Ihre ehrliche, gefühlsbetonte Art spendet mir Trost in jeglicher Hinsicht. Bei ihr weiß ich, dass sie alles ernst meint, was sie sagt. In diesem Augenblick kommt auch Cassy zurück, meine beste Freundin seit ich denken kann. Sie war nach der Beerdigung ebenfalls kurz nach Hause gefahren, um sich frisch zu machen. Sie wohnt in Hamington, genau wie ich. Als wir die Schule beendet hatten, sind wir zeitgleich in unsere ersten Wohnungen gezogen. Wir hatten beide eine Lehrstelle dort bekommen, wobei Cassy einen völlig anderen Berufszweig eingeschlagen hat, als ich. Ich wollte schon immer schreiben, Journalistin werden. Das Hamington Journal hat mir ein Zuhause gegeben. Cassy fühlte sich im Lebensmittelhandwerk wohler und arbeitet dort in einer Bäckerei und Konditorei. Meine Eltern hatte es

ein Stück weit beruhigt, dass ich nicht völlig allein in eine andere Stadt gezogen war. Wir fanden es einfach klasse, unabhängig zu sein. Seit jeher machen wir alles zusammen. Gehen aus, wenn uns danach ist. Schreiben und telefonieren beinahe täglich. Erzählen uns einfach alles. Wie beste Freunde nun mal so sind. Ohne sie wäre die Trauerfeier nicht einmal annähernd das, was sie jetzt ist.

Meine Mum hält sich wacker. Sie hat sich bei mir eingehakt und ich bemerke, wie sie bei den Beileidsbekundungen auf Durchzug schaltet. Wahrscheinlich denkt sie dasselbe wie ich. Oder sie ist einfach nur zu fertig mit der Welt, um sich dies auch noch alles anzuhören. Ich bitte Ian uns was zum Trinken zu holen. Seit meinem morgendlichen Kaffee mit Milch habe ich nichts weiter getrunken. Der pochende Schmerz macht sich schon wieder in meinem Kopf breit.
„Wer ist der Typ dahinten?", fragt Isa mich und deutet mit dem Zeigefinger zum Tresen. Er muss etwa in meinem Alter sein. Recht groß, blonde kurze Haare und schmal gebaut. Von hinten kann ich nichts weiter erkennen aber auch sonst scheint er mir nicht vertraut. Ich frage meine Mum aber sie winkt nur ab. Sie möchte sich etwas ausruhen also bringen Isa und ich sie in den Vorraum des Geschehens, wo sie auf einer kleinen Couch Platz nimmt. Es lässt mir keine Ruhe. Ich muss ihn ansehen. Irgendetwas in mir verlangt danach. Irgendetwas an ihm kommt mir sonderlich bekannt vor, obwohl ich sicher bin ihn noch nie zuvor gesehen zu haben. Isa nickt mir zu und

gibt mir so zu verstehen, dass sie eben auf meine Mum aufpasst. Ich schnappe Ian am Arm und ziehe ihn mit zur Bar, wo der geheimnisvolle Fremde sitzt.
„Hallo", sage ich etwas auffordernd.
„Hi", entgegnet er ohne mich eines Blickes zu würdigen.
„Kanntest du meinen Vater gut?", frage ich weiter.
„Nicht besonders", erwidert er, immer noch auf sein halb leeres Glas blickend. Bevor ich zur nächsten Frage ausholen kann, leert er sein Glas in einem großen Schluck und wirft sich seine Jacke über die Schulter.
„Na dann." Seine blitzblauen Augen streifen die meinen für einen kurzen Moment. Ein kalter Schauer läuft mir den Rücken hinunter und ich habe das Gefühl, gleich den Halt zu verlieren. Ehe ich mich versehe hat Ian bereits seinen Arm um meine Hüfte gelegt, um mich zu halten. Sein besorgter Blick lässt seine Frage erahnen.
„Alles in Ordnung Elena? Geht's dir gut? Was ist denn los?"
„Seine Augen, hast du seine Augen gesehen?", stammele ich vor mich hin.
„Sie sehen genauso aus wie Dads. Ganz genauso. Und seine Stimme."
Ich glaube, ich werde noch verrückt. Ich muss wissen, wer das gewesen ist. Wissen, warum er diese Augen und dieses Lächeln hat. Warum war er hier? Warum war er bei der Beerdigung meines Dads, wenn er ihn doch nicht so besonders kannte? Ich muss meine Mum fragen. Ian begleitet mich in den Vorraum, doch Isa betont, dass sich meine Mum erstmal etwas

ausruhen muss. Sie hat sich hingelegt. Nun gut. Ich warte also. Ian geht wieder mit mir rein und weicht mir seit dem kleinen Vorfall vorhin nicht mehr von der Seite. Nach etlichen Beileidsbekundungen machen sich die ersten Verwandten wieder auf den Heimweg. Einige umarmen mich und wünschen uns viel Kraft für die nächste Zeit. Die werden wir auch brauchen. Besonders meine Mum. Als der letzte Bekannte gegangen ist, trotte ich zur Bar und bestell mir einen Tequila.

„Auf dich Dad, wo immer du auch sein mögest. Ich hoffe du hast deinen Frieden gefunden."

Nach zwei weiteren spüre ich die Anwesenheit meiner Mum hinter meinem Rücken. Ich brauch mich noch nicht einmal umzudrehen, um zu wissen, dass sie da ist. Ohne ein Wort zu hören spüre ich bereits, was sie im Begriff ist zu sagen.

„Elena. Du bist auf der Beerdigung deines Vaters. Wenn er das sehen würde", sagt sie mit zutiefst enttäuschter Mine.

„Kann er aber nicht, Mum. Denn er ist einfach von uns gegangen. Er wird so etwas nie wieder sehen können, Mum. Denn er ist tot. TOT!", schluchze ich ihr entgegen bevor ich abermals in Tränen ausbreche. Ian zieht meinen Kopf an sich heran und lässt mich weinen.

„Beruhige dich, Kleines", flüstert er mir zu.

Ich reiße mich wieder zusammen und blicke zu meiner Mum. In diesem Moment fällt es mir wieder ein.

„Mum, vorhin an der Bar saß ein junger Mann etwa in meinem Alter. Ich habe ihn noch nie vorher gesehen.

Er hat blonde, kurze Haare und blaue Augen genau wie Dad. Ich hatte so ein seltsames Gefühl, als er mich angesehen hat. Weißt du, wer das war?", frage ich mit unsicherer Stimme.
„Sicher nur ein Bekannter deines Vaters. Vielleicht von der Arbeit", entgegnet sie schnell und dreht sich bereits um, um zu gehen.
Ich fühle, dass sie nicht die Wahrheit sagt. Mum konnte schon immer schlecht lügen und das weiß sie auch. Selbst als ich acht Jahre alt war und sie fragte, ob es den Weihnachtsmann wirklich geben würde, entgegnete sie mir nur, dass viele Menschen an ihn glauben. Sie versuchte immer, es so hinzustellen, dass ich mit der Antwort zufrieden war. Natürlich war ich damals alles andere als das. Ich war bitter enttäuscht, dass ich jahrelang Wunschzettel an jemanden geschrieben hatte, der gar nicht existiert. Dennoch war ich irgendwann froh darüber, die Wahrheit zu kennen. Also frage ich sie erneut.
„Mum, wir beide wissen, dass das nicht ganz die Wahrheit ist. Du verheimlichst doch etwas."
Sie dreht sich zu mir und hält den Blick gesenkt. Kein gutes Zeichen.
„Weißt du mein Schatz. Wir hatten gehofft, es dir noch gemeinsam beibringen zu können", sagt sie mit etwas ängstlicher Stimme.
„Mir WAS beibringen zu können, Mum?", frage ich nun etwas energischer.
„Vielleicht ist dies nicht der richtige Moment dafür", entgegnet sie unsicher.
„Es ist genau der richtige Moment. Nun sag es schon!", sage ich langsam etwas zornig.

Ich höre mein Herz klopfen. Mir wird auf einmal ganz heiß. Alles um mich herum ist unwichtig. Voller Anspannung sehe ich auf die Lippen meiner Mutter in Erwartung dessen, was sie gleich sagen würde. Eine leise Ahnung macht sich in mir breit. Diese Augen. Diese eisblauen Augen, in die ich schon so oft geblickt hatte und nie vergessen würde. Die kurzen, blonden Haare, die meines Vaters aus seinen Jugendjahren glichen. Plötzlich schießt mir das Bild in den Kopf. Das Bild auf der Trauerfeier zur Linken seines Sarges. Das Bild, auf dem er etwa in meinem Alter war. Der Junge war ihm wie aus dem Gesicht geschnitten. Mein Herz klopft noch schneller, denn nun dämmert es mir langsam. Meine Augen bleiben an den Lippen meiner Mutter hängen.
„Er, er ist …. Er ist dein Bruder."

Kapitel 2

Völlig fassungslos starre ich sie an. Alles kocht in mir. Ich kann nicht glauben, was sie mir da gerade gesagt hat. Bruder. Mein Bruder. Ich soll einen Bruder haben? Nicht, dass ich mir in meinen 24 Jahren nicht je Geschwister gewünscht hätte. Eine Schwester wäre mir natürlich lieber gewesen. Mit ihr hätte ich mich austauschen und über meine Probleme quatschen können. Wir hätten alles zusammen gemacht. Den gleichen Kindergarten und die gleiche Schule besucht. Uns vielleicht über Jungs gestritten. Vom ersten Kuss erzählt oder dem ersten Mal. Wären nachts zusammen durchs Fenster geklettert, um auf diese eine Party zu gehen. Hätten uns nach dem Abschluss in derselben Stadt beworben und hätten vielleicht eine eigene Wohnung gehabt. Alles wäre ein wenig einfacher gewesen. Es erschien mir immer absurd ein Einzelkind zu sein. Aber das sprengt alle Rahmen. Ich spüre wie sich meine Kehle zuschnürt. Ein dicker Kloß steckt in meinem Hals. Es ist, als würde die Welt über mir zusammenbrechen. Alle Last der letzten Tage stürzt in diesem Augenblick auf mich ein und drückt mich nieder. Ian verschwimmt vor meinen Augen. Cassys Klackerschuhe kommen in schnellen Schritten auf mich zu. Ich versuche noch mich abzustützen, doch es gelingt mir nicht.
„Elli!", höre ich Ian noch besorgt rufen.
Doch alles wird schwarz.

Eine Hand streicht über meine Haare und berührt zärtlich meine Wange. Was ist passiert? Träume ich? Wo bin ich? Ich öffne langsam meine Augen und sehe Ian an meinem Bettrand sitzen.
„Ian", wispere ich.
Voller Freude und Besorgnis sieht er mich an.
„Elli, Gott sei dank. Du bist aufgewacht. Ich hab' mir solche Sorgen gemacht. Du bist umgekippt. Die Ärzte sagen, dein Kreislauf ist zusammengebrochen."
Mein Kreislauf? Naja, das wundert mich eigentlich nicht. In den letzten Tagen habe ich mich überwiegend von Kaffee ernährt. Von ausreichend Schlaf mal ganz abzusehen. Die drei Tequila haben mir dann wahrscheinlich den Rest gegeben und natürlich die erschreckende Aussage meiner Mutter, dass ich schon mein ganzes Leben lang einen Bruder habe. Wieder beginnt alles in mir zu lodern. Schon der Gedanke daran schürt ein tiefes Feuer in mir. Ich kann es immer noch nicht glauben.
„Deine Mum sagte, ich soll sie anrufen, wenn du aufgewacht bist!"
Anrufen? Auf keinen Fall. Ich will sie in diesem Augenblick nicht sehen oder gar hören. Es geht mir gut. War doch nur ein kleiner Schwächeanfall. Der Geruch dieses Zimmers weckt Erinnerungen, die ich jetzt nicht zulassen kann. Das Wasser steht mir schon in den Augen. Ich muss hier raus.
„Ian. Ich will nach Hause", sage ich bestimmt.
„Aber Elli, die Ärzte sagen ...", beginnt er, es mir auszureden.
„Sofort Ian! Ich muss hier raus!", entgegne ich mit zittriger Stimme und schlucke meinen Schmerz

hinunter. Ian läuft sofort los, um die Formalitäten zu klären.
„Wo will denn dein Göttergatte so schnell hin?"
Cassy kommt wie immer im richtigen Moment.
„Er sagt Bescheid, dass ich das Krankenhaus verlasse."
„Bitte was? Ich glaube, ich habe meine lebensmüde, beste Freundin gerade nicht richtig verstanden."
Sie sieht mich vorwurfsvoll an und ich weiß, dass sie im Grunde Recht hat. Doch ich kann einfach nicht anders.
„Cassy, ich halte es hier drinnen einfach nicht aus. Alles, einfach alles erinnert mich daran!"
Wehleidig sehe ich sie an und sie begreift sofort, dass ich nicht nachgeben werde, also nimmt sie meine Tasche und packt meine Sachen zusammen.
Ich werde ausdrücklich darauf hingewiesen, das Krankenhaus auf eigene Gefahr zu verlassen. Wegen der Bluttests würde ich noch informiert werden.
Endlich in Freiheit hole ich erst einmal tief Luft. Dieser Krankenhausgeruch ist das Letzte, was ich im Moment in der Nase haben will. Ian packt meine Sachen in den Kofferraum und fährt mich nach Hause.

Es war wieder so ein langer Tag im Büro. Die Sonne schien in das große Fenster neben meinem Schreibtisch. Ich wusste, dass ich heute mit diesem Artikel fertig werden musste und stellte mich schon mental auf ein Dinner mit meinem Computer ein, als das Telefon klingelte.

„Elena, ihre Mutter auf Leitung 2", sprach meine Sekretärin.
„Danke Eluise."
Mich durchkam ein seltsames Gefühl. Meine Mutter rief mich selten in der Firma an. Was sage ich, eigentlich nie. Es sei denn, es ist etwas passiert. Voller Anspannung hebe ich den Hörer ab.
„Mum?", fragte ich nach einer gefühlten Ewigkeit der Stille. Ich hörte sie am anderen Ende bereits schluchzen. Kein gutes Zeichen.
„Mum? Was ist denn passiert?", fragte ich voller Sorge.
„Elena, du musst so schnell wie möglich ins Krankenhaus kommen. Du musst dich von deinem Vater verabschieden. Bitte beeile dich. Er hat nicht mehr viel Kraft."
Nicht mehr viel Kraft? Verabschieden? Ich glaubte in einem schlechten Traum zu sein. Ich dachte, es wäre ein kleiner Schlaganfall gewesen. Ein paar Sprachstörungen sollten zurückgeblieben sein. Und jetzt das? Als ich endlich realisiert hatte, dass es wohl die letzte Chance sein würde meinen Vater noch einmal zu sehen, ergriff ich schnell meine Tasche und eilte aus dem Büro.
„Miss Carter!", hörte ich Eluise mir noch hinterherrufen, aber ich hatte keine Zeit zu verlieren. 20 Kilometer. Warum nur war ich 20 Kilometer weit weg gezogen? 10 hätten es auch getan. Würde ich es noch rechtzeitig schaffen? Ich hätte es mir nie verziehen, ihm nicht Lebewohl gesagt zu haben. Mein Fuß drückte immer stärker auf das Gaspedal. Ich wünschte, ich würde mehr PS unter dieser Haube

haben. Dann wäre ich wahrscheinlich schon längst da gewesen. Meine Gedanken kreisten wild durcheinander. Ich konnte keinen klaren Gedanken mehr fassen. Ich hatte solche Angst. Angst davor, was mich gleich erwarten würde. Angst davor, ihn leiden zu sehen. Angst davor, ihn sterben zu sehen. Das rote Gemäuer des Krankenhauses kam nun immer näher. Natürlich war kein Parkplatz auf Anhieb frei. Aus den Augenwinkeln sah ich einen Nothalteparkplatz. Ohne weiter darüber nachzudenken, stellte ich meinen alten Taunus dort ab. Ich eilte den Krankenhausflur entlang bis zur Aufnahme.

„Carter!", schrie ich der Dame entgegen während ich nach Luft schnappte. Sie gab die Buchstaben in den Computer ein. Alles kam mir vor wie in Zeitlupe. „Intensivstation. Folgen sie den roten Wegweisern auf dem Boden." Gesagt, getan. Die Schwester auf der Station brachte mich zu seinem Zimmer. Vor der Tür hielt ich einen Moment inne, um mich zu beruhigen. Langsam drückte ich die Türklinke hinunter und schob die Tür auf. Ich sah die Tränen in den Augen meiner Mutter. Sie saß auf der Bettkante und hielt eine Hand an die Wange meines Dads. Seine Augen wanderten in meine Richtung. Er sah so klein aus in diesem großen Bett. Sein Gesicht wirkte etwas eingefallen und hatte jede Farbe verloren. Dunkle Ringe zierten seine Augen und ließen erahnen, dass er schon einige Nächte nicht zur Ruhe gekommen war. Er atmete schwer. Sein Mund verzog sich zu einem Lächeln als er mich erblickte. Sofort ging ich auf ihn zu, um ihn zu umarmen. Tränen sammelten sich in meinen Augen. Ein dicker Kloß machte sich in meinem Hals breit. Ich

wusste nicht, was ich sagen oder tun sollte. Ich blickte in seine eisblauen Augen, die mir so oft schon eine Wärme vermittelt hatten, wie nur er es konnte. Er nickte mir leicht zu und gab mir so zu verstehen, dass es schon in Ordnung sei. Sein Mund war nicht mehr in der Lage Wörter zu bilden. Ich hielt seinen Kopf in meinen Händen und gab ihm einen Kuss auf die Stirn. „Ich liebe dich, Dad!", hauchte ich ihm entgegen und verließ das Zimmer. Ich wusste, dass es nun bald soweit sein würde. Ich lehnte mich draußen an die Wand und sank in die Hocke. Mein Gesicht vergrub ich in meinen Händen. Ich konnte das alles nicht verstehen. Ich fühlte mich so unglaublich schrecklich. Als würde sich mein Innerstes zerreißen. Wie könnte ich nur weiterleben ohne meinen Vater? Nun würde ich es wohl bald herausfinden. Nach wenigen Minuten kam meine Mum aus dem Zimmer. Ihr Blick verriet mir, dass es vorbei war. Mein Vater war tot."

Zu Hause angekommen höre ich schon das Gejaule von Maggie. Das Schwanzwedeln kann ich sogar durch die noch geschlossene Tür wahrnehmen. Kaum ist sie einen kleinen Spalt geöffnet, huscht sie auch schon hindurch, um mich zu begrüßen. Ihre Freude tut mir gut. Maggie wäre niemals in der Lage mir etwas vorzumachen. Sie würde mich nie belügen oder mir gar mein ganzes Leben lang etwas verheimlichen.
Ich schlängle mich an Maggie vorbei in meinen kleinen Flur und nehme sofort das Blinken meines Anrufbeantworters wahr. Ian bemerkt meinen Blick.

„Das ist sicher deine Mum. Sie hat schon etliche Male angerufen", bemerkt Ian vorsichtig.
„Sie war außer sich, dass du das Krankenhaus einfach verlassen hast", setzt er noch hinterher.
„Ja und ich bin auch außer mir, Ian. Sag ihr Bescheid, dass es mir gut geht. Ich möchte heute niemanden mehr hören oder sehen", sage ich leicht genervt.
„Möchtest du, dass ich bei dir bleibe?", fragt Ian mit ernsthaft besorgter Stimme.
„Ich mache mir Sorgen Elena."
Seine hübschen Augen blicken in die meinen und am liebsten würde ich zustimmen, aber ich brauche etwas Zeit für mich. Zeit, um über all das nachzudenken, was passiert ist. Zeit, um damit klarzukommen, dass ich wohl einen Bruder habe. So viele ungeklärte Fragen hämmern auf mein Gehirn ein.
„Nein Ian. Ich brauche etwas Zeit für mich. Das verstehst du doch oder?", entgegne ich mit einem Anflug von Lächeln und gebe ihm einen flüchtigen Abschiedskuss. Er nimmt meinen Kopf in seine Hände und legt seine Stirn an meine.
„Natürlich, aber melde dich bitte, wenn irgendetwas ist. Ich bin immer für dich da, Elena", wispert er mir zu und verweilt ein wenig länger auf meinen Lippen, bevor er die Tür hinter sich zu zieht.
Ohne mir die Nachrichten auf dem Anrufbeantworter anzuhören, drücke ich die Taste. Alle Nachrichten gelöscht. Ich sehe aus dem Fenster und bemerke erst jetzt, dass es bereits Abend geworden ist. Mein Magen knurrt aber ich würde eh nicht einen Bissen hinunter bekommen. Also lege ich mich ins Bett. Ein

Bild von meinem Dad, meiner Mum und mir steht auf meinem Nachttisch. Mein Blick schweift zu meinem Dad. Ob er die ganze Zeit über gewusst hatte, dass er einen Sohn hat? Wie hat er von mir erfahren? Oder aber weiß er gar nicht, dass ich seine Schwester bin? Er war auf der Beerdigung, also muss er schon vorher Kontakt zu meinem Dad gehabt haben. Wie alt er wohl ist? Ich habe ihn gar nicht nach seinem Namen gefragt. Ich nehme an, dass er mein Halbbruder ist. Meine Eltern hätten doch nie ihren eigenen Sohn weggegeben. Fragen über Fragen. Und nur eine Person kennt die Antworten. Meine Mum. Ich muss mit ihr reden. Gleich morgen. Nagut heute. Es ist bereits drei Uhr morgens und ich habe noch kein Auge zugetan. Maggie hingegen hat es sich an meinem Fußende gemütlich gemacht und grunzt vor sich hin. Gerade will ich zu meinem Handy greifen um Ian zu schreiben, als er leise versucht die Tür aufzuschließen. Er zieht seine Schuhe aus und schleicht durch den Flur, um mich nicht zu wecken. Ich liebe diesen Mann. Was würde ich ohne ihn machen. Wir sind in derselben Stadt aufgewachsen und sind uns damals hin und wieder über den Weg gelaufen. Das Schicksal wusste wohl schon damals, dass unser Weg uns eines Tages zusammenführt. Irgendwie war das Timing damals nie das richtige gewesen. Entweder hatte er eine Freundin oder ich einen Freund. An einem Abend ging ich mit meinem derzeitigen Liebsten ins Kino. Ich weiß noch, wir hatten die Plätze 26 und 27 in Reihe 2b. Nick wollte näher am Gang sitzen, also nahm ich Platz 27. Nachdem die Werbung zu Ende war, trudelten noch

ein paar Kinobesucher ein. Ich hatte mich schon gefreut, dass die Plätze neben uns leer blieben. So hätte ich meinen leeren Popcornbecher darauf stellen können. Aber zu meinem Pech steuerten zwei der Nachzügler direkt auf uns zu. Der junge Mann setzte sich neben mich. Seine Freundin einen Platz weiter. Mit Kinositzen ist das so eine Sache. Die Armlehnen sind meist so dünn, dass sie kaum zwei Personen Platz bieten könnten. Umso besser, wenn man mit seinem Partner im Kino sitzt. Dann kann man sich ankuscheln und braucht nur eine Seite vom Sitz. Mit Nick jedoch war die Beziehung noch nicht so innig. Als ich mich hinunter beugte, um meine Tasche vom Boden zu heben, landete meine rechte Hand auf der Armlehne genau auf seiner. Diese eine Berührung ließ alles in mir kribbeln. Ich blickte ihn an. Er sah auf unsere Hände und anschließend in meine Augen. Für eine halbe Minute schien die Zeit still zu stehen. Seine kurzen, braunen Haare fielen vorne bis kurz unter seine Augenbraue. Der Pony legte sich leicht schief auf seine Stirn. Die Augen waren grün mit einem leichten Graustich, welcher ihn unheimlich geheimnisvoll erscheinen ließ. Seine Lippen zum Küssen wie gemacht. Wie gerne hätte ich in diesem Moment meine Lippen auf seine gelegt. Tausende Schmetterlinge tobten in meinem Bauch und mir war heiß und kalt zugleich.
„Kennst du den Typ?", fragte Nick und riss mich aus meiner Trance. Unsere Hände lösten sich und ich sah verlegen nach unten.
„Nein, nur vom sehen", entgegnete ich Nick und blickte zur Leinwand. Immer wieder riskierte ich

einen Blick zu ihm. Fragte mich, wie er wohl heißen würde und ob er so richtig mit seiner Begleitung zusammen ist. Natürlich hatte ich mich nicht getraut, ihn anzusprechen. Hin und wieder begegneten wir uns auf dem Schulgelände. Ich konnte meine Augen nie von ihm lassen. Ian war drei Jahre älter als ich. Er machte seinen Abschluss und fing eine Lehre in der Firma seiner Eltern an. Ich hatte ihn seitdem nur noch selten zu Gesicht bekommen. Als ich die zehnte Klasse abgeschlossen hatte, bewarb ich mich beim Hamington Journal und wurde erstmal zur Aushilfskraft eingestellt. Zum nächsten Ausbildungsjahr startete ich eine Lehre und schon bald konnte ich meine ersten Artikel in die Zeitung bringen. Meine Eltern waren so stolz auf mich. Zum 50. Geburtstag der Firma von Ians Eltern wurde ich auf ein Interview mit seinem Dad angesetzt. Ich wartete vor seinem Büro. Als die Sekretärin mir sagte, dass ich reingehen könnte, war ich auf so etwas nicht vorbereitet. Ich blickte in jene grüngrauen Augen, die mich auch damals im Kino schon so fasziniert hatten. Sein Gesicht war in den letzten Jahren etwas markanter geworden. Männlicher. Augenblicklich setzten sich die Schmetterlinge wieder in Bewegung und ich spürte die aufsteigende Hitze, die sich als Rötung auf meinen Wangen niederließ.
„Ian", hauchte ich ihm entgegen. Ich bemerkte, wie ich ihn anstarrte und räusperte mich.
„Hallo Ian. Ich dachte ich würde mit deinem Vater sprechen", versuchte ich meine Verlegenheit zu überspielen.

„Elena. Was für eine Überraschung. Mein Vater ist leider krank. Du musst wohl mit mir Vorlieb nehmen, wenn es dir Recht ist", schmunzelte er mich an. Wenn es mir Recht ist. Hatte selten so gelacht. Es gab wohl niemanden, mit dem ich lieber zusammen gewesen wäre.
„Wollen wir Mittag essen gehen?", fragte er mich mit diesem wundervollen Blick. Ich schmachtete innerlich und konnte natürlich nicht nein sagen. Wir redeten. Wir lachten. Wir aßen. Mehrere Stunden hatten wir uns nicht um unsere Arbeit gekümmert. Es war einfach wundervoll, so die Zeit zu vergessen und mich graulte es bereits jetzt vor unserem Abschied.
„Okay, ich muss langsam wirklich wieder in die Firma", warf er nach dem Kaffee ein. Ich begleitete ihn und bestand auf mein Interview. Schließlich konnte ich ja nicht ohne Artikel zum Journal zurückkehren.
„Danke für den schönen Nachmittag", sagte ich nun etwas schüchtern und begab mich in Richtung Ausgangstür.
„Elli!", rief er mir hinterher und kam auf mich zu. „Sehen wir uns wieder?", fragte er, während er meine Hand in seine legte. Meine Gedanken spielten verrückt. Die Schmetterlinge tanzten Cha-Cha-Cha.
„Natürlich!", antwortete ich erleichtert.
„Bald schon?", wisperte er in mein Ohr, sodass ich seinen Atem spüren konnte. Gänsehaut überfuhr meinen Nacken.
„Wie bald?", fragte ich ebenso wispernd.
„Sehr bald!", hauchte er, schob seine Hand an meinen Hinterkopf und zog mich ein Stück zu sich

heran, um mich zu küssen. Ich bekam weiche Knie. Ist das wirklich kein Traum? Unsere Lippen verschmolzen miteinander. Es war ein unglaubliches Gefühl. Nie wieder wollte ich ohne diese Küsse sein.
„Schon seit unsere Hände sich im Kino damals zufällig berührten, träume ich davon, dies zu tun, Elli. Ich bin so froh, dass du heute hier hergekommen bist", sagte er voller Freude im Gesicht.
„Und ich erst!", antwortete ich ebenso freudig erregt. Wir verabredeten uns noch am selben Abend und waren seitdem unzertrennlich. Als ich Cassy von der Begegnung jetzt und damals erzählte, stempelte sie mich für bekloppt ab, weil ich nicht schon eher Kontakt zu ihm aufgenommen hatte.
Der Artikel war ein voller Erfolg. Wochenlang lief ich mit einem dämlichen Grinsen durch die Gegend und konnte an nichts Anderes mehr denken, als an ihn. Auch meine Eltern waren begeistert und hätten uns wahrscheinlich sofort ihren Segen gegeben. Alles lief perfekt. Bis mein Vater starb.

Ian zieht sich leise aus und schlüpft unter meine Decke.
„Ich wusste, dass du nicht schlafen kannst", sagt er und gibt mir einen zärtlichen Kuss auf die Stirn.
„Jetzt schon", erwidere ich und kuschle mich in seine Arme. Heute noch gehe ich zu meiner Mum und frage sie alles, was ich wissen möchte. Heute noch werde ich herausfinden, warum ich einen Bruder habe und warum er mir verheimlicht wurde. Heute noch werde ich alles erfahren. Meine Augen fallen endlich zu.

Kapitel 3

Die Tür klackt. Ich wache auf und öffne langsam meine Augen. Die Sonne blinzelt mich an. Es würde mir leichter fallen aufzustehen, wenn es regnen würde. Dieses Wetter passt momentan eigentlich gar nicht zu meiner Gefühlslage. Es müsste regnen, gewittern oder stürmen. Damit könnte ich mich wenigstens identifizieren. Ich drehe mich um, doch Ian liegt nicht mehr auf der anderen Bettseite. Statt seiner liegt dort ein Zettel mit seiner Handschrift.

Hallo Liebste! Ich bin mit Maggie raus. Frühstück steht für dich bereit. Bis nachher. Tausend Küsse.

Ich stehe auf und trotte erstmal unter die Dusche. Ein schönes Gefühl. Meine Muskeln entspannen sich unter dem warmen Wasserstrahl und mein Kopf wird frei. Ich beschließe, nach dem Frühstück zu meiner Mutter zu gehen, um diese Sache zu klären, die mir mittlerweile so auf der Seele brennt. Auf meinem Küchentisch steht ein schönes Arrangement aus zwei Toasts, einer Kanne Kaffee, einem Ei, O-Saft, der Zeitung und einer gelben Margerite. Ian versteht es, durch solche Kleinigkeiten zu glänzen. Er weiß genau, was meiner Seele gut tut. Niemals mehr möchte ich ohne ihn sein. Ich lese das Hamington Journal und merke, dass meine Artikel bereits von einer anderen Mitarbeiterin übernommen werden. So was von schlecht recherchiert. Es wird allmählich Zeit, dass ich

wieder arbeiten gehe. Gleich morgen geht's los. Dieses Gelaber kann ja kein Mensch ertragen. Der Toast schmeckt heute irgendwie nicht. Selbst den Kaffee vermag ich nicht anzurühren. Irgendwie ist es mir immer noch etwas flau im Magen. Also trinke ich nur den O-Saft. Anschließend ziehe ich mich an und binde meine blonden Zotteln zu einem Pferdeschwanz hoch. Zu mehr kann ich mich heute nicht aufraffen. Ich werde etwas frische Luft schnappen und Ian entgegen laufen. Wir haben eigentlich immer dieselbe Strecke zum Spazieren gehen mit Maggie. Meine Wohnung liegt direkt an einem schönen Waldweg. Wenn man ein paar Meter mehr läuft, erreicht man den Berger See. Es ist wunderschön dort. Ein Plätzchen, um die Seele baumeln zu lassen. Ian und ich sind im Sommer jeden Abend hier mit Maggie an einem der Stege. Oft schon haben wir unser Abendessen mit hergenommen und geredet, bis die Sterne sich im Wasser spiegelten. Sonntags kann man die Angler beobachten, wie sie auf ihren Stühlen hocken und den Blick nicht vom Wasser nehmen, bis die Pose zuckt. Im Winter ist hier eigentlich kaum jemand anzutreffen, bis auf jene, die mit ihren Hunden Gassi gehen. In der Ferne kann ich Ian bereits ausmachen und Maggie hat mich schon längst wahrgenommen und rast auf mich zu.
„Hey meine Schöne!", lächle ich ihr entgegen, während ich sie hinterm Ohr kraule. Das scheint wohl jeder Hund zu mögen. Ian gibt mir einen Kuss.
„Morgen Liebste! Wie geht es dir?"
Es war klar, dass als erstes diese Frage kommt. Auch wenn er nicht wirklich etwas dazu gesagt hat, so weiß

ich doch, dass Ian es überhaupt nicht gut geheißen hätte, mich aus dem Krankenhaus zu entlassen. Da er jedoch sehr wohl weiß, was für einen Dickschädel ich habe, hat er gar nicht erst versucht, es mir auszureden.
„Mir ist immer noch etwas mulmig in der Magengegend, aber sonst fühle ich mich ganz gut. Ich möchte heute zu Mum. Ich muss wissen, was es mit ihm auf sich hat", sage ich sehr bestimmt, sodass Ian weiß, dass es mir Ernst ist.
„Na dann lass uns keine Zeit verlieren. Maggie, komm!", ruft Ian meiner kleinen Dame zu. Wie gut, dass sie keinen Plan hat, was um sie herum geschieht.

Eigentlich ist es kein guter Zeitpunkt, um meine Mum jetzt mit Fragen zu löchern. Sie hat wahrlich schon genug mit sich selbst zu tun. Der Tod meines Dads hat sie tief getroffen. Aber es war sicher auch kein guter Zeitpunkt mir zu eröffnen, dass ich einen Bruder habe. Ich kann es immer noch nicht fassen. Mein ganzes Leben wurde es mir vorenthalten. Ob er es gewusst hat? Dass er eine Schwester hat? Dass er mich hat? Alles erscheint mir in letzter Zeit so irreal. Ständig blickt man zur Tür, weil man denkt er kommt gleich herein. Das Sonntagsessen wird nie wieder so sein, wie es früher war. Ich möchte keinen Pudding mehr. Und keine Essen ohne meinen Dad. Aber ich kann meine Mum doch nicht im Stich lassen. Sie hat ja nur mich. Also werde ich trotzdem hingehen. Jeden Sonntag. Ich werde Ian fragen, ob er mich begleitet. Zusammen stehen wir das durch.

Wir biegen in meine Straße ein. Jeder Fleck hier weckt Erinnerungen aus meiner Kindheit. Hier habe ich Fahrrad fahren gelernt. Es war quietschrot. Mein Vater hatte mich angeschoben und war ein Stück mitgerannt, um anschließend loszulassen und mich anzufeuern. Bei dem Baum dort hinten hatte er mir dann ein großes Pflaster auf mein aufgeschürftes Knie geklebt und heile heile Segen gesungen. Da vorn haben wir immer mit Straßenmalkreide die Pflastersteine verunstaltet oder Himmel und Hölle gespielt. Jeder Fleck erzählt seine eigene kleine Geschichte. Ian ergreift meine Hand, als er die Tränen bemerkt. Mit der Zeit wird es einfacher werden, hoffe ich. Wir erreichen das Haus meiner Mum. Überall liegt das Herbstlaub herum. Sonst hatte sich mein Dad immer darum gekümmert. Ian und ich blicken uns kurz an.
„Bereit?", fragt er mich.
„Bereit werde ich wohl nie dafür sein. Lass uns reingehen!", entgegne ich. Ich schiebe die Blätter mit meinen Schuhen zur Seite, um wenigstens etwas vom Weg freizuschaufeln. Sonst benutze ich immer den Schlüssel, um mir Zutritt zu verschaffen aber im Moment erscheint mir das nicht richtig. Also drücke ich die Klingel und wir warten. Nach einer gefühlten Ewigkeit macht meine Mum endlich auf. Ihre Augen leuchten kurz auf, als sie mich sieht.
„Elli! Ich freu mich ja so, dass es dir gut geht", fällt sie mir in die Arme.
„Kommt doch rein!"
Ihre Augen sind vom Weinen immer noch ganz dick und rot. Die Haare zerzaust, als wäre sie gerade

aufgestanden. Ich bin sicher, die Waage würde ihr glatte zehn Kilo weniger anzeigen, wenn sie sich jetzt darauf stellen würde. So abgemagert sieht sie aus.
„Wollt ihr etwas essen?", fragt sie gastfreundschaftlich wie immer.
„Mum, ich denke du solltest eher mal was essen. Du siehst aus, als hättest du einen Monat nichts zu dir genommen. Komm, ich mach dir erstmal einen Tee", werfe ich mit leichtem Unterton entgegen.
Schwarztee mit Milch und Zucker. So trinken ihn meine Eltern seit eh und je. Trotz ihrer Widerworte mache ich ihr schnell noch Eier auf Toast. Ich werde dieses Haus nicht verlassen ohne dass sie eine Kleinigkeit im Magen hat. Mir selbst genehmige ich ein Glas Wasser und lasse mich auf dem Küchenstuhl nieder.
„Ich weiß, warum du gekommen bist, Elli", beginnt sie das Gespräch mit nach unten gerichtetem Blick. Ian begreift sofort und lässt uns für eine Weile allein.
„Ich möchte wissen, warum ich einen Bruder habe. Möchte wissen, wie er heißt und wie alt er ist. Warum ihr ihn vor mir geheim gehalten habt und ob er von mir weiß. Ich kann das alles nicht begreifen, Mum." Ich bin immer noch sauer und verwirrt. Beim Gedanken an diese Geschichte fängt das Feuer wieder an in mir zu brodeln, doch ich versuche es in Schach zu halten.
„Es war die Entscheidung deines Vaters", fing sie an. „Sein Name ist Marques. Er ist vier Jahre älter als du. Bevor dein Vater und ich uns kennen lernten, war er mit einer anderen Frau zusammen. Aber er war nicht glücklich in dieser Beziehung. Als wir uns trafen, war

es Liebe auf den ersten Blick. Dein Vater hatte solche Gewissensbisse, dass er noch nicht einmal mit mir ausging. Er liebte seinen Sohn und wollte nicht riskieren ihn zu verlieren. Also blieb er vorerst bei seiner Familie. Bei einer Betriebsfeier merkte seine Freundin, dass zwischen uns eine Verbindung bestand und unterstellte ihm, er hätte sie mit mir betrogen. Natürlich stimmte das nicht, aber sie warf ihn noch am selben Abend aus der gemeinsamen Wohnung und untersagte ihm jeglichen Kontakt mit seinem Sohn. Er ließ sich natürlich nicht so leicht abwimmeln, klingelte dort und versuchte sie anzurufen. Als er schließlich einen Anwalt einschaltete, zog sie Bilanz und zeigte ihn an wegen angeblicher Körperverletzung des Kleinen. Außerdem gab sie an, dass er sie stalken würde. Sie erwirkte eine einstweilige Verfügung. Ihm wurde das Sorgerecht entzogen und er durfte sich dem Kleinen nie wieder nähern. Dein Vater beschloss, es geheim zu halten. Es hätte auch keinen Unterschied gemacht, Elli, wenn du es gewusst hättest. Du hättest ihn ja doch nicht sehen können. Mit der Zeit wurde es immer schwieriger, dir davon zu erzählen. Sie hatte jeglichen Kontakt zu deinem Vater abgebrochen. Er war lange Zeit sehr traurig deswegen und wollte mit mir einen kompletten Neuanfang wagen. Wir haben seither nie wieder darüber gesprochen."

Marques also. Mein Halbbruder sozusagen. 4 Jahre älter als ich, demnach muss er 28 Jahre alt sein.

„Wenn ihr keinen Kontakt hattet, wieso war er dann bei Dad's Beerdigung?", hake ich nach.

„Marques nahm vor circa einem halben Jahr Kontakt zu ihm auf. Er wollte ihn kennen lernen. Hinter dem Rücken seiner Mutter. In seiner Geburtsurkunde war Richards Name eingetragen. Er beauftragte einen Privatdetektiv und fand uns schließlich hier", erzählte sie weiter.
„Erst hatte er angerufen. Dann gab es ein erstes Treffen und weitere folgten. Kurz nachdem dein Vater beschlossen hatte dir davon zu erzählen, bekam er den Schlaganfall", schluchzt sie und Tränen kullern über ihre Wangen. Ich stehe auf und gehe zu ihr, drücke sie ganz fest.
„Das Haus ist so leer ohne ihn, Elli", wimmert sie unter den salzigen Tropfen.
„Ich weiß Mum. Aber weißt du noch was Dad immer gesagt hat? Zusammen schaffen wir das", rede ich ihr gut zu und gebe ihr einen Kuss auf die Stirn.
Nachdem sie ihr Toast aufgegessen hat bringe ich sie ins Bett, damit sie sich etwas ausruhen kann. Der Haushalt hat ganz schön gelitten die letzten Tage, also raffe ich mich auf so gut es eben geht und beseitige wenigstens die größten Schäden. Als ich den Müll raus bringe werde ich von mehreren kleinen Laubhaufen überrascht, die schön zusammengefegt auf die Schubkarre warten, die sie auf den Kompost trägt. Ian hat in Rekordzeit alles wieder ansehnlich bekommen. Er ist einfach unglaublich. Nun kann sich unser Haus erst einmal wieder sehen lassen. Wir verabschieden uns und beschließen zu späterer Stunde gemeinsam zu Abend zu Essen. Das Wichtigste, was meine Mutter jetzt braucht, ist Gesellschaft. Tagein, tagaus war sie morgens und

abends immer umgeben von meinem Dad. Nachdem ich ausgezogen war, ist sie schon einmal in ein tiefes Loch gefallen, aus dem mein Vater sie wieder herausgezogen hat. Heute jedoch ist niemand da, der dies tun könnte, wenn die Leere sie verschluckt. Ich muss einfach öfter nach ihr sehen. Mein Wissensdurst über meinen Bruder ist fürs Erste gestillt. In Mums Zustand hätte ich sie sowieso nicht weiter nach Marques fragen können. Ich muss noch herausfinden, wo er wohnt. Vielleicht hat sie sogar eine Telefonnummer von ihm. Ich möchte ihn kennen lernen. Wobei er bei der Trauerfeier nicht grade den Anschein erweckt hat, mich kennen lernen zu wollen. Vielleicht wusste er aber auch nicht wer ich bin. Oder der Zeitpunkt erschien ihm einfach zu ungünstig. War er ja auch eigentlich. Nichts desto Trotz muss ich mich mit ihm treffen. Zu viele Jahre sind schon vergeudet worden.
Als ich schon im Bett liege, klingelt mein Telefon. Cassy.

Hey meine Liebe. Alles in Ordnung bei dir? Was macht dein Bruder?

Alles ok. Geht mir gut. Waren bei Mum. Er ist mein Halbbruder. 28 Jahre. Gehen jetzt schlafen.

Träumt schön. Bis bald.

Du auch.

6.30 Uhr schallt das Klingeln des Weckers in meinen Ohren. Ian liegt neben mir und ich kuschele mich noch zehn Minuten an ihn. Seine Nähe tut mir gut. Alleinsein ist das Letzte, was ich in diesen Tagen möchte. Viel zu oft gleiten meine Gedanken zurück in die Vergangenheit. Die Zeit, in der Dad noch gelebt hat. Irgendwann werde ich loslassen müssen. Denn so ist schließlich der Lauf des Lebens. Wir kommen, wir gehen. Und niemand weiß, wie viel Zeit das Schicksal noch für uns bereit hält. 6.40 Uhr. Der Wecker klingelt ein zweites Mal. So eine Schlummertaste hat doch wirklich etwas für sich. Wenn man denn auch aufsteht. Ich küsse Ian wach und stelle schon mal die Kaffeemaschine an, bevor ich duschen gehe. Maggie dreht sich noch einmal um. So eine Schlafmütze von Hund. Heute gehe ich das erste Mal wieder zur Arbeit. Das erste Mal seit ich an meinem Schreibtisch Mums Anruf bekommen habe. Am Besten stelle ich mich schon mal auf diverse Beileidsbekundungen ein. Es wird sicher ein harter Tag. Aber das wäre auch jeder andere erste Tag geworden. Ian ist immer noch nicht aufgestanden. Ich knuffe ihn in die Seite.
„Liebster, du musst jetzt aufstehen", sage ich mit leiser Stimme.
„Nur noch fünf Minuten", murmelt er.
Maggie schüttelt sich und gähnt eine Runde, bevor auch sie in den Tag startet. Heute werden meine Haare wie an jedem Arbeitstag wieder arbeitsfein gemacht. Das Glätteisen hat kein Erbarmen. Ian hat sich mittlerweile aufgerappelt. Nach dem Frühstück fahre ich in die Firma.

„Ich ruf dich mittags an!", sagt Ian und gibt mir einen Abschiedskuss, bevor er noch mal mit Maggie rausgeht. Er fährt meistens etwas später zur Arbeit als ich. Im Grunde kann er sich seine Zeit frei einteilen. Einer der vielen Vorzüge, wenn man Juniorchef ist. Mein Herz schlägt schnell, als ich den mir wohlbekannten Flur entlang bis zu meinem Büro laufe. Als wäre nicht alles schon beschissen genug, treffen mich die mitleidigen Blicke meiner Kollegen. Eluise kommt sofort auf mich zu und drückt mir ihr Beileid aus. Selbst eine Umarmung lässt sie sich nicht nehmen.
„Miss Carter, mein aufrichtiges Beileid. Es tut mir so leid für ihre Familie", sagt sie mit wirklich bestürzter Mine.
„Danke, Eluise. Es wird schon werden. Alles braucht seine Zeit", entgegne ich ihr, als müsste ich sie aufmuntern.
„Miss Carter, da ist noch etwas. Das Krankenhaus hat angerufen. Sie möchten sich dort bitte einmal melden", setzt sie noch nach.
Das Krankenhaus? Was können die denn jetzt noch wollen. Wahrscheinlich geht es um meine Selbstentlassung. Das kann warten. Erstmal an die Arbeit. Da hat sich ja einiges angesammelt. Ich blättere die Aufträge durch, als mir eine Beileidskarte der Firma entgegen fällt. Alle haben unterschrieben. Sogar der Boss. Tränen schießen mir in die Augen. Sofort verbanne ich die Karte in meine Schublade und wische mir die Tränen aus den Augen. An die Arbeit, sage ich immer wieder zu mir selbst. Es tut gut wieder die Tasten unter meinen Fingerkuppen zu spüren. Ich

bekomme gar nicht mit, wie schnell die Zeit vergeht.
„Miss Carter, Ian für sie auf Leitung 1", höre ich Eluise Stimme. Mein Blick wandert zur Uhr. Schon Mittag.
„Hallo Liebste", sagt Ian liebevoll in den Hörer.
„Wie schmeckt die Arbeit? Essen wir heute wieder mit deiner Mum?" Fragen über Fragen.
„Hallo Liebster. Ganz gut. Die Arbeit lenkt mich ab. Ja ich denke schon. Dann ist sie nicht so allein", gebe ich zurück.
„Hast du Marques schon angerufen?", fragt er.
Marques. Hatte ich beinahe vergessen. Mum hat mir gestern seine Nummer gegeben. Er wohnt in Manchester. 46 Kilometer entfernt von meinem Hamington. Noch immer weiß ich nicht, was ich eigentlich zu ihm sagen soll, falls er ans Telefon geht.
>> Hi! Ich bin's. Deine Schwester Elena, die du schon seit 24 Jahren hast. Wollen wir uns nicht mal treffen? << Irgendwie kommt nichts Gescheites dabei raus.
„Nein, noch nicht, Ian!", gebe ich unsicher zurück.
„Naja, du wirst schon den richtigen Augenblick finden, Elli. Da bin ich ganz sicher. Was soll schon passieren, außer das er sich vielleicht nicht mit dir treffen möchte. Ich muss jetzt wieder. Ich liebe dich! Bis später." Recht hat er ja. Was soll schon passieren.
„Ich dich auch. Kuss!"
Ich krame in meiner Tasche nach dem Zettel mit seiner Telefonnummer. Warum haben wir Frauen eigentlich immer so große Taschen? Ach ja richtig, weil Portemonnaie, Wasserflasche, Schlüssel, Handy, Makeup, Bürste, Deo und Taschentücher wohl nicht in eine kleine passen würden. Furchtbar ist das. Als

ich die Nummer endlich gefunden habe, hole ich einmal tief Luft, wähle die Tasten und hebe den Hörer ab. Freizeichen. Doch niemand geht ran. Schnell lege ich auf. Vielleicht sollte ich es etwas länger klingeln lassen als anderthalb Mal. Also noch mal dasselbe Spiel.
„Hi, Elena!", höre ich eine Stimme sagen, die mir von der Trauerfeier noch so vertraut ist. Jedoch kommt sie nicht aus dem Hörer. Etwas irritiert schaue ich zur Tür meines Büros. Und dort steht er. Marques. Mein Bruder. Seine eisblauen Augen versetzen mir wieder einen Stich ins Herz. Augenblicklich bin ich so aufgeregt wie ein Kind an seinem ersten Schultag.
„Hi. Was, was machst du hier? Woher weißt du wo ich arbeite? Hi." Wow. Zwei Hi's in einem Satz. Das wird ihm sicher imponieren.
„Dad hatte mir von dir erzählt. Unter anderem auch, dass du hier arbeitest." Seine Stimme ist der meines Vaters sehr ähnlich. Es ist seltsam für mich einen jungen Mann mit dieser Stimme anzuhören, wo ich doch sonst in ein älteres Gesicht mit kleinen Fältchen um die Augen gesehen hatte.
„Du fragst dich sicher, warum ich hier bin."
Und damit hat er den Nagel auf den Kopf getroffen.
„Ich wollte dich kennen lernen. Immerhin bist du meine Schwester. Und ich denke, es gibt da etwas, worüber wir reden sollten."
Ziemlich geheimnisvoll aber immerhin wollte er mich kennen lernen. Das ist doch schon mal was.
„Miss Carter, das Krankenhaus für sie auf Leitung 2."
Eluise versteht es, immer den falschen Moment abzupassen.

„Jetzt nicht, Eluise. Sagen sie, dass ich später zurückrufe", winke ich ab.
Jetzt gibt es wirklich wichtigeres. Mein Bruder ist da.

Ich bat meinen Chef darum, mir den restlichen Tag frei nehmen zu dürfen. Wir gingen erstmal beim Italiener Mittag essen. Er nahm Salami- Pizza mit Mozzarellarand, extra Paprika, Hirtenkäse und Sauce Hollondaise. Letzteres muss er von meinem Vater geerbt haben. Er hatte auch eine Schwäche für Sauce Hollondaise. Wir haben stundenlang erzählt. Von unserer Kindheit. Welche Schulen wir besucht haben und was unsere Hobbys waren. Mit wem wir zum Abschlussball gegangen sind und wo wir unsere Ausbildung absolviert hatten. Es war einfach wunderbar. Obwohl wir uns noch nicht einmal im Leben gesehen hatten, bis auf die Begegnung bei der Trauerfeier, war es, als würden wir uns schon ewig kennen. Er bedauerte es sehr, dass seine Mutter damals entschieden hatte, den Kontakt zu unserem Dad abzubrechen. Unser Dad. Viel Zeit konnte er nicht mehr mit ihm verbringen. Dennoch durfte er erfahren, was für ein herzensguter Mensch unser Vater im Grunde war. Dad erzählte ihm alles, was damals zwischen ihm und seiner Mutter vorgefallen war. Trotz all dem Groll und Schmerz, die ihn die Jahre über verzehrt haben müssen, nahm er Marques Mutter in Schutz und versicherte ihm, dass sie alles nur aus Liebe getan hätte, um ihn zu beschützen. Dad fragte sich oft, was wohl aus seinem Jungen geworden war und freute sich umso mehr, als

Marques ihn eines Tages anrief, um ihn kennen zu lernen. Da Marques nicht wusste, was ihn erwarten würde, traf er sich mit Dad in einem Cafe. Das Einzige, was seine Mutter ihm immer erzählt hatte war, dass Dad sie wegen einer anderen Frau verlassen hatte, als Marques gerade 3 Jahre alt war. Eigentlich wollte er nur wissen warum. Warum er seinen kleinen Sohn im Stich gelassen hatte. Warum er der Einzige beim Fußballspiel war, dessen Vater ihn nicht anfeuerte. Als er die Wahrheit erkannte, wollte er seinen Vater kennen lernen und etwas von der verlorenen Zeit wieder aufholen, die ihm durch seine Mutter verloren ging. Doch hier spielte ihm das Schicksal einen seiner bösesten Streiche. Ein paar Monate später war unser Vater tot. Sein Blick richtet sich nach unten, während er spricht. Ich sehe ihm an, dass er sehr traurig darüber ist, dass er von uns gegangen ist. Gerade hatte er ihn gewonnen und musste ihn im nächsten Augenblick schon wieder loslassen. Ich bin froh über die Zeit, die ich mit ihm hatte. Froh, dass ich seit 24 Jahren einen Dad hatte. Einen Dad, der immer für mich da war, wenn ich ihn brauchte. Es schmerzt mich, das Marques all das nicht bekommen konnte und lege meine Hand tröstend auf seine Schulter. Wäre jedoch alles anders gewesen, würden wir jetzt nicht zusammen hier sitzen. Eine Träne kullert meine Wange hinunter.
„Du hast ja noch mich!", flüstere ich ihm entgegnen. Er blickt mich an mit einem Lächeln, wie ich es schon so oft bei Dad gesehen habe.
„Ich weiß", gibt er zurück und schenkt mir eine Umarmung.

„Und darüber bin ich sehr glücklich", setzt er noch hinterher.

Es war ein wundervoller Nachmittag gewesen. Ich fragte Marques noch, ob er mit zum Essen zu meiner Mum kommen würde aber er meinte, er wäre noch nicht so weit. Er hatte unser Haus noch nie betreten und hatte noch nicht den Mut, meiner Mum gegenüber zu treten. Zu lange hatte seine Mutter ihren Hass gegen sie geschürt. Immerhin hatte Dad sie wegen meiner Mum verlassen. Ein wenig Wahrheit lag ja schon darin und ich verstehe Marques. Das Letzte, was ich will, ist ihn irgendwie unter Druck zu setzen. Ich habe ihn gerade kennen gelernt. Da will ich ihn natürlich nicht gleich wieder verlieren. Marques gab mir zum Abschied einen Brief von meinem Dad, den er kurz vor seinem Tod an ihn geschrieben hatte. Er meinte ich solle ihn allein lesen und in Ruhe, damit ich begreife, was dort geschrieben steht. Eigentlich wollte Marques heute mit mir darüber reden aber er hielt es für besser, wenn Dad es mir quasi persönlich sagt. Ich bin schon sehr gespannt darauf, was ich erfahren würde. Wir verabredeten uns für das kommende Wochenende. Dann würde ich ihm Ian und Maggie vorstellen und ihm zeigen, wie wir so leben. Meine Arbeit hat er ja nun schon gesehen. Ich bin froh, dass ich ihn habe. Ich bin froh, dass ich einen Bruder habe. Auch wenn er mir 24 Jahre lang verheimlicht wurde, so bin ich dennoch froh, ihn in diesen Tagen kennen gelernt zu haben. Wer hätte das gedacht.

Mum freut sich mit mir, als ich ihr am Abend alles über Marques erzähle. Erst hatte ich so meine Bedenken, wie sie reagieren würde. Gerade jetzt, in dieser schweren Zeit. Alles ist noch so frisch. In manchen Momenten denkt man, er würde gleich zur Tür hereinkommen. Aber dann ruft man sich ins Gedächtnis, dass dies nie wieder passieren wird und ist plötzlich wieder ganz anderer Stimmung. Es ist immer noch ein auf und ab der Gefühle. In manchen Augenblicken fühlt sich alles so normal an und im nächsten überlegt man, ob man eigentlich schon wieder lachen sollte. Ob man überhaupt schon wieder so etwas wie Glück empfinden darf. Immerhin ist die Beerdigung gerade mal ein paar Tage her. Aber ich bin mir sicher, dass Dad es so gewollt hätte. Er hätte gesagt: „Kopf hoch Kleines. Mein Leid soll nicht auch eures sein. Ich bin glücklich, wenn ihr es seid. Ich bin jetzt an einem besseren Ort und habe meinen Frieden gefunden. Trauert nicht länger, sondern blickt nach vorn."
Ich habe Mum auch davon erzählt, dass ich Marques hierher eingeladen habe. Sie schaute mich kurz entsetzt an und entgegnete mir, ich solle mich erst einmal allein mit ihm treffen. Nur für eine Weile. Seine Augen würden sie zu sehr an Dads erinnern. Sie braucht ein wenig Zeit, um mit allem klar zu kommen. Wenn sie soweit ist, kann er uns gerne besuchen kommen und sehen, wie wir hier gelebt haben. Damit kann ich durchaus leben. Ich bin ja schon froh, dass sie nicht gänzlich nein gesagt hat. Auf dem Rückweg foppt Ian mich, weil ich seit zwei Wochen das erste

Mal wieder einen Anflug von einem Lächeln im Gesicht habe.
„Es ist schön, dich wieder lächeln zu sehen, Elena. Das habe ich vermisst", sagt Ian mir ebenfalls mit einem Lächeln im Gesicht.
„Es fühlt sich gut an, zu lächeln. Auch wenn es mir manchmal noch nicht richtig erscheint. Ich vermisse ihn. Ich vermisse ihn so sehr Ian, dass ich manchmal denke, mein Herz zerbricht gleich. Aber im nächsten Moment, wenn ich an Marques denke, bin ich dankbar für jeden Moment, den ich mit ihm verbringen durfte", erkläre ich Ian mit zittriger Stimme.
„Mit der Zeit wird es erträglicher. Glaub mir, Elli. Irgendwann wachst du morgens auf und denkst an ihn mit einem Lächeln im Gesicht statt der Tränen, die über deine Wangen laufen", versucht mein Liebstes mich zu trösten. Ich sehe wieder aus dem Fenster und bin in Gedanken bei ihm.

„Dad, hilfst du mir bei den Hausaufgaben? Ich komme hier nicht weiter", rief ich verzweifelt aus meinem Zimmer.
„Was hast du denn auf?", rief Dad zurück.
„Mein Lieblingsfach- Mathe", gab ich zur Info.
Ich hasste Mathe. Nichts auf der Welt konnte mir so die Laune verderben wie Algorithmen, Integralrechnung und Geometrie. Und wozu sollte das alles überhaupt gut sein? Als würde ich irgendwann einen Beruf ansteuern, bei dem ich auch nur eine

dieser Formeln gebrauchen könnte. Schließlich wollte ich Journalistin werden und keine Astronautin.
„Ich komme gleich", rief Dad mir aus der Küche zu. Ich hörte Mum flüstern, wieso mein Vater mir immer gleich zu Hilfe eilen würde und dass ich es doch so nie alleine lernen würde. Er gab ihr einen Kuss auf die Stirn und meinte, es wäre noch kein Meister vom Himmel gefallen und schon gar nicht in Mathe und grinste meine Mutter an.

Seit nunmehr einer halben Stunde saß er haareraufend an meinem Schreibtisch und murmelte vor sich hin. Sobald ich etwas sagen wollte, hob er den Zeigefinger und meinte: „Psst, ich hab's gleich." Kurz darauf landete der nächste zerknüllte Zettel in meinem Papierkorb. Erst als meine Mum ins Zimmer kam und fragte, was denn los sei, drehte er sich mit erhobenem knallrotem Kopf um.
„Es ist einfach unglaublich, den Kindern solche Rechenaufgaben als Hausarbeit aufzugeben. Sie sollten sich nach der Schule ausruhen können und sich nicht hier auch noch den Kopf zerbrechen müssen. Ich werde gleich morgen einmal mit deiner Lehrerin sprechen", sagte er voller Entschlossenheit.
„Aber Dad...", erwiderte ich schon voller Panik, was meine Klassenkameraden dazu sagen würden.
„Kein Aber!", gab er zurück.
Die ganze Nacht wälzte ich mich hin und her und malte mir aus, was wohl am nächsten Tag in meiner Klasse los sein würde, wenn mein durchgeknallter Vater sich über MEINE Hausaufgaben beschweren würde. Mein Gott, er brachte mich sogar zur Schule.

Als wenn das nicht schon peinlich genug gewesen wäre.
„Misses Keaton", fing er an.
„Ich möchte sie einmal bitten, den Kindern nicht solch schwere Rechenaufgaben als Hausarbeit aufzugeben. Ich denke, die Schüler verbringen schon so einen Großteil ihrer Zeit in dieser Einrichtung mit Lernen und sind erschöpft, wenn sie nach Hause kommen", fuhr er fort.
Misses Keaton schob mit ihrem Zeigefinger ihre Brille ein Stück hinunter und schaute meinen Vater über den Rand musternd an.
„Mister Carter. Ich gebe den Kindern Hausaufgaben anhand IHRER Fähigkeiten auf, nicht denen von ihnen", entgegnete sie meinem Dad.
„Jedes Thema wird von mir detailliert erklärt und mit den Schülern solange geübt, bis jeder es verstanden hat und anwenden kann. Die Rechenaufgaben für zu Hause dienen lediglich der Festigung des heute erlernten. Würde ihre Tochter es unterlassen, in meinen Stunden Zettelchen zu schreiben oder weiterzugeben, wäre es sicher kein Problem für sie, meinem Unterricht zu folgen", fügte sie bissig hinterher. Ich vergrub mein Gesicht in meinen Händen und spürte die zornigen, verwirrten Blicke meines Vaters, der sich nun in der ausweglosen Situation befand, sich bei Misses Keaton zu entschuldigen. Mein Kopf war hochrot, als er aus dem Klassenzimmer ging. Bevor er in der Tür verschwunden war, steckte er noch einmal seinen Kopf hindurch und flüsterte mir mit erhobenem Zeigefinger zu:

„Wir sprechen uns noch, Fräulein!"
*„Mister Carter!", rief Misses Keaton meinem Dad
noch einmal mit Nachdruck zu.*
*"Weiter machen", grinste Dad sie nur an und
verschwand zur Arbeit.*

Ich erinnere mich, dass es abends noch ein
Donnerwetter gab. Er lief in meinem Zimmer hin und
her, meckerte vor sich hin und gestikulierte wie wild
mit seinen Armen. Hin und wieder würdigte er mir
einen seiner wütenden Blicke und streckte seinen
Zeigefinger auf mich. Am Ende jedoch lachten wir
schallend über alles, was er im Klassenzimmer gesagt
hatte und wie er sich zum Narren gemacht hat. Er
meinte nur, ich würde alles verstehen, wenn ich
selbst einmal Kinder haben würde. Kinder. Darüber
nachgedacht habe ich schon hin und wieder. Es
kommt für mich natürlich niemand außer Ian als
Vater in Frage und doch stehen wir gerade ziemlich
gut mit unseren Jobs. Heutzutage kann man sich doch
eigentlich alle Zeit der Welt lassen mit dem
Nachwuchs. Ich meine, das läuft mir ja nicht weg und
ich gehe noch nicht mal auf die 30 zu. Erst einmal ein
wenig Geld ansparen und etwas reisen. Was von der
Welt sehen, das würde ich schon gern noch bevor ich
Kinder in die Welt setze. Auch müssten wir uns auf
einen Ort einigen, wo wir zusammen wohnen würden
und natürlich muss ein Haus her. Was denn sonst.
Maggie braucht ja auch ihren Auslauf und die Kinder
jeder ein eigenes Zimmer. KINDER! Jetzt bin ich schon
bei mehreren. Mein Gott. Ich bin eindeutig noch nicht

bereit dafür. Auch Ian hat noch nie irgendeine Andeutung in dieser Hinsicht gemacht. Also bitte. Wie bin ich überhaupt darauf gekommen? Na endlich, meine Wohnung. Mittlerweile ist es abends schon ziemlich kalt und manchmal auch glatt auf den Straßen. Es dauert jetzt immer etwas länger, bis wir von Mum zurück sind. Wie immer hat Maggie uns schon beim Einparken gerochen und jault den ganzen Hausflur voll bis wir endlich im dritten Stock angekommen sind.
„Ruhig mein Mädchen!", rede ich ihr gut zu und kraule sie zur Begrüßung hinterm Ohr. Einer von uns müsste sie noch mal ausführen. Ich bin zu erledigt.
„Ich geh noch eine Runde mit ihr. Geh du schon mal in Ruhe duschen", kommt Ian mir zuvor, gibt mir einen Kuss und ist schon mit Maggie verschwunden. Duschen. Oh ja. Ich liebe es, wenn das warme Wasser meinen Körper hinunterrinnt. Nichts lässt mich mehr entspannen außer einem schönen Spaziergang mit Maggie natürlich. Als ich so meine Haare shampooniere, fällt mir plötzlich der Brief wieder ein. Ich werde ihn lesen so lange Ian noch nicht zurück ist. Vorher mache ich mir einen Tee. Mit zittrigen Händen öffne ich den Umschlag und hole den Brief heraus. Laut dem Poststempel hat Dad ihn zwei Wochen vor seinem Tod geschrieben. Marques meinte, das war die letzte Begegnung mit ihm und Dad. Er hatte ihm den Brief beim Abschied in die Hand gedrückt, genau wie Marques heute mir. Vorsichtig falte ich ihn auseinander und erkenne sofort seine Handschrift.
„Mein lieber Sohn!", steht dort geschrieben.

Mein lieber Sohn!

Eigentlich wollte ich mit dir darüber reden. Auge zu Auge. Von Mann zu Mann. Doch ich bringe es nicht übers Herz dir dabei in die Augen zu sehen. Ich bin so glücklich, dass du mich nach all den Jahren aufgesucht und dich mit mir getroffen hast. Es verging kein Tag, an dem ich nicht an dich gedacht hatte. Wo du wohl wohnen würdest. Wie dein erster Schultag gewesen ist. Was du für einen Beruf ergriffen hast und ob aus dir der junge Mann geworden ist, den ich mir immer als Sohn gewünscht hatte. Heute weiß ich, dass du jener junge Mann bist und ich bin so stolz auf dich. So stolz, wie ein Vater nur sein kann auf seinen Sohn. Doch wir haben so viel Zeit verloren. Hätte ich doch nur den Mut gehabt, noch einmal nach dir zu suchen, deine Mutter umzustimmen. Heute bereue ich es zutiefst, dass wir nicht mehr Zeit gehabt haben, uns kennen zu lernen. Das ich nicht für dich da war, als du dir dein Knie beim Fahrradfahren lernen aufgeschürft hast. Das ich nicht da war, als du voller Stolz deine große Schultüte gehalten hast. Das ich all deine Geburtstage verpasst habe und dir nie Ratschläge geben konnte, besonders in der schwersten Zeit eines Mannes, in dem die Gefühle verrückt spielen und man sich vor der ersten Liebe so lächerlich macht, dass man nicht mehr zur Schule möchte. Das ich nicht da war bei deiner Abschlussfeier und als du 21 geworden bist. Ich hätte gerne das erste legale Bier mit dir getrunken. All diese Momente lassen sich nicht nachholen und ich möchte dir sagen, dass es mir unendlich leid tut, dass ich aufgegeben hatte um dich zu kämpfen. Leider hält auch die Zukunft nicht mehr soviel Zeit für uns bereit, wie ich gedacht habe. Aus diesem Grunde schreibe ich dir. Ich habe vor kurzem erfahren, dass mein Vater damals nicht nur an einer Lungenentzündung gestorben war, sondern vielmehr an der Huntington-Krankheit. Da ich damals zu meinen Großeltern geschickt wurde in der Zeit, wo es schlimm um ihn stand, habe ich davon nichts mitbekommen. Meine Mutter meinte zuletzt, sie hätte mich schützen wollen, indem sie es mir verschwieg. Heute jedoch bereut sie jeden einzelnen Tag, an dem sie es mir nicht erzählt hat. Ich habe mich auf das Gen vor einiger Zeit testen lassen und das erschreckende positive Ergebnis nach 3 Monaten erfahren. Lange habe ich darüber nachgedacht, ob ich es euch, meinen Kindern, mitteilen soll oder nicht und bin zu dem Entschluss gekommen, dass auch ihr alle Möglichkeiten haben solltet, euch damit auseinander zu setzen. Das Gen kann von Generation zu Generation weitergegeben werden. Ich glaube ich muss nicht erklären, was das bedeutet. Mir tut das alles so leid und noch vielmehr, dass ich nichts daran ändern kann. Auch Elena wird noch einen Brief von mir erhalten. Ich gebe euch Zeit, um darüber nachzudenken. Ihr könnt jeder Zeit zu mir kommen. Auch meine Ärzte erklären euch jederzeit alles, was ihr darüber wissen müsst. Bitte vereinbart einen Termin. Ich begleite euch gern. Vergesst niemals, dass ich euch über alles liebe. Hätte ich es damals schon gewusst, hätte ich vielleicht anders über meinen Kinderwunsch gedacht. Trotzdem bin ich froh, euch zu haben. Ihr seid die besten Kinder der Welt.

In Liebe, Dad

Fassungslos blicke ich das Stück Papier in meiner Hand an. Ich kann nicht glauben, was ich gerade gelesen habe. Das kann nicht sein. Das darf nicht sein. Meine Tasse schellt auf den Boden und zerbricht in tausend Teile. Alles dreht sich. Mir wird schlecht.

Kapitel 4

Seit einer halben Ewigkeit schon halte ich das beschriebene Blatt in meiner Hand ohne mich zu regen. Immer wieder lasse ich meinen Blick über die entscheidenden Worte gleiten. Huntington. Positives Ergebnis. Von Generation zu Generation. Ich lese die Worte, doch ich begreife sie nicht. Ich kann nicht verstehen, was dort geschrieben steht. Kann das wirklich sein? Ist das wirklich die Wahrheit? Die Huntington- Krankheit? Die Huntington- Krankheit. Oh mein Gott. Ich weiß nicht was ich denken oder fühlen soll. Es ist, als würde mein Kopf an den Gedankenströmen zerbersten, die gerade auf mich eindonnern. Mir ist heiß und kalt zugleich. Mein Blut kocht. Ich höre mein Herz klopfen. Es schlägt laut und schnell.
„Elli!", höre ich Ians Stimme rufen. Er muss gerade hereingekommen sein.
„Elena, ist alles in Ordnung? Du schaust, als hättest du gerade einen Geist gesehen!", sagt er besorgt.
Ich bin nicht in der Lage ihm zu antworten. Zu tief sitzt der Schock. Ich spüre einen sauren Schleim in meinem Hals, springe auf und renne zur Toilette. Ich kann mein Abendessen nicht mehr halten. Ian folgt mir bis zur verschlossenen Badtür.
„Was ist denn los, Elli? Geht es dir gut? Komm schon, rede mit mir."
Die Besorgnis festigt sich in seiner Stimme. Ich wasche mein Gesicht mit etwas kaltem Wasser, in der

Hoffnung wieder zur Besinnung zu kommen und blicke in den Spiegel.
„Reiß dich zusammen, Elli!", sage ich zornig zu meinem Spiegelbild und gehe zu Ian. Ich will ihn nicht verrückt machen also sage ich erstmal nichts.
„Ich muss noch mal zu meiner Mum etwas klären, Ian. Allein", sage ich mit bestimmtem Ton.
„Aber wir kommen doch gerade von deiner Mum, Elli. Kannst du das nicht telefonisch klären? Ist ja auch schon 21 Uhr", gibt Ian zurück.
„Nein, das kann nicht warten. Und ich kann es auch nicht am Telefon besprechen. Tut mir leid. Ich erkläre dir alles später", versuche ich die Situation zu entspannen und gebe ihm einen Kuss, bevor ich ins Auto steige. Es ist kälter geworden. Dicke Regentropfen prasseln gegen mein Fenster. Immer wieder bleiben meine Gedanken an den Wörtern des Briefes haften. Ich kann es immer noch nicht glauben. Aber wenn es so ist. Wenn es wirklich so ist. Eine Träne macht sich auf meinem Gesicht breit. Ich dachte schon, jetzt kann es nicht mehr schlimmer werden. Da meint das Schicksal es aber wieder gut mit mir. Ich muss fast grinsen, so unglaublich kommt es mir vor. Endlich sehe ich mein Haus am Ende der Straße. Die Lichter sind noch an. Meine Mum ist noch wach. Ich klopfe wie eine Irre an die Tür.
„Mum! Mach bitte auf! Ich bin's, Elena. Ich muss mit dir reden. Mum!", rufe ich immer energischer.
„Kind. Was ist denn los? Ist etwas passiert? Wo ist Ian?", fragt sie sichtlich verwirrt.
Natürlich ist sie verwirrt. Immerhin war ich vor nicht mal zwei Stunden zum Abendessen hier und es war

alles in bester Ordnung. Kein Wunder, dass sie so besorgt ist. Zwei Besuche ihrer Tochter an einem Abend. Das kann nichts Gutes bedeuten.
„Hatte Dad die Huntington- Krankheit?", falle ich gleich mit der Tür ins Haus. Erschrocken blickt sie mich an und sucht nach einem Halt um sich. Sie ergreift eine Lehne und setzt sich zitternd auf den Stuhl. Doch ich muss es jetzt wissen, also frage ich noch mal.
„Mum, sag es mir. Hatte Dad die Huntington- Krankheit?"
Flehend blickt sie in meine Augen.
„Elli, Kind bitte. Lass mich doch erklären", versucht sie mich zu beruhigen. Doch ich kann mich nicht beruhigen.
„Das heißt also ja", gebe ich aufklärend zurück.
Sie nickt.
„Ja Elena. Dein Vater hatte diese Krankheit, doch wir haben sie leider erst sehr spät bemerkt", versucht sie mir zu erklären.
„Dein Vater hatte schon vor Jahren die Anzeichen gespürt, sich aber nichts dabei gedacht. Er wusste ja nichts von dieser Krankheit in seiner Familie. Immer schob er es auf die Arbeit. Er meinte, er hätte zuviel Stress und das seine Nerven ja nicht mehr die jüngsten sind. Als er das Testergebnis bekam, war er am Boden zerstört", erzählt sie mir unter Tränen in den Augen.
„Aber Mum, warum um Gottes Willen habt ihr denn nichts gesagt?", frage ich voller Unverständnis.
„Dein Vater wollte dich nicht beunruhigen. Er wollte dir nach und nach erzählen, was in seinem Leben vor

sich ging. Erst das mit Marques und zum richtigen Zeitpunkt von dem Test. Er musste ja auch erstmal selber damit klar kommen. Er machte sich solche Vorwürfe, verstehst du? Und auf einmal ging dann alles so schnell. Er hatte einfach keine Zeit mehr und mir…mir fehlte die Kraft dazu."

Ihre Stimme wurde immer leiser und ihr Schluchzen immer lauter. Sicher hatte sie in den letzten Monaten viel durchmachen müssen. Sicher hatte sie ebenfalls drei Monate lang gebangt und gehofft, das Ergebnis würde anders ausfallen. Nicht mal im Ansatz kann ich mir vorstellen, wie es sein muss, das Todesurteil seines geliebten Menschen mit anhören zu müssen. Ich nehme sie in den Arm, obwohl ich immer noch wütend bin. Und traurig. Und verwirrt. Mein Kopf kann das alles nicht verarbeiten. Ein Schmerz bohrt sich durch meine Schläfe.

Ein Schmerz, der mir noch wohlbekannt ist aus den letzten Wochen. Langsam kommt meine Mum wieder zu sich. Das Schluchzen versiegt.

„Er hat auch dir einen Brief geschrieben, Elli. Kurz bevor er den Schlaganfall hatte. Ich hole ihn eben", sagt sie nun wieder mit ihrer sanften Stimme, die mir schon oft Trost gespendet hat in meiner Kindheit. In ihrer Abwesenheit gehe ich durch die unteren Zimmer. Alle Bilder stehen noch an ihrem Platz. Fotos von uns dreien im Urlaub oder auf meiner Abschlussfeier. Ein etwas größeres Bild von meinem Dad steht in der Mitte. Davor eine Kerze. Ich blicke es eine Weile an und frage mich, wo er jetzt wohl ist. Warum er nur so früh von uns gegangen ist. Das ist nicht fair. Das ist einfach nicht fair.

„Dad! Dad, komm schnell!", rief ich voller Panik aus meinem Zimmer.
„Was ist denn Kleines? Ist dir was passiert?", fragt er mich völlig aus der Puste.
„Sieh doch! Da! Er rührt sich nicht mehr. Ich habe ihm sein Futter hingestellt aber er kommt nicht. Dann habe ich ihn angestupst, aber er regt sich einfach nicht. Was ist nur los mit ihm, Dad?", fragte ich sehr aufgeregt. Dad hob ihn sacht aus seinem Käfig und sah ihn eine gefühlte Ewigkeit an. Dann setzte er ihn wieder hinein und wandte sich mir zu.
„Hör mal, Kleines. Dein Hugo ist von uns gegangen. Verstehst du? Er ist eingeschlafen und wird nie wieder aufwachen", sagte er ruhig und sehr einfühlsam.
Ich war total schockiert.
„Du, du meinst, er ist tot?" hakte ich nach.
„Ja mein Schatz, er ist tot. Tut mir leid."
Dad umarmte mich und ich heulte. Heulte, wie niemals zuvor.
„Das ist nicht fair!", sagte ich unter meinem Schluchzen.
Er nahm meinen Kopf in seine Hände und hob ihn etwas an, sodass ich in seine Augen blicken konnte.
„Nein mein Kleines, fair ist das nicht. Aber so ist nun mal der Lauf der Dinge. Wir alle müssen einmal sterben, weißt du. Jeder hat nur eine bestimmte Zeit auf dieser Welt und wenn diese abgelaufen ist, müssen wir gehen", versuchte er mir zu erklären.
Ich löcherte ihn bestimmt noch eine Stunde mit Fragen über das Leben und den Tod und er beantwortete alles ganz ehrlich, so gut er es eben

konnte. Ohne etwas auszuschmücken. Als wäre es das Natürlichste überhaupt.
„Wollen wir ihn im Garten begraben?"
Dad stand auf und holte einen Schuhkarton. Er schmückte ihn aus mit feinem weißen Stoff und legte meinen Hamster hinein. Den Platz im Garten durfte ich mir aussuchen. Wir begruben ihn unter dem Apfelbaum und bauten aus Stöckern ein kleines Kreuz, welches wir in die Erde steckten. Wir verweilten noch ein wenig vor dem Grab. Hand in Hand. Dad sprach noch ein paar letzte Worte für Hugo und ich verabschiedete mich von ihm.
„Dad?", fragte ich, nachdem meine Tränen getrocknet waren.
„Ja, Kleines?", sagte er und schaute mich mit seinen blitzblauen Augen an, als würde er wissen, was ich ihn gleich fragen würde.
„Warum sterben wir alle?"
Ich war so gespannt auf seine Antwort, dass ich wie gebannt auf seine Lippen starrte.
„Wir sterben alle, damit wir das Leben zu schätzen wissen, mein Schatz", sagte er und lächelte auf mich herab.

Ich wollte seit diesem Tag nie wieder ein Haustier haben. Es tat so weh, Hugo zu verlieren und ich habe ihn danach so sehr vermisst. Irgendwann erklärte mir Dad, dass nicht alle Tiere so ein kurzes Leben haben wie Hamster und das Hunde uns zum Beispiel über zehn Jahre hinaus begleiten könnten. So kam ich später zu Maggie. Dies war meine einzige direkte Begegnung mit dem Tod bis mein Vater gestorben ist.

„Hier ist er, Elli!" durchbricht die Stimme meiner Mutter meine tiefen Gedanken. Richtig. Der Brief. Zögernd nehme ich ihn entgegen und mache mich wieder auf den Heimweg.
„Kommst du morgen wieder zum Essen?", fragt meine Mum mich mit hoffnungsvollem Blick.
„Ich weiß noch nicht", entgegne ich mit gesenktem Blick.
„Okay. Lass dir Zeit, Elena", sagt sie einfühlsam.
Ich drehe mich um und steige in meinen Taunus, um nach Hause zu fahren. Den Brief lasse ich auf den Beifahrersitz gleiten. Während der Fahrt kann ich mich kaum konzentrieren. Ständig muss ich daran denken. Huntington. Ich kenne diese Krankheit eigentlich nur aus den Medien. Ein Mann sitzt im Rollstuhl und ist nicht mehr in der Lage zu sprechen. Sein Arm führt willkürliche Bewegungen aus. Hin und wieder versucht er ihn mit seinem anderen Arm festzuhalten. Er sieht dünn und eingefallen aus. Wenn er etwas gefragt wird, gibt er die Wörter in seinen kleinen Sprachcomputer am Rollstuhl ein. Dieser antwortet dann für ihn. Doch das ist nicht das einzige Bild in meinem Kopf. Wörter wie Tod, keine Heilung, vererbbar und Gentest krauchen bis in die hintersten Ecken meines Gehirns. Noch vorhin dachte ich darüber nach einmal Kinder zu haben und nun sitze ich hier und weiß noch nicht mal, ob ich lange genug leben werde, um sie groß zu ziehen. Mein Magen zieht sich wieder zusammen und ich muss

rechts ranfahren, um mich nicht in meinem Auto zu übergeben. Ich schnappe etwas frische Luft. Mit jedem Atemzug geht es mir schon etwas besser. Ich setzte mich wieder in mein Auto und umklammere mein Lenkrad. Meine Emotionen sind in diesem Augenblick nicht mehr zu halten. Eine Träne nach der anderen überströmt mein Gesicht. Ich kann nicht mehr. Das ist alles so furchtbar. Wie soll ich damit nur umgehen? Ich weiß es nicht. Gerade bin ich am Boden zerstört. In der Ferne nehme ich zwei Lichter wahr. Auch das noch. Hoffentlich denkt jetzt keiner, dass ich eine Panne hab. Das wäre jetzt echt das Letzte. Ich durchsuche die Seiten meines Autos nach Taschentüchern, habe jedoch keinen Erfolg. Also wische ich mein Gesicht mit meinen Händen trocken so gut es geht. Ein Blick in den Spiegel lässt mich aufschrecken. Meine Augen sind schwarz vom Mascara und rot vom Heulen. Scheiß drauf. Der wird schon weiterfahren. Kann ich wirklich so viel Pech haben? Das Auto wird langsamer und bleibt auf der anderen Straßenseite mir gegenüber stehen. Jetzt erst erkenne ich seinen hellblauen Lack.
„Elena?", höre ich Ians aufgeregte Stimme rufen. Welch mitleidiger Blick, als er mich durch das Fenster erspäht. Er öffnet die Tür und sogleich falle ich ihm in die Arme und heule erneut. Ich hasse das. Meine Augen brennen schon unheimlich. Er reicht mir ein Taschentuch.
„Komm Elli, ich fahr uns nach Hause", sagt er bestimmt.
„Deinen alten Toni wird schon keiner klauen. Den holen wir morgen", setzt er noch hinterher

wohlwissend, dass ich mein Schätzchen hier nicht lange sich selbst überlassen werde. Schnell schnappe ich mir noch den Brief, bevor ich zu Ian ins Auto steige.
„Woher wusstest du…?", beginne ich zu fragen, doch Ian fällt mir schon ins Wort.
„Von deiner Mum. Sie hat angerufen und gefragt ob du schon zu Hause bist. Angeblich wärst du schon vor einer Stunde losgefahren. Mütterlicher Instinkt schätze ich. Willst du darüber reden, was passiert ist?", hakt er nach.
„Nein. Im Moment ist mir nicht nach Reden."
Ich richte meinen Blick aus dem Fenster. Ian legt seine Hand auf meine und drückt sanft zu.
„Ich liebe dich, Elli. Vergiss das nicht!"
Ich liebe ihn auch. Sehr sogar. Aber dieser Tag hat alles verändert. Einfach alles. Die Zukunft hat sich vor meinen Augen in Luft aufgelöst. Was sollte ich ihm jetzt schon sagen? Dass wir vielleicht niemals Kinder haben werden? Das wir nicht zusammen alt werden können? Das ich unendlich große Angst habe, das Gen geerbt zu haben? Nein. Morgen ist auch noch ein Tag. Fürs erste gewinnt die Stille im Auto die Oberhand. Nur das Geräusch des Motors und das Prasseln des Regens an die Scheibe dringen in mein Gehör.

Mitten in der Nacht werde ich wach. Ich sehe den Wecker vor meinen Augen. 3 Uhr 28. Ian? Er liegt neben mir und schläft wie ein Murmeltier. Wie bin ich denn bloß ins Bett gekommen? Eben saß ich doch noch im Auto. Ich richte mich auf und Maggie hebt sofort ihren Kopf als hätte sie Angst, dass ich schon wieder gehen würde. Ich gehe in die Küche um mir einen Tee zu machen. Da liegt er auf dem Küchentisch und zeigt mir, dass es leider kein Traum war. Der Brief meines Vaters an Marques. Ich schätze Ian hat mich herauf getragen. Wahrscheinlich bin ich im Auto eingeschlafen. Erschöpft von dem Weinen und der Informationsflut der letzten Stunden. Mit meinem Tee in der Hand setze ich mich an den Computer. Ich öffne die Such- Maske. Nach kurzem Überlegen tippe ich die Wörter ein.

H-u-n-t-i-n-g-t-o-n- K-r-a-n-k-h-e-i-t.

Die Huntington-Krankheit ist eine bis heute unheilbare erbliche Erkrankung des Gehirns. Betroffene leiden an der fortschreitenden Zerstörung eines Bereichs des Gehirns, der für Muskelsteuerung und grundlegende mentale Funktionen wichtig ist, des Striatums. Dort werden Gehirnzellen durch ein fehlerhaftes Eiweiß zerstört, das infolge eines Defekts des so genannten Huntington- Gens gebildet wird. Die äußeren Krankheitserscheinungen umfassen Störungen des Gefühlslebens, der Muskelsteuerung einschließlich der Mimik und schließlich der Hirnfunktion insgesamt. Die Krankheit nimmt immer einen schweren Verlauf und führt im Durchschnitt 15 Jahre nach den ersten Symptomen zum Tod. Mit wenigen Ausnahmen erkranken alle Merkmalsträger früher oder später. Seit 1993 lässt sich das Gen nachweisen.

Das sind ja hervorragende Aussichten. Da kann ich mich ja gleich erschießen. Dads Brief kommt mir wieder in den Sinn. Ich hole ihn aus meiner Jackentasche und falte ihn auf. Nein, ich kann das jetzt nicht. Ich habe Angst davor, was er mir geschrieben hat. Die letzten Worte, bevor er mich verlassen hat. Ich bin noch nicht bereit dafür. Leise öffne ich meine Schublade und lasse ihn darin verschwinden. Ich lege mich wieder ins Bett und versuche noch ein wenig zu schlafen. Schlimmer kann es jetzt wirklich nicht mehr werden.

Heute müssen wir früher aufstehen, weil mein Toni irgendwo zwischen hier und meiner Mum am Straßenrand steht. Ich versuche das Geschehene erstmal ein wenig auszublenden und mich heute auf die Arbeit zu stürzen. Immerhin bin ich schon gestern früher gegangen. Irgendwann jedoch muss ich mit Ian darüber sprechen. Er hat es nicht verdient, dass ich ihm etwas verheimliche. Ich habe Angst vor seiner Reaktion. Angst davor, ihn zu verlieren. Aber vielleicht wäre es ja auch besser so. Wie könnte er schon mit mir leben, wenn ich nur noch vor mich hin vegetiere. Eine schreckliche Vorstellung, nicht mehr Herr über seinen eigenen Körper zu sein. Das könnte ich ihm niemals antun. Er hat etwas Besseres verdient. Eine Frau, mit der er Kinder haben kann. Eine Frau, mit der er den Rest seines Lebens verbringen kann. Und zwar ohne sie pflegen zu müssen. Unbeschwert. Einfach. Das wünsche ich mir für ihn. Maggies Bellen holt mich abermals aus

meinen Gedanken und ein letztes Mal werfe ich den Ball, bevor wir los müssen. Es ist bitterkalt heute. Ich sollte langsam mal meine Winterreifen raufziehen lassen. Mein Taunus steht noch genau unter der Laterne, wo ich ihn abgestellt habe. Ian gibt mir einen Kuss und fährt weiter zur Arbeit. Hinterm Steuer sitzend denke ich kurz zurück an gestern Abend. Wie ich hier heulend im Wagen gesessen habe und Ian mich gefunden hat. Er ist wirklich ein toller Mann. Wie viele Männer wären schon ins Auto gestiegen und hätten ihre Freundin gesucht, nur weil sie eine Stunde zu spät dran ist? Wohl keiner. Die meisten denken sich wahrscheinlich, dass sie noch irgendwo hängen geblieben ist. Sich verquatscht hat oder so. Nicht aber Ian. Er hat Antennen für so etwas. Er weiß genau, wann ich ihn brauche und wann er mich in Ruhe lassen sollte. Das ist wirklich bemerkenswert. Ich wünschte, ich könnte das ebenso. Bis jetzt klappt mein Ablenkungsmanöver doch ganz gut. Aber ob ich in der Lage bin es den ganzen Tag aufrecht zu halten? Eluise wünscht mir einen guten Morgen und klärt mich über meine Termine auf.
„Ach Miss Carter? Das Krankenhaus hat schon wieder angerufen."
Mein Gott, die lassen auch nicht locker.
„Stellen Sie das nächste Mal durch. Danke Eluise!", gebe ich augenrollend zurück. Ich sollte endlich mal mit denen sprechen, damit sie mich nicht weiter mit Anrufen terrorisieren. Vertieft in meine Arbeit bemerke ich schon wieder nicht, wie die Zeit vergeht, bis mein Handy klingelt. Marques erscheint auf dem

Display. Ich überlege kurz, ob ich rangehen soll und klappe es schließlich auf.
„Hi, Marques. Was gibt's? Ich bin arbeiten."
Ich höre mich wütend an. Dabei will ich mich gar nicht so anhören. Immerhin kann er ja nichts dafür, dass die Dinge so sind, wie sie nun mal sind.
„Du hast den Brief also gelesen, nehme ich an?", fragt er überzeugt, denn mit meiner Stimmlage habe ich mich eben selbst verraten.
„Ja. Ich habe ihn gelesen", gebe ich zurück.
„Und möchtest du darüber reden? Wollen wir uns treffen?", bietet er mir an.
„Marques, ich muss das alles erstmal sacken lassen und auch Ian in alles einweihen. Ich würde sagen wir belassen es beim Wochenende, okay?"
Ich fühle mich, als würde ich ihn zurückweisen aber im Moment kann ich nicht darüber reden. Schon gar nicht mit ihm. Einen Tag habe ich mit ihm verbracht. EINEN Tag. Und dann diese Horrornachricht. Ich brauche Zeit.
„In Ordnung Elena. Wenn was ist, weißt du wie du mich erreichen kannst. Ich bin für dich da. Immerhin teilen wir jetzt dasselbe Schicksal. Es tut mir so leid. Für uns beide. Machs gut, Elli!"
Er hat aufgelegt. Dasselbe Schicksal. Richtig. Auch er kann das Gen von unserem Vater geerbt haben. Das Schicksal meint es scheinbar nicht gut mit uns in diesen Tagen.
„Miss Carter, Ian für sie auf Leitung 2", durchdringt Eluise Stimme den Raum.
„Stellen Sie durch!", gebe ich ihr zur Antwort.
„Hallo Liebste!", fängt Ian wie immer an.

„Essen wir heut wieder bei deiner Mum?", fragt er aufmerksam wie immer.
„Ich denke nicht, nein. Ich rufe sie nachher noch an, um abzusagen", gebe ich zurück.
„Wirst du mir heute sagen, was gestern los war?"
Es ist sein gutes Recht das zu fragen. Er ist mein Freund. Mein Lebensgefährte. Er muss es erfahren.
„Ja, Ian. Heute Abend werde ich dir alles erzählen. In Ruhe."
Zwar weiß ich noch nicht so genau was ich sagen soll, aber irgendwie werde ich es ihm schon beibringen. Ich muss.
„Okay, dann bis später Honey."
Er legt auf und schon kommt die nächste Durchsage. Heute geht es zu wie auf dem Bahnhof hier. Das Krankenhaus. Ich solle doch bitte einmal vorbeikommen. Immer diese Geheimniskrämerei. Von wegen nicht am Telefon sagen. Was soll das überhaupt? Da ich gleich Mittagspause habe, beschließe ich sofort hinzufahren und mir diese lästigen Anrufe vom Hals zu schaffen. Der Geruch verursacht mir mal wieder ein Magengrummeln der besonderen Art.
„Miss Carter, hier entlang!", werde ich aufgerufen und von der Schwester in ein Zimmer geführt.
„Die Ärztin kommt gleich."
Minuten des Wartens vergehen. Ich blicke mich derzeit ein wenig im Zimmer um. An der Tür hängt ein Bild mit dem weiblichen Busen. Alles ist aufgezeichnet und benannt. Nun bin ich wieder etwas schlauer.

„Guten Tag, Miss Carter", sagt die Ärztin mit einem überschwänglichen Lächeln im Gesicht. Ich grüße zurück.

„Können Sie sich denken, warum Sie hier sind?", bohrt sie nach aber ich schüttele den Kopf.

„Wie geht es Ihnen denn in letzter Zeit?"

Ist das eine Fangfrage? Werde ich gleich in die Klappa gesteckt, wenn ich die Wahrheit sage?

„Es geht. Mein Vater ist grade gestorben. Da werden sie verstehen, dass ich nicht himmelhochjauchzend durch die Gegend spaziere. Sagen Sie mir einfach, worum es geht", gebe ich bestimmt zurück.

„Nagut, Miss Carter. Da Sie es scheinbar auf die sehr direkte Art mögen."

Sie räuspert sich und schaut mich mit freudiger Mine an.

„Sie sind schwanger. Herzlichen Glückwunsch!"

Meine Kinnlade fällt hinunter und meine Stirn legt sich in Falten.

„Bitte was haben sie gerade gesagt?"

Verwirrt blickt sie mich an und wiederholt diese unmöglichen Worte: „Sie sind schwanger!"

Kapitel 5

„Nein. Das kann nicht sein. Das darf nicht sein. Ich kann doch jetzt nicht schwanger sein!"
Ich springe vom Stuhl auf. Panik breitet sich in meinem Körper aus. Das darf es doch gar nicht geben. Mir wird schwindelig und schlecht zugleich. Alles dreht sich.
„Miss Carter! Beruhigen Sie sich. Kommen Sie, legen Sie sich ein wenig hin!"
Die Ärztin schiebt mir ein Kissen unter die Beine. Scheinbar ist mein Kreislauf gerade etwas empfindlich. Und ich habe ernsthaft geglaubt, dass es nicht mehr schlimmer werden kann. Was für eine Horrornachricht. Eben rede ich mir noch ein, ich wäre nicht bereit für Kinder und nun das. Was spielt das Schicksal da überhaupt für ein dämliches Spiel mit mir? Was habe ich nur verbrochen, dass mich eine schlechte Nachricht nach der anderen trifft. Es gibt so viele Menschen auf der Welt, doch im Moment habe ich das Gefühl, dass alles Schlechte auf mich herab geschüttet wird. Mein Gott. Was wird nur Ian dazu sagen? Jetzt sind all meine Gedanken dahin. Ich wünschte ihm doch ein unbeschwertes, glückliches Leben und nun schocke ich ihn gleich mit 2 Schicksalsschlägen.
„Na da habe ich Ihnen wohl einen gehörigen Schrecken eingejagt, was meine Liebe? Ihrer Reaktion nach zu urteilen ist dies keine geplante

Schwangerschaft. Ich würde gerne einmal einen Ultraschall machen, mit ihrer Erlaubnis, und in der Zeit jemanden für Sie anrufen lassen, der sie abholt. Ihr Kreislauf ist mir zu labil, als dass ich sie allein wieder gehen lassen würde. Wen darf ich denn für sie anrufen?"
Ich überlege und überlege, entschließe mich zu guter Letzt doch für Ian. Er ist der einzige, dem ich zu 100 Prozent vertraue. Ich möchte nicht, dass irgendjemand anderes über diese Schwangerschaft Bescheid weiß.
Das Gel ist kalt auf meinem Bauch. Mit dem Ultraschallkopf schiebt sie es hin und her.
„Na da haben wir ja ihr Kleines", sagt sie lächelnd und deutet mit dem Zeigefinger zum Bildschirm. Doch ich wende meinen Blick ab. Ich möchte es einfach nicht sehen. Nicht akzeptieren. Es ist einfach der schlechteste Zeitpunkt überhaupt. Ich will jetzt kein Kind. Und schon gar nicht mit Ian. Er hat das alles nicht verdient. Und ich auch nicht.
„Es sieht alles in Ordnung aus, Miss Carter. Sie brauchen sich keine Sorgen machen. Verzichten sie in der nächsten Zeit bitte auf Alkohol, Nikotin und Medikamente. Die erste Zeit ist sehr sensibel. Sie sollten auch einen Termin mit ihrem Frauenarzt machen", erklärt sie mir.
Alles in Ordnung? Keine Sorgen machen? Das ich nicht lache. Ich sage aber keinen Ton, um Konfrontationen aus dem Weg zu gehen.
„Sicher", entgegne ich nur. Mit besorgtem Blick legt sie eine Hand auf meine Schulter.

„Miss Carter, wenn der erste Schock überwunden ist, werden Sie sich sicher darüber freuen. Viele junge Mütter sind sich erstmal unsicher aber das gibt sich mit der Zeit."
„Gibt sich mit der Zeit? Sie haben doch keine Ahnung. Danke für alles. Ich warte draußen", zische ich zurück und setze mich in den Warteraum. Sicher, sie kann nichts dafür aber ich kann diese Sprüche einfach nicht länger ertragen. Der Bote wird ja bekanntlicherweise meistens umgebracht. Meine Trauer verschwindet langsam und wandelt sich in etwas um, das ich nur zu ungern in mir trage. Wut, Zorn und Gleichgültigkeit. Ich habe jetzt schon Angst, jemanden zu verletzten. Inzwischen rufe ich bei der Arbeit an und melde mich für den Rest des Tages krank. Lange werden die das auch nicht mehr mitmachen, glaube ich. Ab morgen werde ich mich zusammenreißen. Die Arbeit ist im Moment das Einzige, was mich ablenkt. Ablenkt von all dem Schlechten, was mir in letzter Zeit widerfährt. Hier habe ich die Oberhand. Hier habe ich die Kontrolle über das, was geschieht. Meine Artikel fallen mir nicht in den Rücken. So wie das miese Schicksal dieser Tage. Ich sehe Ian wie aufgescheucht am Ende des Flurs. Ich winke ihm zu und er rennt fast den Flur entlang.
„Du schockst mich immer wieder in den letzten Tagen, weißt du das?", sagt er vorwurfsvoll und drückt mir einen Kuss auf den Mund.
„Was ist denn passiert? Ich dachte mein Herz bleibt stehen, als das dämliche Krankenhaus angerufen hat. Die meinten du wärst nicht in der Lage, alleine zu

fahren. Also, was ist passiert? Wir haben doch vorhin erst telefoniert. Da war doch noch alles in Ordnung!" Ian redet gerade ohne Luft zu holen. Scheinbar habe ich ihm wirklich einen ordentlichen Schrecken eingejagt. Ich weiß nicht so recht, was ich ihm nun antworten soll. Die Wahrheit? Soll ich ihm ernsthaft erzählen, dass er bald Vater wird? Dass er bald Vater wird von einem Kind, das eventuell Huntington hat? Ich überlege hin und her aber werde einfach nicht drum rum kommen. Noch immer in Gedanken versunken stehe ich auf und will schon losgehen.
„Elli!", sieht Ian mich auffordernd an. Ich blicke in seine Augen und weiß nun, dass ich ihm die Wahrheit sagen muss. Er hat nichts Anderes verdient als die Wahrheit.
„Ich bin schwanger Ian", erwidere ich trocken.
„Du bist schwanger?", wiederholt er meine Worte ungläubig.
„Ja. Ich bin schwanger, Ian", gebe ich bestätigend zurück. Für eine gefühlte Ewigkeit regt er sich nicht, als müsse er erstmal verdauen, was ich ihm gerade um die Ohren geworfen habe. Dann jedoch kommt er mit immer schnelleren Schritten auf mich zu und wirbelt mich auf seinen Armen durch die Luft.
„Aber das ist doch wunderbar, Elli!", strahlt er mich an, sodass mir ein Kloß im Halse stecken bleibt. Es schmerzt mich, ihn so glücklich zu sehen. Denn dieses Glück werde ich ihm gleich wieder entreißen müssen. Er freut sich so sehr und mir tut es so unendlich leid, dass ich diese Freude gerade so gar nicht mit ihm teilen kann. In meiner Vorstellung hat sich dieses Szenario irgendwie immer anders abgespielt.

Wir hätten gemeinsam entschieden, dass ich die Pille absetze, weil wir uns beide nichts sehnlicher gewünscht hätten als ein Baby. Nach dem dritten Monat ohne Hormone wäre meine Periode ausgeblieben und ich hätte wahrscheinlich noch am selben Tag einen Schwangerschaftsfrühtest gemacht. Dieser wäre natürlich positiv ausgefallen und ich hätte mich gefreut wie ein Schneekönig. Dann hätte ich mich mit Ian zum Abendessen verabredet und wir wären schick ausgegangen. Nach dem Essen hätte ich ihm eine schöne Geschenkschachtel zugeschoben und er hätte gefragt, ob er unseren Jahrestag verpasst hat. Er hätte den Deckel angehoben und darunter ein Paar Babyschühchen gefunden. Freudestrahlend wäre er ganz aus dem Häuschen gewesen und hätte mich beim Umherwirbeln fast zerdrückt. Alle Leute hätten uns angestarrt und stolz hätte er verkündet, dass ich schwanger bin. Naja, ein wenig kitschig vielleicht, aber so in etwa habe ich es mir schon vorgestellt. Und nun? Nun stehen wir hier mitten in dem Krankenhaus, in dem mein Dad gestorben ist mit diesem fürchterlichen Unwissen, ob ich nun Huntington habe oder nicht. Das kommt nicht gerade auf meine Liste der romantischsten Augenblicke meines Lebens.
„Elli. Das ist doch wunderbar. Oder etwa nicht?", wiederholt Ian, weil er wohl meine gedankliche Abwesenheit spürt. Ich senke den Blick und Ian weiß sofort, dass etwas nicht stimmt.
„Nicht hier. Lass uns nach Hause fahren", bitte ich ihn. Keiner gibt die Fahrt über einen Ton von sich. Immer wieder spüre ich Ians unsichere Blicke auf

mich herabrieseln. Ich habe Angst, es ihm zu sagen. Wie er wohl reagieren wird? Zu Hause angekommen schmeiße ich meine Schlüssel in die Schale neben dem Telefon. Ich gehe zum Küchenfenster und schaue hinaus. Ian steht hinter mir. Nach einer Minute des Schweigens treffe ich eine Entscheidung. „Lies ihn!", fordere ich ihn auf und deute mit dem Zeigefinger auf den Brief, den Dad Marques geschrieben hat. Er faltet ihn auf und beginnt zu lesen. Minutenlang sagt er keinen Ton. Dann faltet er den Brief wieder zusammen und steckt ihn in den Umschlag.
„Ich verstehe", sagt er trocken.
„Du hast Angst. Angst, dass unser Baby diese Krankheit haben könnte, richtig?"
Die Luft ist aufgeladen. Man kann die Spannung förmlich fühlen. Ein falsches Wort. Ein falscher Blick und alles liegt in Trümmern. Angst. Natürlich habe ich Angst. Aber erstmal fürchte ich mich davor, das Gen selbst geerbt zu haben. Er wird das nicht verstehen.
„Rede mit mir, Elena!", wirf er mit bestimmendem Ton hinterher.
„Gut. Und was bitte soll ich sagen? Ja, ich habe Angst. Angst davor, selbst dieses Gen in mir zu tragen, verstehst du? Das Baby? Das Baby ist mir gerade total egal. Ich wollte das jetzt nicht. Ich habe mir nicht ausgesucht, jetzt schwanger zu werden!"
Ich merke, wie meine Stimme immer lauter wird, doch ich kann nicht innehalten.
„Siehst du das?", frage ich, während ich ihm meine Pillenschachtel unter die Nase halte.

„Das sollte mich eigentlich vor so etwas bewahren. Super, dass das so gut funktioniert hat. Ich frage mich, wozu ich überhaupt alle drei Monate Geld dafür aus dem Fenster schmeiße, wenn die Verhütung gar keine Verhütung ist", setze ich noch hinterher. Sein Blick zeigt mir, dass ich ihm gerade sehr zugesetzt habe. Er guckt traurig und sichtlich verwirrt auf den Boden. Ich habe ihn verletzt. Das wollte ich nicht. Im Moment jedoch würden wir auf keinen gemeinsamen Nenner kommen. Er denkt an das Baby. Ich denke an mich.
„Ian, vielleicht solltest du lieber nach Hause fahren. Das bringt doch jetzt nichts", versuche ich ihm verständlich zu machen.
„Ist das dein Ernst? Elena, wir finden schon zusammen eine Lösung. Lass uns doch bitte darüber reden!" Ich weiß, er meint es nur gut. Er will mir nur helfen. Aber ich will keine Hilfe. Ich will einfach nur allein sein.
„Zusammen eine Lösung?", gebe ich lachend zurück. „ICH habe vielleicht diese Krankheit geerbt. ICH werde vielleicht daran sterben. ICH habe jetzt dieses Baby in mir, welches vielleicht auch diese Krankheit geerbt hat. Und wenn ich eines mit Sicherheit nicht will, ist es, dass du mir dabei zusiehst, wie ich daran zu Grunde gehe. Verstehst du das?", brülle ich ihn mittlerweile unter Tränen an.
„Geh jetzt bitte. Ich will allein sein!", sage ich nun wieder etwas ruhiger und drehe mich von ihm weg. Ich will nicht, dass er mich so sieht.
„Aber Elli!", fleht er und kommt einen Schritt auf mich zu.

„Geh jetzt Ian!", setze ich mit zorniger Stimme nach.
Er sucht seine Sachen zusammen und geht. Als das
Schloss der Tür einrastet sinke ich zu Boden und sitze
zusammengekauert an meine Küchenzeile. Ich weine.
Lasse alles raus. Maggie setzt sich neben mich und
legt ihren Kopf auf meine Oberschenkel. Was soll ich
nur tun? Wie soll ich nur weitermachen? Maggie
weiß wohl auch keine Antwort. Aber sie versteht es,
mich zu trösten. Sie stupst mich an mit ihrer kleinen
schwarzen Nase und legt den Kopf schief, sodass ich
schmunzeln muss. Ich wische meine Tränen ab.
„Komm mein Mädchen! Wir gehen ein Stück."
Sofort springt Maggie auf und läuft zur Tür. Die
frische Luft tut gut. Es ist ein schöner Herbsttag, wie
ich ihn gerne mag. Die Sonne blinzelt durch die
kahlen Äste der mittlerweile blattlosen Bäume. Die
Luft ist kalt. Maggie ist in einem Blätterhaufen
verschwunden und schnüffelt nach etwas. Ich höre
nur das Rascheln des Laubes und sehe, wie sich die
Blätter über ihr bewegen. Heute gehen wir eine
große Runde. Zu gern möchte ich mal wieder den See
sehen. Hier konnte ich mir schon immer etwas klarer
über meine Gedanken werden. Ein paar wenige Vögel
sind noch nicht in den Süden gezogen. Der Himmel ist
blau, verziert mit ein paar wenigen weißen Wolken.
Auf der anderen Seite mache ich ein Ruderboot aus.
Das Schilf wiegt vom Wind sacht hin und her und
raschelt ein wenig dabei. Alles sieht aus wie gemalt.
Ich setze mich an unseren Steg und lasse die Kulisse
eine Weile auf mich wirken. Meine Gedanken kreisen
um alles, was heute passiert ist. Ich wollte Ian nicht
anschreien oder ihn gar verletzen. Nur weiß ich selbst

nicht so genau, wie ich mit dieser ganzen verqueren Situation umgehen soll. Alles kommt mir vor wie in einem schlechten Film. Surreal. Nur leider ist dies kein Film. Es ist die bittere Wahrheit. Das Leben von seiner härtesten Seite. Ich muss entscheiden, wie ich nun weiter mache. Ich kann erstmal nicht mit Ian sprechen. Auch meiner Mutter kann ich noch nichts von der Schwangerschaft erzählen. Ich glaube, sie würde durchdrehen. Marques? Der kommt am Wochenende. Das ist früh genug. Selbst mit ihm kann ich im Moment nicht reden. Hätte er mir den Brief bloß nicht gegeben. Vielleicht hätte ich besser leben können, wenn ich es nicht gewusst hätte. Sicher ist das ziemlich egoistisch aber ich hätte bei weitem nicht so viel Kummer, wie ich ihn heute habe. Wahrscheinlich hätte ich mich sogar riesig über das Baby gefreut, wenn ich nicht die Wahrheit gewusst hätte. Wenn ich jedoch an die Zukunft denke, ist es wohl besser so, dass ich es weiß. Ich möchte später nicht meinen Kindern erklären müssen, dass sie das Gen eventuell geerbt haben. Dad hatte sich also vor ein paar Monaten testen lassen. Ich denke, das wäre der nächste vernünftige Schritt für mich. Der Gen-Test. Ob Marques vielleicht mit mir zusammen hingehen würde? Vielleicht hat er sich aber auch schon testen lassen und wartet mittlerweile nur noch auf das Ergebnis. Ich werde ihn wohl doch einmal anrufen müssen, um das in Erfahrung zu bringen. Warum nur passiert das ausgerechnet mir? Und warum ausgerechnet jetzt? Ich habe noch nicht einmal Dads Tod richtig verkraftet. Es ist, als würde ich am Boden liegen und jemand würde noch mal mit dem Hammer draufhauen.

„Hey, Elli!" Ich drehe mich um und könnte in diesem Moment nicht glücklicher sein, diese Stimme zu hören. Cassy blickt mich mit besorgter Mine an.

„Du gehst nicht ans Telefon, weder zu Hause, noch an dein Handy. Ich habe bei dir geklingelt. Da keiner da war, habe ich gedacht, vielleicht bist du hier."

Ohne ein Wort zu sagen, falle ich ihr in die Arme und lasse meinen Tränen freien Lauf. Mein Geschluchze hört man sicher über den ganzen See, doch in diesem Moment ist es mir total egal.

„Mein Gott, Elli. Beruhige dich, was ist denn bloß passiert?" Sie streicht mir immer wieder über den Rücken. Langsam beginne ich, ihr alles zu erzählen. Von meinem Bruder. Dem Brief. Der Krankheit. Der Schwangerschaft und meiner Verzweiflung. Sie sieht mich geschockt an und weiß selbst nicht, was sie sagen soll. Doch schon allein, es auszusprechen, mich jemandem anzuvertrauen, der nicht darüber urteilt, tut meiner Seele wahnsinnig gut.

Langsam wird es dunkel. In diesen Tagen geht die Sonne schon etwas früher unter. Das einzige, was ich am Herbst nicht leiden mag. Maggie steht startbereit neben uns und wartet auf den Abflug. Wir stehen auf und gehen gemeinsam nach Haus. Die Lampe vom Anrufbeantworter blinkt. Meine Mum. Ach richtig. Ich habe vergessen das Essen heute abzusagen. So ein Mist. Jetzt hat sie bestimmt Ian angerufen. Ich nehme den Hörer und wähle ihre Nummer.

„Elli?", höre ich sie am anderen Ende schon fragen.

„Woher weißt du, dass ich es bin?", frage ich zurück.

„Naja, seit dein Dad tot ist, rufen hier nicht mehr allzu viele Leute an und außerdem hatte ich gehofft, dass du zurückrufen würdest. Wie geht es dir denn? Ian meinte, er hat dich heute aus dem Krankenhaus abgeholt und dass ihr wohl nicht zum Essen kommen würdet", erzählt sie mir besorgt.

„Ach ja? Du hast mit Ian gesprochen? Und was hat er noch so gesagt?", hake ich neugierig nach.

„Nichts Schätzchen. Sag bloß, ihr habt euch gestritten?", gibt sie ebenso neugierig zurück.

„Es waren nur Kreislaufprobleme, Mum. Alles in Ordnung soweit", versichere ich, damit sie erstmal beruhigt ist.

„Das Essen lassen wir heute lieber ausfallen. Ich möchte früh schlafen gehen", setze ich noch hinterher, denn ich weiß genau, dass ich nicht besonders gut lügen kann.

„Alles klar mein Schatz. Ruh dich mal lieber aus. Wir telefonieren morgen. Ich hab' dich lieb!"

Ihre Stimme verrät mir, dass sie genauso besorgt wie auch traurig ist, dass wir zum Essen nicht erscheinen.

„Ich hab' dich auch lieb, Mum!", entgegne ich und lege auf. Kaum drücke ich die rote Taste, ertönt der Rufton des Telefons. Ian erscheint im Display. Ich kann noch nicht wieder mit ihm sprechen. Durch diese Sache, diese Unwissenheit habe ich eine Mauer um mich gebaut, die es im Moment wohl keiner zu durchbrechen vermag. Cassy und ich blicken auf den Anrufbeantworter und hören seine Stimme nach meiner Ansage.

„Hey Elli. Hier ist Ian. Sicher erkennst du mich auch so an meiner Stimme. Das mit vorhin, also das tut mir

leid. Ich, ich wollte mich nicht mit dir streiten, hörst du? Ich weiß nur nicht, wie ich bei diesem Thema an dich rankommen kann oder wie ich mit dir darüber sprechen soll. Oder ob du überhaupt mit mir darüber sprechen möchtest. Ich denke, ich verstehe noch nicht mal ansatzweise, wie du dich fühlst aber trotzdem bin ich für dich da, Elli. Das weißt du, oder? Ich werde immer für dich da sein, Elena. Also bitte ruf mich jederzeit an. Lass dir Zeit. Ich warte auf dich. Ich liebe dich, Elli!"
Ich könnte das Telefon vor Wut an die Wand schmeißen. Warum muss er so ein toller Kerl sein, verdammt noch mal? Cassy legt ihre Hand auf meine Schulter.
„Das wird schon wieder. Du hast doch gehört, du sollst dir Zeit lassen. Er wird auf dich warten, Elli!"
Da Cassy morgen Frühschicht hat, verabschiedet sie sich wieder nachdem sie sich vergewissert hat, dass ich zurecht komme. Doch sobald sie aus der Tür ist, spüre ich diese Leere und meine Gedanken beginnen zu kreisen.
Ich muss mich ablenken. Marques. Ich krame schon wieder in meiner Handtasche herum nach seiner Nummer. Es hat noch nicht mal geklingelt, da höre ich schon seine Stimme.
„Elli?", fragt er sofort. Also das gibt es doch gar nicht. Waren heute alle bei einer Wahrsagerin oder woher wissen die immer, dass ich dran bin?
„Hi. Woher wusstest du, dass ich es bin?", frage ich neugierig.
„Ich hatte es gehofft", entgegnet er.

„Hast du mit meiner Mutter gesprochen oder was?", frage ich schnippisch.
„Wieso sollte ich mit deiner Mutter sprechen?", gibt er verwirrt zurück.
„Ach schon gut. Sag mal, hast du heute noch was vor?", hake ich nach.
„Eigentlich nicht, warum? Vermisst du mich doch schon?"
Sogar durchs Telefon kann ich sein verstohlenes Grinsen ausmachen.
„Was du dir einbildest", gebe ich frech zurück.
„Können wir uns treffen?"
Hoffentlich sagt er zu.
„Um 19.00 Uhr im Diner", bestätigt er.
Ich freue mich.
Gewissermaßen.

„Hi. Wartest du schon lange?"
Sein Getränk ist schon zu dreiviertel ausgetrunken und Krümel auf dem Tisch verraten mir, dass er schon etwas gegessen haben muss. Oder aber die Bedienung hier arbeitet so langsam, dass er an einem schon verschmutzen Tisch Platz nehmen musste.
„Ich bin schon eine Weile hier, aber auf dich gewartet habe ich nicht", entgegnet er geheimnisvoll mit einem Anflug von Lächeln im Gesicht.
„Was kann ich denn für dich tun? Ich dachte, wir sehen uns erst am Wochenende?", fragt er neugierig.
„Ich hab's mir anders überlegt", sage ich in der Hoffnung, er würde mein Geheimnis nicht wittern.
„Meine Mum hat mir den Brief gegeben. Den Brief,

den Dad für mich geschrieben hat. Kurz vor seinem Tod", beginne ich zu erzählen.
„Was stand drin?", fragt er einfühlsam.
„Ich konnte ihn nicht lesen. Noch nicht. Ich fühle mich noch nicht bereit dazu. Es sind seine letzten Worte an mich, verstehst du? Ich möchte den Augenblick genießen, in dem mein Vater das letzte Mal mit mir spricht."
Wasser sammelt sich in meinen Augen. Marques ergreift meine Hand. Er wäre sicher ein guter Ehemann und auch Vater. So einfühlsam und ehrlich, wie es die wenigsten Männer heutzutage noch sind.
„Das kann ich verstehen, Elli. Aber es gibt doch sicher einen Grund, warum du dich mit mir treffen wolltest?", hakt er nach. Natürlich gibt es den. Ich weiß nur nicht, wie ich anfangen oder gar formulieren soll.
„Nun ja. Ich war erstmal ziemlich geschockt als ich den Brief gelesen hatte. Ich war sauer auf die ganze Welt und habe mich auch mit Ian deswegen in den Haaren. So Recht weiß ich immer noch nicht damit umzugehen und alles erscheint mir irgendwie so irreal. Um etwas mehr über Huntington zu erfahren habe ich im Internet recherchiert und gelesen, dass es diesen Test dafür gibt. Den Gen-Test, den auch Dad hat machen lassen. Nun ja, ich wollte dich fragen, ob du dich schon hast testen lassen? Warst du überhaupt schon beim Arzt deswegen? Und wie gehst du mit dieser ganzen Sache um?"
Fragen über Fragen. Aber er war nun mal der Einzige, der sie beantworten konnte.

„Ich habe mir schon gedacht, dass du dich deswegen mit mir treffen wolltest", grinst er mich an.
„Als ich den Brief gelesen habe, hab' ich erstmal gedacht, ich spinne. Es war einfach unglaublich. Eigentlich wollte ich ja nur meinen Vater kennen lernen und dann das. Damit hätte ich in hundert Jahren nicht gerechnet und hätte ich ihn nicht gesucht, würde ich es heute wahrscheinlich immer noch nicht wissen. Insofern bin ich dankbar dafür, dass er den Test gemacht hat und wir einigermaßen wissen, woran wir sind. So kann man sich darauf einstellen oder sich damit abfinden, dass es vielleicht irgendwann einmal so sein wird. Sicher ist es beschissen. Ich war so was von wütend als ich das gelesen hatte, dass ich zwei Wochen nicht mit ihm gesprochen habe. Was für ein Irrsinn eigentlich. Er konnte ja gar nichts dafür. Aber dir ging es sicher genauso. Als ich mich abreagiert hatte, vereinbarte ich einen Termin beim Arzt und konnte gleich zwei Tage später hingehen. Er klärte mich über alles auf, was diese Krankheit zu bieten hat und natürlich auch über den Test. Nach dem Gespräch wäre mein Kopf fast explodiert, so voll gestopft war er mit Informationen."
Er lacht. Wie kann er da lachen? Für mich ist es die schlimmste Sache der Welt. Ich sehe meine Zukunft in kleine Stückchen zerbröseln. Alles, wovon ich je geträumt habe, löst sich vor meinen Augen in Luft auf. Und er lacht. Einfach unglaublich.
„Ich empfehle dir auf jeden Fall auch einen Arzt aufzusuchen und dich beraten zu lassen, Elli. Wirklich.

Das wird dir viel Klarheit verschaffen über Huntington", setzt er noch hinterher.
 Soweit, so gut. Beraten lassen hätte ich mich sowieso aber hat er den Test nun gemacht oder nicht?
„Ja okay. Dass mit der Beratung klingt gut. Ich werde diese Woche mal im Krankenhaus anrufen. Aber Marques, hast du dich denn nun testen lassen oder nicht?", frage ich, weil ich es wissen muss.
„Nein, habe ich nicht", gibt er zurück.
„Also dann wirst du es noch tun, richtig?", hake ich nach.
„Nein, ich werde mich nicht testen lassen", sagt er voller Überzeugung.
Ich glaube, ich habe mich gerade verhört.
„Du willst dich nicht testen lassen?", frage ich erneut, weil ich die Antwort nicht begreifen konnte.
„Nein, Elena. Ich werde mich NICHT testen lassen. Ich will es einfach nicht wissen."
Ich kann zwar laut und deutlich hören, was er sagt; kann seine Antwort jedoch nicht in meinen Kopf bekommen. Ich kann nicht nachvollziehen, warum er es nicht wissen möchte. Will er denn sein ganzes Leben darauf warten, ob die Krankheit nun ausbricht oder nicht? Was, wenn er später Kinder hat? Wenn er stirbt und sie es nicht mehr rechtzeitig erfahren können und ebenfalls Kinder bekommen? Was, wenn er heiratet und seine Frau ihn irgendwann pflegen muss? Ist ihm das denn alles egal? Das hätte ich wirklich nicht gedacht. So hätte ich ihn absolut nicht eingeschätzt.
„Warum in Gottes Namen willst du es nicht wissen? Du kannst doch gar nicht deine Zukunft planen, wenn

du es nicht weißt", erwidere ich mit leicht zorniger Stimmlage.
„Naja!", beginnt er zu erzählen.
„Ich habe lange darüber nachgedacht, ob ich mich testen lasse, aber im Moment bringt es mir einfach nichts. Ich möchte keine Kinder in diese Welt setzen und eine Frau ist auch weit und breit nicht in Sicht. Sollte ich einmal eine feste Beziehung haben, kann ich ihr immer noch reinen Wein einschenken. Sieh mal, ich bin glücklich mit meinem Leben, so wie es jetzt ist. Ich liebe meine Arbeit und meine Unabhängigkeit. Würde ich wissen, dass ich das Gen in mir trage, würde ich wahrscheinlich jeden Tag auf den Ausbruch der Krankheit warten. So lebe ich einfach ganz normal weiter mit dem Wissen, dass ich sie haben KÖNNTE. 50:50. Ich denke, ich kann mich immer noch damit befassen, wenn sie wirklich einmal ausbricht. Ändern kann ich doch sowieso nichts daran. Beim Arzt war ich nur, weil ich es einmal hören musste. Diese Entscheidung muss aber jeder für sich allein treffen, Elli. Ich habe mich dagegen entschieden. Und du?"
Und ich? Tja, keine Ahnung. Wenn ich das wüsste. Aus seinem Blickwinkel habe ich das Ganze ja noch gar nicht betrachtet. Aber im Gegenteil zu ihm habe ich auch schon einen Lebensgefährten und ja, leider bin ich in gewissen Umständen, die ein anderes Denken erforderlich machen. Ich kann nicht mehr sagen, dass ich keine Kinder in diese Welt setzen möchte, denn ich trage bereits eins in mir. Ich denke, ich bin es ihm einfach schuldig, diesen Test zu machen. Niemals könnte ich es aufwachsen sehen

ohne zu wissen, was ihn vielleicht erwartet. Man lebt sein Leben vielleicht ganz anders, wenn man weiß, dass man weniger Zeit hat als die anderen. Nagut, keiner weiß genau, wann seine Zeit gekommen ist. Es kann genauso gut sein, dass man stirbt bevor die Krankheit überhaupt ausbricht. Durch einen Unfall zum Beispiel. Hätte ich es dann schon vorher wissen wollen? Ich kann seine Argumentation gut nachvollziehen. Man muss abwägen, ob ein positives Ergebnis einen zerstören würde oder ob man seine letzten Jahre vielleicht ganz anders leben würde. Es gibt sicher solche und solche Menschen. Ich für meinen Teil in der jetzigen Situation mit diesem Kind in meinem Bauch; ich will es wissen. Ja, ich will es wissen. Ich bin mir ganz sicher.
„Ich will es wissen", gebe ich voller Sicherheit zurück. „Ich werde mich testen lassen!"
Ich nehme ein leichtes Schmunzeln in seinem Gesicht wahr.
„Das habe ich mir schon gedacht. Du hast eine sehr starke Persönlichkeit, Elli. Das habe ich schon bei unserem ersten Treffen gemerkt. Du wirst mit jedem Ergebnis fertig."
Seine Stimme klingt in diesem Augenblick genau wie Dads, wenn ich mal eine eins mit nach Hause gebracht hatte. So voller Stolz. Mir wird es gleich etwas wärmer ums Herz. Das motiviert mich unheimlich diesen Weg zu gehen.

Kapitel 6

Ich habe mich entschlossen, heute wieder arbeiten zu gehen. Auf dem Weg nach draußen streift mein Blick den Anrufbeantworter und ich erinnere mich an die Nachricht von Ian. Ich will ihn nicht schmoren lassen aber mit ihm reden kann ich im Moment auch nicht. Ich würde ihn nur verletzen. Meine Tasche ist schon wieder viel zu groß. Als ich das Handy endlich herausgefischt habe, schreibe ich ihm eine Nachricht.

Das mit gestern tut mir leid, Ian. Ich kann wohl im Moment kein vernünftiges Gespräch darüber führen. Bitte gib mir etwas Zeit. In Liebe, Elena

Ich werde mit ihm sprechen, wenn ich soweit bin. Nach dem Gespräch. Schon morgen nach der Arbeit habe ich einen Termin bekommen. Wenn ich daran denke, kribbelt es in meinem Bauch. Ich muss mich unbedingt ablenken. Wie immer vergeht die Arbeit wie im Flug. Um die Mittagszeit sehe ich auf die Uhr und bemerke, dass Ian mich heute zum ersten Mal nicht angerufen hat. Ich vermisse ihn aber ich kann noch nicht mit ihm sprechen.
„Miss Carter, der Chef möchte sie in seinem Büro sprechen!", ertönt Eluise Stimme aus der Gegensprechanlage. Der Chef? Mein Gott, ich war schon ewig nicht mehr in seinem Büro. Ich glaube, das letzte Mal war ich dort, als ich befördert wurde

und meine eigene Kolumne starten durfte. Schmetterlinge in meinem Bauch. Nicht wissend, was mich erwarten würde gehe ich den Flur entlang zu seinem Büro. Vor der Tür bleibe ich einen Moment stehen und räuspere mich, bevor ich anklopfe.
„Herein!", höre ich seine dominante Stimme rufen.
„Miss Carter, setzen Sie sich!" Setzen? Ich soll mich setzen? Oh mein Gott. Sicher werde ich gleich gefeuert. Warum sollte ich mich sonst setzen. Einen neuen Auftrag könnte er mir auch im Stehen geben. Ich will nicht gefeuert werden. Ich liebe doch meinen Job. Wo sollte ich sonst arbeiten, wenn nicht hier? Hier in meinem eigenen kuscheligen Büro. Oh bitte, Chefchen. Feuern Sie mich nicht.
„Miss Carter", endlich sieht er mal vom Schreibtisch auf, „Miss Carter, mir ist aufgefallen, dass sie ihre Kolumne in letzter Zeit etwas vernachlässigt haben. Ich weiß, dass sie einen Verlust erlitten haben und das tut mir auch immer noch sehr leid. Dennoch hatte ich ihnen nahe gelegt, eine Weile Urlaub zu nehmen, damit sie verarbeiten und Ihre Gedanken ordnen können. Leider haben sie dieses Angebot nur für eine Woche in Anspruch genommen aber ich sehe, dass sie die letzten Tage immer mal früher gegangen sind oder sich aber krank gemeldet haben. Diese Zeitung braucht ihre Artikel. Und zwar voll und ganz. Keine halbherzig recherchierten wie diesen hier."
Er legt mir meinen Artikel vor die Nase und ich muss gestehen, dass ich die Fakten dieses Mal nicht doppelt geprüft habe, wie ich es sonst immer tue.
„Dies war nur ein kleiner Fehler, der zum Glück

keinem weiter aufgefallen ist, aber sie wissen wie hart uns fehlerhafte Artikel treffen können."
Oh ja, das weiß ich nur zu gut. Durch meinen Vorgänger John Williams wurde die Zeitung auf ein paar hundert Tausend Dollar verklagt. Das war sein beruflicher Untergang. Heute arbeitet er bei einem Kleinstadtjournal und darf dort die Wettervorhersage schreiben.
„Ja natürlich, Sir", nicke ich bestätigend, „es wird nicht wieder vorkommen."
„Das hoffe ich sehr, Miss Carter. Ich mag ihre Artikel. Sie sind voller Elan und Zuversicht. So etwas lesen die Menschen heute gern. Versuchen Sie, ihren alten Pfad wieder zu finden. Sollten Sie mehr Zeit brauchen, nehmen Sie sich noch eine Weile Urlaub. Joann wird ihre Seiten solange übernehmen."
Oh nein, alles bloß das nicht.
„Ich werde mich zusammenreißen, Sir. Ich brauche meine Arbeit im Moment mehr als alles andere. Es wird nicht wieder vorkommen. Das versichere ich ihnen", versuche ich ihn zu überzeugen.
„Nun gut. Dann machen Sie weiter!"
Erleichtert verlasse ich das Büro. Vor der Tür hole ich erstmal tief Luft. Puh, Gott sei Dank. Ich hatte schon das Schlimmste befürchtet. Mit einem Lächeln ging ich zurück in mein Büro. Eluise schaut mich erstaunt und etwas verwirrt an. Ich bin so froh, dass er mir noch eine Chance gibt. Die Mittagspause lasse ich dann mal ausfallen und mache mich gleich euphorisch an meinen nächsten Artikel. 17.00 Uhr. Feierabend. Heute kann ich mit gutem Gefühl nach Hause gehen. Ich habe alles geschafft was ich mir

vorgenommen hatte. Nach Hause. Heute wird dort niemand mehr sein außer Maggie. Die Leere verzehrt mich. Ich brauche Ian an meiner Seite um mich wohl zu fühlen, doch ich kann es noch nicht. Nach dem Spaziergang mit Maggie entschließe ich mich, zu meiner Mum zu fahren. Sie rechnet sicher schon mit mir. Für so etwas hat sie einen siebten Sinn. Immer wenn ich damals unangemeldet auftauchte, stand mein Teller schon wie durch Zauberhand an seinem Platz. Das habe ich nie verstanden. Kaum habe ich meinen Toni abgestellt, steht Mum schon in der Tür.
„Woher wusstest du, dass ich komme?", rufe ich ihr entgegen.
„Das hat mir ein Vögelchen geflüstert", sagt sie und grinst mich an. Ein Vögelchen. Ist klar. Das hat sie mir schon als kleines Kind weismachen wollen. Immer wenn ich traurig in meinem Zimmer gesessen hatte, kam sie hoch und wusste genau, was mich bedrückt. Als ich sie fragte woher sie das wüsste, war immer das Vögelchen dafür verantwortlich.
„Ich bin keine sechs mehr, Mum. Du kannst die Vögelchen-Geschichte jetzt ruhig sein lassen", erwidere ich etwas genervt.
„Wo ist Ian?", fragt sie sofort und trifft mal wieder den Nagel auf den Kopf.
„Wir reden gerade nicht miteinander, Mum. Lass es gut sein, okay?", versuche ich vor einem ihrer Vorträge zu flüchten. Sie stellt einen Teller wieder zurück in den Schrank. Damit hatte sie also nicht gerechnet. Als ich gerade die letzte Gabel Lasagne in meinem Mund verschwinden lasse, klaut sie mir auch schon den Teller und beginnt mit dem Verhör:

„Also meine Liebe, wo ist Ian? Habt ihr euch gezofft?" Und wieder trifft sie den Nagel genau auf den Kopf.
„Hatte ich nicht gesagt, lass gut sein Mum?", entgegne ich zynisch.
„Ja, das hattest du wohl. Aber ob das auch der richtige Weg für dich ist, wage ich zu bezweifeln. Komm schon! Du kannst über alles mit mir reden mein Schatz. Das weißt du doch", versucht sie mich aus der Reserve zu locken. Ich konnte noch nie sehr gut lügen. Das muss ich wohl von ihr geerbt haben. Und doch kann ich ihr jetzt nicht die Wahrheit sagen.
„Es geht um die Krankheit okay? Darum, ob ich mich testen lassen will oder nicht. Ian und ich sind etwas anderer Ansichten und deswegen brauchte ich Abstand. Bist du jetzt zufrieden? Ich möchte wirklich nicht weiter darüber sprechen, Mum."
Doch ich weiß genau, dass sie noch keine Ruhe gibt.
„Anderer Ansichten? Wirst du dich denn testen lassen?", hakt sie neugierig nach.
„Ja ich werde mich testen lassen. Morgen habe ich ein Beratungsgespräch im Krankenhaus aber Ian weiß nichts davon und das soll auch erstmal so bleiben", gebe ich genervt zurück.
„Das ist noch nicht alles, habe ich Recht?", fragt sie erneut.
„MUM", presse ich laut zwischen meinen Lippen hervor, „lass es jetzt gut sein! Bitte!"
Das kann doch einfach nicht wahr sein. Wie oft muss ich eigentlich noch sagen, dass ich nicht darüber sprechen will. Ich wusste, dass sie nicht aufhört, bevor sie alles aus mir heraus bekommen hat, aber da spiele ich nicht mit. Nicht dieses Mal.

„Ich glaube, es ist besser, wenn ich jetzt gehe. Ich muss morgen früh raus."
Ich trinke noch schnell den letzten Schluck aus meinem Glas und sehe zu, dass ich hier raus komme, bevor ich noch aussehe wie ein Schweizer Käse. Durchlöchert von den Fragen meiner Mum.
„Nagut mein Schatz. Fahr vorsichtig! Es könnte schon glatt draußen sein", sagt sie besorgt.
„Mum, hatte ich schon jemals einen Unfall seit ich meinen Führerschein habe? Ich bin die beste Fahrerin der Welt", lächle ich sie an und gebe ihr zum Abschied einen Kuss auf die Wange.
„Ruf bitte an morgen Abend. Ich möchte wissen, wie es gelaufen ist", ruft sie mir noch hinterher bevor ich in meinen Toni steige. Wenn ich an morgen denke, wird mir ganz flau im Magen. Es ist eine Sache sich mit der Familie darüber zu unterhalten aber eine ganz andere, einem Arzt offen zu legen, dass man diese Krankheit vielleicht hat. Dadurch wird sie so greifbar. Dadurch wird sie real. Zweifel kommen in mir auf. Ob es die richtige Entscheidung war?

Maggie hüpft vor Freude an meinem Bein hoch, als ich die Tür aufschließe. Ein Blick zum Telefon verrät mir, dass Ian heute nicht angerufen hat. Irgendwie habe ich es dennoch gehofft. Ich hätte so gern seine Stimme gehört aber die Angst ihn wieder zu verletzen ist einfach zu groß. Erstmal gehe ich duschen. Während das Wasser meinen Körper hinunterrinnt denke ich noch mal an das Gespräch mit meinem Chef vorhin. Ich muss mich wirklich wieder mehr auf meine Arbeit konzentrieren. Nie hätte ich mir damals träumen lassen, mal eine eigene Kolumne zu haben. Mein Chef hatte sein ganzes Vertrauen in mich gesetzt. Ich war noch gar nicht lange auf meinem Posten. Eigentlich hätte er den Job Joann geben müssen, denn sie ist schon viel länger dabei als ich. Wahrscheinlich hatte sie auch fest damit gerechnet, dass sie diesen Job bekommt. Ich habe ihn ihr quasi vor der Nase weggeschnappt. Ich darf meinem Chef nicht zeigen, dass das eventuell ein Fehler war. Nein, ich muss mich wieder mehr arrangieren. Tja, nur leider vergesse ich dabei eine winzige Sache. Den Embryo in meinem Bauch. Früher oder später werde ich meinem Chef wohl davon erzählen müssen. Er wird sicher sehr enttäuscht sein. Wahrscheinlich kriegt Joann dann endlich, was sie immer wollte. Ich will nicht schwanger sein. Und überhaupt weiß ich nicht, was das Ganze jetzt noch für einen Sinn hat. Was wäre ich wohl für eine Mutter, wenn ich sie so früh verlassen würde? Sie. Ja, so habe ich es mir immer vorgestellt. Erst ein Mädchen und dann einen Jungen. Aber bestimmt nicht zu solch einem Zeitpunkt. Und erstrecht nicht ungeplant.

Vor dem Zubettgehen laufe ich noch eine Runde mit Maggie und telefoniere dabei mit Cassy, um ihr von meiner Entscheidung über den Gentest zu berichten. Ein Blick auf die Uhr sagt mir, ich sollte schleunigst unter meine Bettdecke hüpfen. Meine Gedanken kreisen noch eine ganze Weile um Gott und die Welt, aber vor Allem um morgen. Ich bin gespannt, was mich erwarten wird.

Der Wecker klingelt. Ich habe allzu große Lust ihn einfach gegen die Wand zu schmettern. Maggie hüpft schon putzmunter auf dem Bett herum. Ich recke und strecke mich und plötzlich schießt es mir in den Kopf. Heute ist es soweit. Heute ist der Tag, der all meine Fragen beantworten wird. Prompt stehe ich auf und mache mich fertig. Nach meinem Kaffee noch schnell eine Runde mit Maggie und ab geht's zur Arbeit. Vor lauter Aufregung sehe ich ständig zur Uhr. Ich muss mich zwingen, konzentriert zu bleiben. Meine nächsten Artikel müssen einfach der Knaller werden. Es ist bereits viertel nach zwölf und mein Blick wandert hoffnungsvoll zum Telefon. Doch es klingelt nicht. Ob ich ihn anrufe? Eigentlich möchte ich ihm erzählen, dass ich heute diesen Termin habe. Früher haben wir uns alles erzählt. Ich habe Angst davor, wie er sein wird. Nichts ist so wie vorher.
„Ach komm, sei kein Feigling!", sage ich zu mir selbst und nehme den Hörer in die Hand.
Ich wähle langsam eine Nummer nach der anderen und überlege inzwischen, was ich sagen soll.
„Kingston Cooperation, was kann ich für sie tun?", meldet sich die Sekretärin am anderen Hörer.
„Mr. Kingston Jr. bitte", gebe ich zurück.
Nervös klopfe ich mit dem Ende meines Kulis auf die Schreibunterlage.
„Mr. Kingston ist gerade in einer Besprechung. Soll ich etwas ausrichten?", fragt die nette Dame.
„Nein, danke. Ich ruf dann später noch mal an."
Vielleicht. Enttäuscht lege ich auf. Dann soll es wohl nicht sein. Ich vergrabe mich wieder in meine Arbeit bis die Zeiger der Uhr endlich auf 17.00 Uhr zeigen.

Augenblicklich stellt sich ein Kribbeln in meinem Bauch ein und ich habe ein seltsames Gefühl in der Magengegend. Ich bin aufgeregt. Einmal tief durchatmen. Nagut zweimal. Ich räume meine Sachen zusammen und sende noch die letzten Artikel. Bereits in einer Stunde werde ich mit einer Ärztin im Beratungszimmer sitzen. Ob ich meine Meinung bezüglich des Tests noch einmal ändern werde? Heute habe ich mal wieder richtig Glück auf meiner Fahrt. Vor mir ein LKW, davor ein Trecker, davor ein Fahrschulauto. Herzlichen Glückwunsch! Es könnte nicht besser sein. Endlich angekommen suche ich verzweifelt nach einem Parkplatz. Man sollte doch meinen, dass man vor einem Krankenhaus vernünftig parken kann. Das erste Mal seit Jahren habe ich ein brennendes Verlangen nach einer Zigarette. Wie gut, dass ich schwanger bin, sonst würde ich jetzt glatt in Versuchung kommen. Vor den Eingangstüren bleibe ich kurz stehen und schaue auf den Klinikplan. Vergeblich. Ich verstehe nur Bahnhof. Also melde ich mich an der Information, welche mich anmeldet und eine Etage höher schickt. Den gelben Linien auf dem Fußboden soll ich folgen bis zu einem Wartebereich, in dem ich Platz nehmen soll, bis man mich abholt oder aufruft. Idiotensicher. Ich sitze noch nicht mal zwei Minuten, als eine Frau mittleren Alters mit weißem geöffneten Kittel auf mich zu kommt. Sie streckt mir die Hand entgegen und begrüßt mich freundlich.
„Miss Carter, hallo. Ich habe sie schon erwartet. Kommen sie einmal mit!"

Sie hat solch eine warme Stimme, dass man sich sofort wohl und aufgehoben fühlt. Ihre kleinen Fältchen um den Mund und ihre Augen verraten mir, dass sie gerne lächelt. Ob sie schon immer gewusst hat, dass sie Ärztin werden will? Ich meine, viele Kinder träumen davon einmal Tierarzt oder Kinderarzt zu werden. Doch wie viele erreichen dieses Ziel schon? Als wenn es nicht schon schrecklich genug wäre, jeden Tag kranke Menschen zu sehen. Wie kann man auch noch eine Richtung einschlagen, in der es für die Patienten keine Heilung gibt? Ich könnte das nicht.
„Also Miss Carter, wir werden jetzt zusammen erstmal diesen Fragebogen, ihre Anamnese, ausfüllen. Damit habe ich einen kleinen Einblick in die Krankengeschichte von ihnen und ihrer Familie."
Sie stellt mir alle möglichen Fragen beginnend bei meinem Geburtsdatum, über Allergien und Erkrankungen in meiner Familie, Medikamenten bis hin zur Nikotinabhängigkeit. Und schlussendlich die Frage, auf die ich schon die ganze Zeit gewartet habe: „Sind sie schwanger?" Sie hält kurz inne und blickt mich auf eine Antwort wartend an.
„Ja, das bin ich."
Der Ausdruck ihrer Augen verändert sich von dem routinemäßigen Blick eben zu jenem leicht erschrockenen Blick, den ich nun zu Gesicht bekomme.
„Sie sind schwanger?", fragt sie erneut nach.
„Ja, das ist richtig. Ich bin circa in der 6. Woche schwanger", gebe ich versichernd zurück.

„Vielleicht verstehen Sie, dass dies für mich nicht gerade einfach ist. Es war keine geplante Schwangerschaft. Ich nahm die Anti-Baby-Pille und dennoch…" Tränen sammeln sich in meinen Augen. Ich spüre einen mitleidigen Blick auf mir.
„Wissen Sie, vielleicht haben sie das Gen ja auch gar nicht geerbt. Es besteht ja noch Hoffnung", versucht sie mich etwas aufzubauen.
„Hören Sie, ich werde ihnen jetzt einmal alles über Huntington und den möglichen Gentest erzählen. Da wir ja sicher sind, dass ihr Vater die Krankheit hatte, könnten wir ohne Umschweife einen Bluttest veranlassen, der uns Aufschluss darüber gibt, ob Sie ebenfalls das Gen in sich tragen. Im Falle eines positiven Ergebnisses könnten wir auch das Kind schon im Mutterleib auf das Vorhandensein des Gens testen. Dies wäre natürlich mit gewissen Risiken verbunden aber im Fall der Fälle könnten Sie dann immer noch mit ihrem Partner entscheiden, dass Kind abtreiben zu lassen oder nicht. In ihrem besonderen Fall könnte man die Auswertung etwas vorantreiben."
Moment mal. Was bitte hat diese Person da gerade gesagt? Habe ich hier irgendwas nicht bekommen? Abtreiben? Ich glaube ich kippe gleich vom Stuhl. Wie kann sie nur dieses Wort in den Mund nehmen? Ich fasse es einfach nicht. Unglaublich. Niemand hat etwas davon gesagt, dass ich dieses Baby nicht haben will. Sicher, es war nicht geplant und ich kann mich mit dem Gedanken Mutter zu werden immer noch nicht anfreunden, aber das ist immer noch Ians und mein Kind. Nie im Leben könnte ich es einfach aus

mir heraussaugen lassen. Selbst wenn es dieses Gen hätte. Selbst wenn es die Huntington-Krankheit hätte, so könnte es über Jahrzehnte immer noch ein glückliches und erfülltes Leben führen. Ich meine sterben müssen wir doch alle mal. Sicherlich ist dies nicht die beste Art zu gehen aber deswegen noch nicht einmal das Leben antreten? Ich bin total geschockt und bekomme nur noch Bruchstücke mit von dem, was sie mir gerade alles erzählt.
„Miss Carter?" Sie scheint endlich zu merken, dass ich mit den Gedanken ganz woanders bin.
„Miss Carter!", sagt sie nun etwas lauter und gelangt damit meine Aufmerksamkeit zurück.
„Haben Sie mir überhaupt zugehört? Sind sie sich immer noch sicher, dass sie den Test durchführen lassen wollen?", fragt sie mit ernster Mine.
„Ja, natürlich", gebe ich bestätigend zurück.
„Gut. Dann werden wir einen Termin ausmachen und sehen uns in circa 4 Wochen wieder hier. Nutzen Sie diese Zeit! Denken Sie noch einmal über die Vor- und Nachteile nach, was es mit sich bringt, wenn Sie die Antwort kennen. Diese Unterlagen können Sie mit nach Hause nehmen. Lesen Sie sie noch einmal in Ruhe durch. Dort drin steht alles, was Sie wissen müssen und auch Denkanstöße zum Test werden Sie dort finden. Ich wünsche Ihnen bis dahin alles Gute, Miss Carter. Lassen Sie den Kopf nicht hängen. Sie haben eine Kämpfernatur. Das kann ich spüren. Bis in vier Wochen."
Sie lächelt und lässt mich allein im Raum zurück.
Einen Moment noch bleibe ich sitzen und versuche, meine Gedanken zu ordnen. IAN. Ich brauche jetzt

Ian. An nichts Anderes kann ich mehr denken als an dieses eine Wort. Abtreibung. Wenn ich nicht gleich mein Handy in meiner Tasche finde, schwöre ich, dass sie im nächsten Mülleimer landet. Glück gehabt. Ich fische es heraus und wähle seine Nummer. Mailbox. Shit. Das darf doch nicht wahr sein. Fahre ich jetzt in die Firma oder zu ihm nach Hause? Mein Blick schweift zur Uhr. 19.30 Uhr. Meine Güte. So spät schon. Also zu ihm nach Hause. Endlich kann ich aus dieser Tür gehen. Wieder folge ich dem gelben Pfad auf dem Boden. Er sollte mich jawohl zurückführen. Dort um die Ecke habe ich doch vorhin gewartet.
„Elli!" Mein Kopf schnellt sogleich nach oben. Ich kann es im ersten Moment gar nicht glauben. Bis ich in diese unverwechselbaren Augen schaue, die ich so liebe. Mein Herz macht einen Sprung.
„Ian", sage ich überrascht und Freudentränen sammeln sich in meinen Augen.
„Was machst du denn hier?", frage ich sowohl verwirrt als auch erleichtert.
„Woher wusstest du, dass ich hier bin?"
Im selben Moment fiel mir nur einer ein, der wusste, dass ich heute hier sein würde.
„Mum!", sage ich zu mir selbst.
„Sie dachte, ich sollte vielleicht besser hier bei dir sein, um dich ein wenig zu unterstützen."
Er legt seinen Zeigefinger unter mein Kinn und hebt meinen Kopf ein Stück nach oben, sodass er seine Lippen auf den meinen niederlassen kann. Mein Gott, wie habe ich seine zärtlichen Küsse vermisst. Wären wir nicht im Krankenhaus, würde ich vermutlich dahin schmelzen. Er legt seinen Arm um mich und wir

gehen gemeinsam den gelben Pfad entlang Richtung Ausgang.
„Darf ich wieder mit nach Hause kommen?", fragt er scherzhaft und grinst amüsiert. Ich knuffe ihm in die Seite.
„Nur, wenn du artig bist", entgegne ich ihm.
„Aber so was von."
Wieder drückt er seine Lippen auf meine und für einen Moment vergesse ich alles um mich herum.

Maggie ist ganz außer sich vor Freude. Man kann sie bis zur Eingangstüre jaulen hören. Endlich aufgeschlossen springt sie Ian sofort an, dreht sich um sich selbst und nimmt erneut Anlauf, um ihm entgegen zu springen. Auch sie hat ihn scheinbar sehr vermisst in den letzten Tagen. Jetzt fühlt sich mein zu Hause wieder wie mein zu Hause an. Kaum ist Ian da, bin ich innerlich ruhiger als je zuvor. Eine Weile beobachte ich ihn und Maggie, wie sie ihr Wiedersehen feiern. Nach einiger Zeit blickt er zu mir auf und lächelt mich fröhlich an. Ich kann nicht anders, als es ihm gleich zu tun. Ich bin so glücklich, dass er jetzt bei mir ist.
„Und, Elli? Wie geht es dir? Möchtest du jetzt vielleicht darüber reden?"
Jetzt? Ernsthaft? Und diesen wundervollen Augenblick zerstören? Auf keinen Fall. Wie heißt es noch so schön? Was du heute kannst besorgen, das verschiebe ruhig auf morgen. Ich lasse meine Hand über seinen Hinterkopf hinunter zu seinem Nacken gleiten und ziehe seinen Kopf an mich heran, sodass

meine Lippen seine Hals berühren. Mein Mund wandert zu seinem Ohr.
„Morgen ist auch noch ein Tag, Ian. Heute möchte ich lieber das!", flüstere ich ihm zu und küsse diese eine Stelle unter seinem Ohr, von der ich weiß, dass sie sein Herz ein Stück weit schneller schlagen und sein Blut heißer werden lässt. Er ergreift meinen Kopf und legt seinen Mund auf meinen. Unsere Küsse verschmelzen ineinander. Ich höre mein Herz klopfen. Wie elektrisiert zuckt jeder meiner Nerven auf, als er meinen heißen Körper küsst. Während wir uns gegenseitig ausziehen, zieht er mich sanft in Richtung Schlafzimmer. Als ich völlig nackt vor ihm stehe, hebt er mich mit seinen starken Armen hoch und lässt mich sanft auf unserem Bett nieder. Unsere Körper verschlingen ineinander. Unsere Küsse werden immer inniger durch unser wachsendes Verlangen danach, uns zu lieben. Eine Explosion nach der anderen durchfährt unsere Körper. Göttliche Erschöpfung macht sich breit und eine Weile liegen wir noch nackt nebeneinander.
„Elena?", flüstert Ian in der Vermutung ich wäre schon eingeschlafen.
„Ja?", frage ich zurück.
„Ich liebe dich unendlich!"
          „Ich liebe dich auch**!"**

Kapitel 7

Ich spüre das helle Licht der Sonnenstrahlen auf meinen Augenlidern. Langsam öffne ich sie und blicke direkt in Ians Gesicht. Er sieht so unglaublich gut aus. Unfassbar, dass er mein Freund ist. Unfassbar, dass ich sein Kind in mir trage. Ein Grinsen macht sich auf meinen Lippen breit.
„Du beobachtest mich, Elli! Ich kann deine Blicke und deinen Atem spüren. Warum bist du schon wach? Es ist doch Wochenende", murmelt er mir zu.
„Aber die Sonne scheint schon so schön durchs Fenster", gebe ich zurück.
„Die Sonne?", murmelt er erneut und dreht sich kurz um.
„So ein Blödsinn. Ist doch noch stockdunkel draußen!"
Mit einer Bewegung zieht er die Decke über unsere Köpfe und zieht mich an sich heran. Das beste Gefühl der Welt. Sein warmer Körper eng an meinen gekuschelt. Das ist Geborgenheit. Wohler kann man sich kaum fühlen. Am Liebsten würde ich für immer so ausharren. Doch die Realität holt mich in diesen Tagen immer wieder auf den harten Boden zurück. Meine Gedanken schweifen schon wieder um Huntington. Wenn ich sie nun doch habe, diese Krankheit? Ich kann Ian das einfach nicht antun. Wie sollen wir nur weiter machen? Ich löse mich aus seiner Umarmung und schleiche mit Maggie aus dem

Schlafzimmer. Erstmal Kaffe kochen. Schwarz wie meine Seele. Und einen Keks dazu. Neuerdings. Seit ich schwanger bin. Sonst war mir morgens nie nach Essen zumute. Nach dem Duschen gehe ich eine Runde mit Maggie. Erstmal zum Bäcker frische Brötchen holen. Ian schläft am Wochenende immer etwas länger. Als ich das Frühstück fertig habe, stelle ich ihm einen Kaffee auf den Nachttisch. So dicht an seine Nase wie es nur geht. Er liegt auf dem Bauch. Ich küsse zärtlich seinen Rücken und flüstere ihm ins Ohr: „Aufstehen, Schlafmütze!"
Er dreht sich um, umfasst meine Taille und setzt mich auf sich hin. Mit dem Zeigefinger deutet er auf seinen gespitzten Mund. Schmunzelnd drücke ich ihm einen Kuss auf seine Lippen und gehe anschließend wieder in die Küche. Nach ein paar Minuten steht er mit Boxershorts und seiner Tasse in der Hand im Türrahmen und blickt mich an.
„Guten Morgen hübsche Frau", sagt er mit fast gesungener Stimme und nimmt einen Schluck Kaffee. „Was liegt an heut?", fragt er während er auf seinem Stuhl platz nimmt und sich ein Brötchen aus dem Brotkorb nimmt. Ahnungslos ziehe ich die Schultern hoch.
„Eigentlich nichts", erwidere ich.
„Wow, Elli. Du hast es also vergessen!", sagt er amüsiert. Vergessen? Was denn? Ich blicke zum Kalender und denke angestrengt nach. Ach du meine Güte. Ein Bus überfährt mich gerade in meinen Gedanken. Heute ist unser Jahrestag. Wie konnte ich das nur vergessen? Ich bin so ein Trottel.

„Oh mein Gott, Ian. Es tut mir so leid. Ich hab' es wirklich vergessen. Ich weiß nicht, was ich sagen soll. Entschuldige bitte."
Was bin ich nur für eine schlechte Freundin. Er nimmt meine Hand und haucht ihr einen Kuss auf.
„Baby, das macht doch nichts. Du hattest in letzter Zeit genug um die Ohren. Das ist wirklich nicht schlimm. Ich habe mir schon gedacht, dass du nicht daran denkst", entgegnet er verständnisvoll.
„Ich bin so eine miese Freundin."
Ich lasse meinen Blick sinken und bin gerade wirklich deprimiert. Bis jetzt hatte ich jedes Jahr irgendetwas Schönes vorbereitet und mich schon tagelang vorher auf diesen Tag gefreut. Abend sind wir immer an unseren Steg gegangen und haben dort im Kerzenschein gegessen und ein Glas Wein getrunken und geredet bis es uns irgendwann zu kalt wurde. Und heute? Nichts! Ich habe noch nicht einmal daran gedacht.
„Ich sag dir was, Baby. Du suchst dir aus, was wir nach dem Frühstück machen. Aber der Abend gehört mir. Ich entscheide und ich treffe alle Vorkehrungen für unser alljährliches Steg- Date, okay? Was sagst du dazu?"
Seine Augen leuchten als wenn er irgendwas im Schilde führt. Trotz der Heimlichkeiten sage ich natürlich zu. Was bleibt mir auch anderes übrig? Bis jetzt hat Ian mich nicht einmal auf die Schwangerschaft oder das Gespräch gestern angesprochen. Das liebe ich so an ihm. Er weiß genau, dass ich mit ihm reden werde, wenn ich so weit bin. Er drängt mich zu nichts. Lässt mir alle Zeit,

die ich brauche. Und doch muss ich irgendwann mit ihm darüber reden. Das Eis brechen. Ohne gleich wieder in Rage zu kommen. Ganz ruhig und sachlich. Er muss über alles Bescheid wissen. Was passieren kann. Dass ich den Test machen werde. Und die Entscheidung über das Baby. Ob er meine Meinung teilt? Meinen Entschluss, das Baby nicht abzutreiben, egal wie das Testergebnis ausfällt? Was, wenn er das anders sieht? Ian bemerkt, dass meine Gedanken treiben.
„Ist alles in Ordnung, Elena?", versucht er meine Gedanken wieder zu ihm zu führen. Wenn nicht jetzt, wann bitte dann? Ich kann es nicht länger vor mir herschieben.
„Nein. Eigentlich nicht", gebe ich unsicher zurück. Er greift meine Hand und gibt mir so zu verstehen, dass er für mich da ist, egal ob ich jetzt rede oder nicht.
„Gestern beim Gespräch hat die Ärztin mir etwas gesagt, worüber ich ziemlich schockiert war, weißt du? Ich kann seitdem an nichts Anderes denken und ich muss wissen, wie du zu dieser Sache stehst", sage ich etwas unsicher.
„Okay. Sag es mir, Elli. Ich hör dir zu", sagt er bestätigend. Ich weiß nicht, wie ich es formulieren soll. Schon am Gedanken daran wird mir schlecht und ein dicker Kloß bildet sich in meinem Hals.
„Elli, sag es einfach", redet er mir gut zu.
„Okay Ian. Also ich war ja gestern dort, um mich aufklären zu lassen über die Huntington-Krankheit und über diesen Gentest, den ich nächsten Monat machen werde", fange ich an.

„Wenn dieser Test nun positiv ausfällt", halte ich kurz inne „dann kann es sein, dass das Baby ebenfalls dieses Gen geerbt hat", versuche ich ihm zu erklären.
„Ja, das weiß ich doch alles schon, Elli."
Er weiß noch nicht, worauf ich hinaus will.
„Wenn dies also der Fall sein sollte, also wenn das Ergebnis positiv ist, könnten wir das Baby auch schon darauf testen lassen und hätten dann die Möglichkeit…" Ich stocke, weil ich nicht wage, es auszusprechen.
„Also wenn das Ergebnis bei dem Baby dann auch positiv wäre, hätten wir die Möglichkeit…"
Und wieder bringe ich es nicht heraus.
Ian blickt mich verwirrt an.
„Was Elli? Was hätten wir dann für eine Möglichkeit?", wiederholt er meine Worte energisch.
Tränen sammeln sich in meinen Augen.
„Die Möglichkeit, es abzutreiben", schluchze ich und kann die Tränen nicht mehr länger halten. Ian starrt mich fassungslos an. Als er verdaut hat, was ich gesagt habe, kommt er zu mir rüber und nimmt mich in den Arm.
„Hey, ist ja gut Kleines", sagt er mit solch sanfter Stimme, dass er meinem Dad hätte Konkurrenz machen können.
„Sieh mich an!", fordert er mich auf und hebt meinen Kopf, sodass ich ihm direkt in seine Augen schaue.
„Niemals im Leben würden wir diesem Baby irgendetwas antun, hast du gehört? Niemals! Selbst wenn es ebenfalls dieses Gen in sich trägt, so wollte das Schicksal dennoch, dass wir es bekommen. Du glaubst doch an das Schicksal Elli, nicht wahr?",

versucht er mich zu trösten. Ich nicke und sinke wieder in seine Arme.
„Ich liebe dich, Elli! Und ich liebe dieses Baby. Nichts auf der Welt könnte mich von dir entfernen. Wenn du das nur begreifen würdest."
Er küsst mich auf die Stirn und wischt meine Tränen mit seinen Fingern weg.
„Geht's wieder? Ich bin froh, dass du damit rausgerückt bist. Und was machen wir nun heute noch schönes?" Langsam beruhige ich mich wieder. Ich bin so dankbar dafür, dass er das Baby genau wie ich in jedem Fall behalten will. Er ist einfach unglaublich. Und ich Trottel versemmel unseren Jahrestag. Noch immer könnte ich mich dafür ohrfeigen.
„Ich habe gestern vergessen Mum anzurufen. Sie wollte wissen wie das Gespräch gelaufen ist. Wenn du einverstanden bist, würde ich es ihr gern erzählen. Ich würde ihr gern erzählen, dass wir ein Baby bekommen. Keine Lügen mehr. Keine Geheimnisse. Sie hat das nicht verdient."
Ich weiß, es ist sicher ein Schock für sie. Gerade jetzt, wo in den Sternen steht, ob ich Huntington habe oder nicht. Aber gemeinsam werden wir das schon schaffen. Sie muss einfach wissen, dass sie bald Oma wird. Ian nickt.
„Wenn du meinst, dass sie es wissen sollte, fahren wir heute Nachmittag zu ihr. Soll ich Kuchen besorgen? Ich muss sowieso noch mal weg." Sowieso noch mal weg? Ich schätze auf die Frage wohin würde ich jetzt keine vernünftige Antwort bekommen.

„Ja, das wäre schön. Lass uns gegen drei losfahren."
Ich rufe meine Mum an und gebe Bescheid, dass wir heute vorbei kommen. Sie freut sich schon sehr auf uns. Besonders, dass ich Ian wieder mitbringe. Ich fühle kalten Schweiß auf meinen Handflächen. Schmetterlinge im Bauch. Was sie wohl sagen wird? Ob sie aus den Latschen kippt? Vielleicht schüttelt Sie auch den Kopf und sagt: Kinder, was macht ihr nur. Ich werde es wohl erst erfahren, wenn ich dort bin. Meine Mum wünscht sich schon seit ein paar Jahren Enkelkinder, was sie uns auch immer wieder unter die Nase gerieben hat. Doch unter diesen Umständen sieht sie diesem Thema wahrscheinlich nicht mehr so gelassen entgegen. Wie sollte sie auch. Ihre Tochter hat vielleicht eine todbringende Krankheit geerbt und gibt sie eventuell an ihr Enkelkind weiter. Ich würde jede ihrer Reaktionen verstehen. Sie muss schon um mich entsetzliche Angst haben. Erst verliert sie ihren geliebten Ehemann und nun gehe ich vielleicht auch von dieser Welt, ohne sie zu überdauern. Das würde sie hart treffen. Ich weiß nicht, ob sie dann noch weiter machen könnte. Ian ist inzwischen geputzt und gestriegelt durch die Ausgangstüre. Ein wenig neugierig bin ich schon darauf, was er heute noch Schönes geplant hat. Es ist nicht einfach, mir bei solchen Dingen Konkurrenz zu machen. Meinen Kitsch kann man kaum überbieten. Die romantische Ader habe ich wohl ebenfalls von meinem Vater geerbt.
Mein Blick schweift kurz die Küchenuhr. Ich habe noch circa anderthalb Stunden. Maggie braucht auf jeden Fall auch noch mal Auslauf. Erst einmal rufe ich

Marques an, um mich für den Tipp mit dem Beratungsgespräch zu bedanken. Vielleicht möchte er ja mich und Maggie begleiten. Ich weiß, dass er hier in Hamington übernachtet hat.
„Hey Elli!", ruft er mit vergnügter Stimme ins Telefon.
„Hi Marques! Ich wollte mich bei dir bedanken, für den Tipp mit dem Krankenhaus. Ich war gestern dort und hatte ein Beratungsgespräch", erkläre ich ihm.
„Das ist super Elena. Ich hoffe es hat dir geholfen, die Dinge etwas klarer zu sehen. Und willst du dich immer noch testen lassen?"
Als wäre ich so leicht zu beeinflussen. Wenn ich mir etwas in den Kopf gesetzt habe, ziehe ich es auch durch, ohne Rücksicht auf Verluste.
„Sicher will ich das. Sag mal hast du Lust auf einen Spaziergang? Ich will gleich mit Maggie raus. Dann könnten wir in Ruhe darüber sprechen", versuche ich ihn herzulocken.
„Oh nein, sorry. Das ist gerade ganz schlecht. Ich habe gestern jemanden kennen gelernt, mit dem ich mich gleich auf einen Kaffee treffe. Aber wir sehen uns doch morgen, Elli. Solange wirst du es schon noch aushalten."
Ich höre genau, wie er grinst.
„Kennen gelernt also, ja? Das ist ja überaus interessant. Ich nehme an, die Bekanntschaft ist weiblicher Natur?" Nun muss auch ich schmunzeln. Zwei Männer würden sich schließlich kaum auf einen Kaffee treffen. Und hat da neulich nicht noch jemand ganz scheinheilig behauptet, er hätte niemanden in Aussicht?

„Erzähl mir morgen alles!"
Na da bin ich ja jetzt schon gespannt wie ein Flitzebogen. Ich werde ihm morgen auch von meiner Neuigkeit berichten. Vielleicht versteht er dann etwas besser, warum ich mich testen lassen MUSS. Ehrlich gesagt habe ich schon gar nicht mehr daran gedacht, dass er morgen kommt. Schnell räume ich das Gröbste auf, denn ich glaube nicht, dass ich heute noch mal dazu komme. Er soll ja schließlich nicht rückwärts wieder raus marschieren. Wobei er ja ein Kerl ist. Ob da nun eine Socke rum liegt oder Peng. Wahrscheinlich würde er es nicht einmal bemerken. Wenn Ian ein paar Tage bei mir geschlafen hat, bildet sich nach und nach ein kleiner Berg von Wäsche am Fußende des Bettes. Es muss wirklich schwer sein, die fünf Meter bis ins Bad zu gehen und die Sachen in den Wäschekorb zu werfen. Aber Männer sind ja immer so kaputt von der Arbeit. Da kann man das schon mal verstehen. So, das sieht doch recht anständig aus. Maggie steht bereits im Flur mit dem Ende ihrer Leine im Maul. Ich schätze, ich habe sie lange genug warten lassen. Die Zeit reicht mittlerweile nur noch für eine kleine Runde. Auf dem Rückweg kommt Ian uns schon entgegengelaufen und drückt mir einen Kuss auf den Mund.
„Alles erledigt?" Ich möchte zu gern wissen was er die ganze Zeit getrieben hat.
„Auf was für Kuchen darf ich mich heute freuen?", hake ich nach.
„Der Kuchen, ach du scheiße. Den habe ich ja total vergessen", entgegnet er und legt die Hand beschämt vor seine Augen.

Wie kann er denn bitte den Kuchen vergessen haben? Er war doch so lange weg. Irgendetwas ist doch hier im Busch.
„Was hast du denn so lange getrieben, Ian? Langsam machst du mich wirklich neugierig."
Doch ich bekomme nichts Anständiges aus ihm heraus.
„Das wirst du schon noch sehen mein Schatz!", entgegnet er und weiß genau, dass ich vor Neugierde fast umkomme. Natürlich versuche ich, mir nichts anmerken zu lassen und gehe nicht weiter darauf ein.
„Den Kuchen können wir ja auch auf dem Weg zu Mum holen." Pustekuchen.
Heute ist Samstag und natürlich hat um diese Zeit in dieser Einöde kein Bäcker mehr auf. Noch mal zurückfahren? Nein. Ian grinst mich verlegen an, während wir an den geschlossenen Geschäften vorbeifahren. Wenn er nicht so süß wäre, würde ich ihm eine auf den Oberschenkel pfeffern. Super, jetzt fahren wir ohne Kuchen zum Kaffee zu meiner Mum, obwohl ich ihr versichert habe, welchen mitzubringen. Sie steht schon mit einem breiten Grinsen in der Tür und winkt uns zu, während wir Toni unters Carport fahren.
„Kommt rein, kommt rein", freut sie sich und gibt uns einen Kuss auf die Wange. Was für ein herrlicher Duft, der gerade in meine Nase steigt. Kuchen. Gott sei dank. Sie hat natürlich selbst einen gebacken.
„Setzt euch!", sagt sie mit freudiger Mine.
In der Mitte steht eine Kerze und sie hat meinen Lieblingskuchen gebacken.
Mandarinen –Schmand -Torte.

„Gibt's was zu feiern?", frage ich, denn eigentlich gibt es meinen Kuchen nur zu besonderen Anlässen.
„Na heute ist doch euer Jahrestag", grinst sie uns an.
„Herzlichen Glückwunsch!"
Ian und ich blicken uns an.
„Ich hätte gedacht, ihr wollt lieber für euch sein. Umso mehr habe ich mich gefreut, als du angerufen hast. Ich finde, der Jahrestag ist einer der schönsten im ganzen Jahr. Man erinnert sich daran, wie man sich kennen gelernt und zueinander gefunden hat. Das war gewiss auch bei euch ein magischer Augenblick. Genau wie bei deinem Dad und mir."
Tränen sammeln sich in ihren Augen. Sofort greife ich ihre Hand und streichle sie mit meinem Daumen.
„Ist schon gut mein Kind. Deine Mum hat hin und wieder einen schwachen Augenblick", versucht sie mir zu erklären.
„Ich bin dankbar für jeden Tag, den ich mit deinem Vater verbringen durfte", setzt sie noch nach und putzt sich die Nase.
„Was gibt es denn bei euch so Neues? Hast du mal wieder mit deinem Bruder gesprochen?"
Es hört sich noch immer seltsam an das Wort „Bruder" aus Mum's Mund zu vernehmen.
„Ja und scheinbar hat er jemanden kennen gelernt. Er kommt uns morgen besuchen. Dann erzählt er mir mehr." Sie nickt.
„Das ist doch schön. Und wie war nun dein Gespräch beim Arzt? Wie steht Marques eigentlich dazu? Wird er sich auch testen lassen?"
Jetzt weiß ich, woher ich die Neugierde geerbt habe.
„Es war eine Ärztin. Sie war sehr nett und hat mir

alles Nötige erklärt. In ein paar Wochen soll ich wiederkommen. Dann wird mir Blut abgenommen. Marques hat bis jetzt nicht vor, sich testen zu lassen. Er meint, es würde im Moment keine Rolle für ihn spielen. Er könnte sich genauso gut erst mit der Krankheit beschäftigen, wenn sie wirklich ausgebrochen ist. Ich weiß nicht, ob es seine Meinung manchmal ändert, wenn er eine dauerhafte Beziehung hat. Aber im Moment meint er, keine Kinder haben zu wollen und sieht daher keine Notwendigkeit, sich testen zu lassen", erkläre ich ihr mit Marques Worten.

„Das kann ich gut verstehen. Er ist ja noch jung. Sterben müssen wir alle irgendwann aber wann und wie weiß keiner von uns. Genauso den Ausbruch der Krankheit kann niemand vorhersagen. Also nehme ich an, dass ihr einmal Kinder haben wollt, richtig?" Fragend schaut sie Ian an, der augenblicklich rot wie eine Tomate wird. Ist das wirklich der passende Augenblick? Ian räuspert sich und gibt mir damit zu verstehen, dass ich es nun endlich sagen soll. Die mittlerweile wohlbekannten Schmetterlinge sind wieder in meinen Bauch eingezogen. Mein Herz klopft wie wild und ich spüre die aufsteigende Hitze, die sich in rötlicher Farbe auf meinen Wangen niederlässt.

„Mum?", sage ich etwas unsicher.

„Ja mein Schatz?" Sie schiebt sich ein Stückchen Kuchen in den Mund.

„Also eigentlich..., ehrlich gesagt...", stammele ich vor mich hin.

„Ehrlich gesagt, bekommen wir schon eins."

Verwirrt blickt sie erst zu mir, dann zu Ian.
Offensichtlich hat sie nicht verstanden, was ich damit sagen will.
„Mum...wir bekommen ein Baby!", sage ich nun ohne Umschweife, ganz direkt. Ich blicke zu Ian, um mich rückzuversichern. Er nickt und lächelt mich an. Völlig perplex hustet Mum und ringt nach Luft. Ich klopfe ihr auf den Rücken, damit der Krümel sich aus ihrer Luftröhre befreit. Wieder sieht sie uns an. Eine gefühlte Minute lang sagt keiner ein Wort. Man kann ihr förmlich ansehen, wie sie ihre Gedanken zu ordnen versucht. Dann steigen Tränen in ihre Augen.
„Mein Gott, Elli", schluchzt sie und nimmt mich in den Arm.
„Ich werde Oma!", sagt sie voll Freude in ihrer Stimme. Ich beginne, mich wieder zu entspannen. Eine riesige Last fällt von meinen Schultern. Immer wieder blickt Mum mich an und küsst und umarmt mich. Sie gibt Ian ein Handzeichen, damit er dazu kommt. Gruppenkuscheln ist angesagt. Als sie sich wieder beruhigt hat, gleitet jeder zurück auf seinen Stuhl. Ian hält meine Hand.
„Ach Kinder, welch schöne Nachricht. Wenn das nur dein Vater noch erlebt hätte. Aber ich bin mir sicher, er ist auf irgendeine Art bei uns und freut sich ebenso wie ich. Sie nimmt meine andere Hand und drückt sie sacht. Dann geht sie nach oben und kehrt nach einer Weile mit einer Holzkiste in den Händen zurück.
„Ich habe schon länger auf diesen Tag gewartet, Elli und einige Sachen für dich aufbewahrt, damit du sie einmal deinen Kindern weitergeben kannst."

Sie stellt sie vor mir auf den Tisch. Meine Hände gleiten über den gewölbten Deckel zum Schloss vorne. Als ich ihn anhebe, breiten sich kleine süße Babystrampler, Söckchen und meine alte Spieluhr vor mir aus. Die Kiste ist randvoll gefüllt mit Babysachen und Erinnerungen meiner Kindheit.
„Schnuffel", rufe ich mit Tränen in den Augen, als ich meinen kleinen rosa Lieblingshasen entdecke. Jeden Abend hatte Dad ihn mir in den Arm gelegt, mich zugedeckt und wir lauschten den Geschichten, die mein Dad uns vorlas. Schnuffel war meine Medizin, wenn ich einmal krank war. Mein Beschützer, wenn draußen Blitz und Donner wüteten und der Regen an mein Fenster prasselte. Er hielt mir die Augen zu, wenn in einem Film eine gruselige Stelle war und trocknete meine Tränen, wenn ich einmal weinte. Mein ständiger Begleiter. Mein bester Freund. Ich bin gerade so glücklich ihn wieder zu sehen. Die Hormone scheinen ihr Bestes zu tun, denn sonst würde ich sicher nicht einfach in Tränen ausbrechen. Vorsichtig lege ich ihn wieder in die Kiste. Nicht das noch ein Ohr abfällt oder so. Ich schließe den Deckel und gebe meiner Mum einen dicken Kuss.
„Danke, Mum", sage ich mit zittriger Stimme. Eine Weile erzählen wir uns noch Anekdoten aus meiner Kindheit und schwelgen in Erinnerungen an meinen Vater. Wir lachen, wir weinen. Die Zeit vergeht wie im Flug. Es ist das erste Mal seit Dad's Tod, dass ich meine Mum wieder so herzlich lachen sehe. Es fühlt sich gut an. Es fühlt sich richtig an. Endlich überwiegt nicht mehr die Trauer; sondern vielmehr die Dankbarkeit, dass man diese Zeit mit ihm verbringen

durfte. Mit jedem Gedanken an ihn, jeder Erinnerung wird mein Herz ein klitzekleines Stück mehr geheilt. Langsam geht es auf den Abend zu und mir bleibt nicht verborgen, dass Ian immer wieder auf seine Uhr schaut. Offensichtlich bemerkt auch meine Mum Ian's aufsteigende Ungeduld.
„Nun gut Kinder, ich glaube es reicht für heute. Ich bin ziemlich erschöpf und würde heut gern etwas früher zu Bett gehen, wenn es euch Recht ist."
Sie räumt den Tisch ab und gibt uns zu verstehen, dass wir uns verkrümeln sollen. Ian nimmt die Kiste.
„Vorsichtig!", ermahne ich ihn. Der Deckel war noch nicht richtig verschlossen.
„Ich pass schon auf, Heulsuse", flüstert er mir verschmitzt zu. Heulsuse? Ich kneife ihm in die Seite und er verzieht amüsiert das Gesicht.
„Wenn sie runter fällt, bist du schuld!", gibt er mit zusammengekniffenen Augen zurück und streckt mir die Zunge raus.
„Ich bin keine Heulsuse! Das sind die Hormone, du Idiot!", gebe ich verärgert zurück. Schließlich kann ich nichts dafür, das ich im Moment so nah am Wasser gebaut bin.
Und dazu noch schläfrig. Im Auto packt mich die Müdigkeit und ich schlummere tatsächlich für ein paar Minuten ein. Das Ruckeln des Autos reißt mich jedoch aus meinem Nickerchen. Maggie bellt. Wie kommt denn mein Hund hier her? Ich schaue aus dem Fenster und erkenne den mir nur allzu bekannten Weg. Wie es aussieht, fahren wir zum See. Augenblicklich fange ich an zu grinsen.

„Na, aufgewacht Schlafmütze?", fragt Ian sichtlich amüsiert. Ich strecke ihm die Zunge raus und verziehe dabei mein Gesicht. Erstmal wieder richtig wach werden. Als wir den Wagen geparkt haben, holt Ian eine Box aus dem Kofferraum.
„Was ist da drin?", frage ich neugierig.
„Wirst du schon sehen", entgegnet er geheimnisvoll und deutet auf den Weg zu unserem Steg. Schon aus der Ferne kann ich ein sanftes Schimmern aus dieser Richtung ausmachen. Es ist fast dunkel. Ein wenig Licht des Sonnenuntergangs lässt gerade noch erahnen, wo ich hintrete. Doch nun wird alles hell. Ich bleibe stehen und richte meinen Blick nach vorn. Kerzen. Da sind überall Kerzen am Boden und weisen mir den Weg. Im Baum, dessen Äste bis weit übers Ufer hinaus auf den See reichen, hängen Laternen mit Teelichtern darin. Zwischen den großen Kerzen, die am Rande der Holzlatten stehen, sind verschiedene bunte Blumen zwischen die Spalten gesteckt. Völlig überwältigt von diesen wunderschönen Eindrücken gehe ich weiter. Die Kinnlade fällt mir hinunter als ich am Ende des Steges einen gedeckten Tisch und zwei Stühle auf einem roten Teppich entdecke. Meine Augen suchen sein Gesicht.
„Ian", sage ich völlig erstaunt.
„Was ist denn in dich gefahren?"
Nun weiß ich auf jeden Fall, was er den ganzen Mittag über getrieben hat.
„Du! Du bist in mich gefahren, Elli!", sagt er mit sanfter Stimme, beugt sich zu mir hinunter und berührt zaghaft mit seinen Lippen die meinen. Gänsehautfeeling pur.

„Darf ich bitten?" Er zieht einen Stuhl für mich zurück und deutet mit einer Hand darauf, sodass ich mich setzen soll. Ich löse mich also aus meiner Starre und lasse mich auf dem Polster nieder. Ian legt mir noch eine Decke über meine Beine. Er hat einfach an alles gedacht. Dann holt er die Box hervor und präsentiert mir endlich den Inhalt. Ein 3-Gänge-Menü der besonderen Art. Ein gemischter Salat mit Joghurtdressing, Spaghetti Bolognese und zum krönenden Abschluss Tiramisu. Besser hätte die Wahl nicht ausfallen können. Ich erinnere mich, dass ich genau diese Sachen bei unserem ersten offiziellen Date bestellt hatte. Ich wäre am Liebsten im Boden versunken. Die Soße der Spaghetti war bis auf seine Seite des Tisches gespritzt. Ian lächelt, als er bemerkt, dass ich in Erinnerungen schwelge.
„Ich weiß genau woran du denkst", gibt er mir zu verstehen.
„Ach ja?" Ich bin gespannt, ob er es wirklich weiß und lächle ihn herausfordernd an.
„Wie könnte ich das vergessen? Die ganze Tischdecke war voller kleiner roter Spritzer von deiner Bolognese. Vom Parmesan mal ganz abzusehen."
Er lacht.
„Das du das noch weißt."
Ein wenig erstaunt bin ich schon, aber genau das wollte er sicher mit diesem Essen hier erreichen. Noch nie redeten wir so innig, lachten so viel und kramten so viele Erinnerungen der letzten Jahre hervor wie heute. Was bei meiner Mum vorhin anfing, ging hier in die zweite Runde. Tag der Erinnerungen. So werde ich ihn in meinen Gedanken

abspeichert. Es ist schön und traurig zu gleich. Die Kerzen brennen nieder und Ian tauscht sie noch einmal gegen neue aus. Meine Gedanken kreisen um die Vergangenheit, die Gegenwart und die Zukunft. Ich kann nicht leugnen, dass ich Angst vor Letzterem habe.

„Elli?" Ian macht ein besorgtes Gesicht, denn Tränen sammeln sich in meinen Augen und drohen jeden Moment herunterzukullern.

„Es ist so wunderschön hier, Ian", sage ich mit bebender Stimme.

„Und deswegen brichst du gleich in Tränen aus, Baby?" Er sieht mich verwundert an, wohlwissend, dass noch mehr dahinter stecken muss.

„Weißt du, ich habe mir früher nie Gedanken um unsere Zukunft gemacht", beginne ich einen Versuch der Erklärung.

„Ich wusste immer, wir würden zusammen sein. Irgendwann heiraten und Kinder bekommen und uns ein schickes Häuschen irgendwo suchen. Wenn die Kinder aus dem Haus gewesen wären, hätten wir unser Heim vielleicht verkauft und wären mit einem Wohnwagen durch die Welt gereist und hätten uns dort niedergelassen, wo es uns am meisten gefallen hätte. Ich weiß auch nicht." Ich zögere, denn das, was ich ihm gleich sagen werde, wird ihm weder gefallen noch wird er es verstehen.

„Nun spuck' es schon aus, Elli!" Ian sieht gebannt auf meine Lippen.

„Weißt du, ich liebe dich Ian."
Verdammt, wie soll ich es nur sagen?
„Ich liebe dich auch Elli, mehr als du ahnst."

Das wollte ich im Moment eigentlich nicht hören.
„Lass mich doch ausreden. Ich liebe dich wirklich, Ian. Aber… Nun ja, es ist so. Wenn das Testergebnis positiv ausfällt, dann…" Wieder zögere ich.
Ich habe Angst es auszusprechen.
Ich beiße mir auf die Unterlippe.
„Dann?", hakt Ian nach.
„Dann… stelle ich es dir frei zu gehen."
Puh, jetzt ist es raus.
„Zu gehen? Wohin?" Ian scheint nicht zu begreifen.
„Zu gehen. Mich zu verlassen. Dir eine andere, gesunde Frau zu suchen mit der du gesunde, wunderbare Kinder zur Welt bringen kannst. Ein freies Leben führen kannst ohne den Gedanken daran, dass ich vielleicht mal ein Pflegefall und zur Belastung für dich werde."
„Belastung?", fällt er mir ins Wort.
„Ja, Belastung", gebe ich zurück und stehe auf.
„Ich kann den Gedanken einfach nicht ertragen, dass du mich irgendwann pflegen müsstest oder mir gar beim Sterben zusehen müsstest. Ich kann mir nicht mal ansatzweise vorstellen, wie das für Mum gewesen sein muss, ihr Liebstes auf dieser Welt zu verlieren. Ich möchte dir das ersparen, verstehst du? Ich möchte nicht, dass du so leben musst. Mit dieser Ungewissheit, auf den einen Tag wartend, dass die Krankheit ausbricht. Du hast Besseres verdient, Ian. Du hast eine bessere Frau, ein besseres Leben und ein besseres Kind verdient. Du kannst es dir überlegen. Ich werde nicht böse sein, wenn du dich dazu entschließt. Ich gebe dir Bedenkzeit, bis wir das Ergebnis haben." So. Ich bin fertig und setze mich

wieder hin. Ian blickt nachdenklich nach unten. Dann sieht er mich amüsiert an.
„Bedenkzeit?", wiederholt er meine Worte und fängt laut an zu lachen, dass man es auch auf der anderen Seite des Sees gehört haben muss. Er lacht. Wie kann er jetzt lachen? Ich schütte ihm mein Herz aus und er? Macht sich darüber lustig oder was? Mein Blut kocht. Mein Herz klopft wie wild. Zorn, Wut und Trauer vereinen sich und steigen in mir herauf. Ich weiß nicht, was ich sagen soll. Die einzige logische Entscheidung ist aufzustehen und wegzugehen. Wütend schiebe ich den Stuhl nach hinten und mache mich auf in Richtung Ufer.
„Elli!", ruft Ian, greift nach meinem Arm und hindert mich so daran, wegzulaufen.
„Elli", sagt er nun mit seiner sanften Stimme, der ich noch nie widerstehen konnte.
„Elli, das war doch nicht so gemeint. Du müsstest mich besser kennen. Lass mich erklären", bittet er, doch ich will ihm nicht zuhören. Tränen sammeln sich in meinen Augen. Er hat mich verletzt.
„Komm schon, Elli, bitte! Sieh mal, du hast mich damit auch ganz schön überfallen. Es hat mich total überrascht, dass du das wirklich Ernst gemeint hast. Was denkst du denn von mir? Haben dir die letzten Jahre denn nicht gezeigt, dass ich nie mehr ohne dich sein will, egal was passiert?"
Ungläubig schüttele ich den Kopf und eine Träne kullert über meine Wange.
„Elli", sagt er noch sanfter als eben schon und dreht mich langsam zu ihm herum.

Er nimmt meinen Kopf in seine Hände und wischt mit dem Daumen meine Träne weg.
„Du bist mir das Wertvollste, was ich besitze. Weißt du das denn nicht? Ich liebe dich mehr, als irgendjemand anders dich lieben könnte. Ja mehr sogar, als mein eigenes Leben. Denn nur durch dich ist mein Leben lebenswert. Du bist mein Liebstes, Elli. Niemals im Leben würde ich dich verlassen. Schon gar nicht wegen so einer unbedeutenden Sache. Das Schicksal hat uns nicht umsonst zueinander getrieben, Elli. Schon als ich dich das erste Mal gesehen hatte, konnte ich meine Augen nicht von dir lassen. Ich war so glücklich, dass du damals in unser Büro gepurzelt bist, als mein Dad krank war. Ich wusste, jetzt durfte ich dich nicht wieder gehen lassen. Das hätte ich mir niemals verziehen. Ich bin so glücklich mit dir, das glaubst du nicht. Die letzten Jahre waren die Besten meines Lebens und alle weiteren mit dir wären mein größter Schatz."
Ich höre was er sagt, aber kann es kaum glauben. Träume ich oder erzählt er mir das wirklich gerade? Mir ist so warm ums Herz wie schon lange nicht mehr. Wie gebannt hänge ich an seinen Lippen. An jedem Wort, das seinen wunderbaren Mund verlässt. Ja, ich erröte sogar. Er steckt seine Hand in seine Manteltasche und zückt ein kleines schwarzes Schächtelchen heraus. Ist das jetzt das, was ich denke? Ein dicker Kloß setzt sich in meiner Kehle nieder. Er nimmt meine Hand und setzt die Schachtel darauf. Verwirrt blicke ich ihn an.
„Elena, wohin der Weg uns führt, ich möchte immer mit dir zusammen sein. Ich liebe dich und ich liebe

unser Baby und egal, wie dieses blöde Ergebnis ausfällt, sag', würdest du mir die Ehre erweisen, meine Frau zu werden?"
Er öffnet die Schachtel und darin steckt ein Ring, wie ich ihn mir schöner nicht vorstellen könnte. Ein schmaler silberner Ring. In der Mitte ein funkelnder Stein, welcher umgeben ist von einem Halbmond. Völlig perplex stehe ich da und starre ihn an. Die Zeit steht still.

Kapitel 8

Ist das gerade wirklich passiert? Mein Blick gleitet über unseren Steg. Die Kerzen, die Blumen, das Essen, alles war geplant. Wieso war mir das nicht aufgefallen? Mein Herz rast.
„Elli?" Ian blickt mich erwartungsvoll an.
„Weißt du, jetzt kommt eigentlich der Teil, in dem du Ja sagen müssest", sagt er mit einem bezaubernden Lächeln im Gesicht. Ja. Natürlich. Sicher will ich ihn heiraten.
Freudestrahlend blicke ich ihn an.
„Ja. Ja, natürlich will ich dich heiraten!"
Mit Freudentränen in den Augen springe ich ihm in die Arme und er drückt mich so fest an sich, dass ich kaum Luft bekomme.
„Du machst mich zum glücklichsten Mann auf der Welt." Er setzt mich ab und küsst mich leidenschaftlicher als je zuvor. Mein ganzer Körper kribbelt. Mir ist heiß und kalt zugleich. Ich könnte ihn auf der Stelle lieben. Maggie bellt und zerrt uns damit aus unserer Trance und unserem Verlangen. Ich bin so unglaublich glücklich, dass es mir schon schlecht wird. Sacht holt er den Ring aus der Schachtel. MEINEN Ring. Behutsam nimmt er ihn zwischen Daumen und Zeigefinger, nimmt meine Hand und schiebt ihn auf meinen Ringfinger. Eine Weile betrachte ich ihn. Er sieht aus, als würde er genau dort hingehören. So wunderschön.

„Lass uns nach Hause fahren", sagt Ian mit solch einem breiten Grinsen im Gesicht, dass jeder Idiot sehen könnte, was er daheim mit mir machen möchte. Er packt schnell das Wichtigste zusammen, nimmt meine Hand und zieht mich den Steg entlang.
„Komm Maggie!", ruft er unserem Mädchen zu.
„Was ist mit den Kerzen und dem Tisch?", frage ich, während ich zurückblicke. Ich bemerke, wie Ian etwas in sein Handy tippt.
„Das machen die Heinzelmännchen", gibt er zurück und grinst mich an. Innerhalb weniger Minuten sind wir zu Hause angekommen. Vor der Haustüre bleibt er stehen und dreht sich zu mir um.
„Schließ die Augen!", sagt er leise. Kaum zugemacht, spüre ich weichen Stoff davor. Ian nimmt meine Hand und führt mich hinein.
„Warte hier!", fordert er mich auf.
„Und nicht gucken!", ermahnt er mich, denn er weiß genau, wie neugierig ich sein kann. Anhand der Geräusche versuche ich auszumachen, was er gerade tut. Ich höre etwas klicken, doch bevor ich erkennen kann, was es ist, kommt Ian zurück. Völlig unerwartet küsst er mich leidenschaftlich auf den Mund. Seine Hände gleiten an meinen Armen hinunter zu meinem Po. Schließlich umfasst er meine Oberschenkel und hebt mich hoch. Während er mich küsst, trägt er mich den Flur entlang in Richtung Schlafzimmer, wo er mich sacht vor unserem Bett hinstellt. Zumindest glaube ich, dass es das Bett ist. Mit seinen Händen dreht er mich von sich weg und stellt sich dicht hinter mich. Ich kann seinen Atem an meinem Hals spüren. Meiner beschleunigt sich. Er löst langsam den Knoten

der Augenbinde und ich bin gespannt, was ich gleich entdecken werde. Kerzen. Deswegen das Klicken. Hier führt Ian fort, was er am Steg angefangen hat. Das seichte Licht hüllt alles in einen sanften Ton. Wieder zieren die bunten Blumen nun unser Schlafzimmer. Ian muss gewusst haben, dass ich seinen Antrag annehme, denn das hätte er in so kurzer Zeit nicht hinbekommen können. Meine Augen müssen leuchten bei so viel Glanz. Ich drehe mich zu ihm um und sehe in seine wunderschönen Augen, die mich schon damals so sehr faszinierten.
„Ich liebe dich", hauche ich ihm zu.
„Ich weiß", gibt er mit einem so verführerischen Lächeln zurück, dass ich ihn sofort küssen muss.
Er löst den Haargummi aus meiner Frisur und zieht die 3 Nadeln heraus, die sie gehalten haben. Meine Haare fallen nach vorn und Ian schiebt sie mit seinen Händen nach hinten. Mit seinen Fingern knöpft er meine Bluse auf streift sie von meinen Schultern. Er ist so zärtlich und liebevoll wie nie zuvor. Unter seinen Liebkosungen an meinem Hals schmelze ich dahin. Ich wage nicht etwas zu tun, weil ich nicht möchte, dass er mit irgendetwas aufhört. Als er uns nach gefühlten zwei Stunden endlich aus der Kleidung befreit hat, umfasst er abermals meine Oberschenkel, hebt mich hoch und lässt mich sanft aufs Bett gleiten, auf dem wir uns bis in die frühen Morgenstunden liebten. Es war wunderschön. Besser hätte man einen Heiratsantrag nicht zum Abschluss bringen können.

Die Sonne blinzelt bereits durch den kleinen offenen Spalt der Vorhänge. Maggie stupst mit ihrer Nase an meine Füße, dass es mich kitzelt. RING-RING. RING-RING. Meine noch müden Ohren vernehmen das Klingeln des Weckers. Der Wecker? Heut ist doch Sonntag. Verdammt, wer hat vergessen ihn auszustellen. RING-RING. RING-RING. Moment mal. Das ist nicht der Wecker. Sondern die Klingel. Ich sehe auf die Uhr. 14.30 Uhr. BITTE WAS? Ach du meine Güte. MARQUES. Mit einem Schlag fällt es mir ein. Oh mein Gott. Marques steht vor der Tür. Und wir? Haha. Wir sind nackt. Die Haare zerzaust. Mit einem Satz springe ich aus dem Bett und laufe zu meinem Schrank. Schnell was drüberziehen.
„Ian", rufe ich. Doch natürlich regt er sich nicht.
„Ian!", rufe ich etwas lauter und beginne an ihm rumzurütteln.
„Marques steht vor der Tür!" Mein Gott.
Wie kann man nur so tief und fest schlafen.
„Ian!", brülle ich nun schon fast.
Völlig panisch schreckt er auf und ein lauter Knall schallt durchs Schlafzimmer.
„Aah", ruft er und hält sich den Kopf mit schmerzverzerrtem Gesicht.
„Verdammt, Elli! Was ist denn los?"
„Marques steht vor der Tür. Unsere Verabredung, Ian!", sage ich mit vorwurfsvollem Unterton.
„Und deswegen musst du mich so erschrecken? Oh man, mein Schädel."
Wenigstens sitzt er schon mal an der Bettkante. Ich laufe zur Tür und nehme den Hörer ab.

„Marques? Bist du noch da?", frage ich hoffnungsvoll, denn das wäre ja was. Unsere erste gemeinsame Verabredung und ich mache die Tür nicht auf. Super, Elli.
„Jap. Hab' zwar schon fünfzig Mal geklingelt und mein rechtes Bein wollte sich gerade wieder in Richtung Auto in Bewegung setzen, aber ja, ich bin noch da", gibt er scherzhaft zurück.
Ich drücke den Türöffner. Verlegen und wahrscheinlich hochrot im Gesicht mache ich auf und Marques mustert mich erstmal von oben bis unten, wodurch ich mich seltsam ertappt fühle.
„Na, habt ihr gestern etwas zu lange gefeiert?", fragt er mit höhnischem Blick.
„So in der Art!", antworte ich etwas verlegen. Maggie kommt mit der Leine im Mund angelaufen. Richtig. Sie war ja seit heute Nacht nicht mehr draußen, die Arme.
„Ich würde sagen, ihr macht euch mal fertig und ich gehe ein wenig mit dem Hund raus", grinst er und nimmt Maggie die Leine aus dem Mund.
„Na komm mein Mädchen!"
Genauso hatte Dad sie immer gerufen und Maggie setzt sich sofort in Bewegung.
„Bis gleich!"

Das ist mein Bruder. Ist er nicht der beste Bruder der Welt? Ich schließe die Tür und lehne mich einen Augenblick an. Gedankenverloren blicke ich auf meine Hand und das Schmuckstück, das sie seit gestern Abend ziert. Die Schlafzimmertür geht auf und Ian schlendert den Flur entlang. Immer noch reibt er sich die Stelle am Kopf, an der er gerade mein Bücherregal angefallen hat.

„Wenn wir hier ausziehen, ist das das Erste, was an einen anderen Platz kommt", erzählt er mir vorwurfsvoll mit zusammengekniffenen Augen.
Ausziehen? Wie kommt er denn darauf? Mein erstaunter Gesichtsausdruck bleibt ihm nicht verborgen.

„Ja oder wie stellst du dir das hier mit einem Baby vor in dieser Winzwohnung?", beäugt er mich und lässt seine Hand dabei einmal ausschweifen.
Kurz vor mir bleibt er stehen und drückt mich mit seinem halbnackten Körper leicht gegen die Tür. Seine Hand findet in meiner Ohrhöhe am Türrahmen Platz. Mit der anderen schiebt er mein Kinn etwas nach oben, sodass unsere Münder nur noch einen Spalt weit auseinander stehen. Ich kann seinen Atem auf meinen Lippen spüren.

„Ich würde ja so gern noch mal mit dir…"
Er drückt mir einen Kuss auf und gibt mir einen Klaps auf den Po.

„Aber wir müssen uns ja ranhalten", grinst er und verschwindet im Bad.

Eine dreiviertel Stunde hat Marques uns gegeben, bevor die Klingel wieder schellt.

„Brötchen", ruft er belustigt und hält mir eine Tüte vor die Nase. Frühstück um 16.00 Uhr. Na das ist doch mal was. Ich kann nicht leugnen, dass mein Magen bereits rebelliert. Bis auf das Schlafzimmer zeige ich Marques jeden Raum. Würde er dort hineingehen, wäre es ihm sicher ein Leichtes zu

erahnen, was hier im Busch ist. Nachdem auch die Männer sich begrüßt haben sitzen wir in der Küche um 16.15 Uhr bei Kaffee und Brötchen. Marques erzählt, was er die letzten Tage so getrieben hat, doch SIE erwähnt er mit keinem Wort. Doch ich würde nicht Elena heißen, wenn ich nichts aus ihm herausbekommen würde.
„Also Marques, sag doch mal. Du hattest gestern Morgen ein Kaffeedate ja?", frage ich neugierig.
„Ein Kaffeedate?", wiederholt er amüsiert.
„So kann man es auch bezeichnen. Ich würde eher sagen ein morgendliches Wiedersehen. Man muss doch mal schauen, ob die, mit der man gestern getanzt hat auch wirklich hübsch anzusehen ist oder ob da nur der Tequila aus den Augen geschaut hat."
Scherzhaft kneift er ein Auge zusammen und streckt dabei die Zunge raus.
„Wir wollen heute Abend Essen gehen. Sprich in zwei einhalb Stunden. Habt ihr nicht Lust?"
Ian und ich blicken erst uns, dann wieder Marques etwas verwirrt an.
„Naja ein Doppeldate eben. Das wird bestimmt lustig. Und ich würde mir nicht vor Schiss in die Hose machen", setzt er noch hinterher. Seine Wangen erröten. Sie muss es ihm wirklich angetan haben.
„Das klingt doch lustig", sage ich bestätigend und nicke Ian zu.
„Wir hatten noch nie ein Doppeldate. Ich finde, es wird höchste Zeit, nicht wahr Ian?", versuche ich ihn aus der Reserve zu locken. Ich weiß, dass er solchen Dates eigentlich nichts abgewinnen kann aber

Marques ist mein Bruder. Diesen Gefallen würde ich ihm gerne tun.
„Wie du meinst Schatz."
Wenn Blicke töten könnten, würde ich jetzt vermutlich jämmerlich am Boden liegen und um Gnade winseln. Zur Besänftigung gebe ich ihm einen Kuss auf die Wange.
„Das ist ja super!", springt Marques voller Zuversicht auf.
„Dann sehen wir uns gegen 19.30 Uhr im Diner. Ich überlasse euch Turteltäubchen solange wieder euch selbst. Ich denke, ihr wisst schon genug mit euch anzufangen."
Er reibt die Hände aneinander und kneift sein linkes Auge zusammen bevor er sich auf den Weg zur Ausgangstüre macht. Er dreht sich noch einmal um und gibt mir einen Kuss auf die Wange.
„Danke Schwesterchen", sagt er und nimmt immer zwei Stufen gleichzeitig.
Au man. Wie aufgeregt er ist. Als würde er sich zum ersten Mal mit einer Frau treffen. Doch so schätze ich ihn auf keinen Fall ein. Er wirkt eher wie ein Herzensbrecher. Einer, der die Frauen am nächsten Tag nicht zurückruft, während sie den ganzen Tag zu Hause bleiben und vor dem Telefon hocken. Aber bei ihr scheint er ganz aus dem Häuschen zu sein. Ich kann nicht leugnen, dass ich schon ziemlich gespannt auf sie bin.
„Hey, Misses Elena Kingston", ruft mir Ian aus dem Wohnzimmer zu.

„Da hast du mich aber ganz schön überrumpelt!"
Vorwurfsvoll zieht er eine Augenbraue hoch und mustert mich auf eine Antwort wartend.
„Wie kommst du nur darauf, dass ich deinen Namen annehme?", gebe ich zynisch zurück.
„Ja, also Carter heißt jawohl die ganze Welt."
Er rollt mit den Augen und streckt seine Zunge raus, an der ich jetzt zu gern noch mal rumknabbern würde. Ein Blick auf die Uhr verrät mir, dass wir noch genug Zeit hätten für ….
„Elli, ich werde eben mal nach Hause fahren und ein paar Klamotten holen. Dann kannst du dich auch in Ruhe fertig machen." Ich lasse die Schultern fallen und Ian bemerkt meinen unzufriedenen Gesichtsausdruck.
„Stimmt was nicht?", fragt er nach und ich schüttele den Kopf.
„Alles in Ordnung!"
Als ich ihn gerade zur Tür bringe, klingelt das Telefon.
„Hallo?", spreche ich in einem Sing-Sang in den Hörer.
„Uuund?" Die zaghafte Stimme von Cassy dringt in mein Ohr.
„Warte ne Sekunde", weise ich sie an und gebe Ian einen liebevollen Kuss, der ihm sagen soll, dass ich ihn augenblicklich vermissen werde sobald er einen Schritt durch diese Tür setzt. Nachdem sie ins Schloss gefallen ist, widme ich mich wieder Cassy.
„Was und?", frage ich verdutzt.
„Gestern Abend? Am Steg? Die Kerzen? Die Blumen? Hat er es gemacht? Hat er? Hat er?"
Und ich dachte ernsthaft, ich bin neugierig.

„Woher weißt du überhaupt davon? Arbeitest du neuerdings als Spionin?", frage ich scherzhaft zurück.
„Na allzu viele Heinzelmännchen wirst du in Hamington wohl nicht finden, was? Noch dazu welche, die Ian hier kennt."
Sie hat es also gewusst. Unglaublich. Gibt mir noch nicht mal einen Tipp, geschweige denn eine klitzekleine Vorwarnung. Tolle beste Freundin.
„Ne schöne Freundin bist du mir, Cassy. Du hast keinen Mucks von dir gegeben", sage ich vorwurfsvoll.
„Das ist wohl auch der Sinn einer Riesenüberraschung liebste Elena und glaube nicht, dass es mir nicht schwer gefallen wäre, dieses Geheimnis vor dir nicht auszuplaudern. Also erzähl schon! Was war los?"
Der Nachdruck am Satzende verrät mir, das sie gleich vor Neugierde platzt, wenn ich es ihr nicht erzähle.
„Was soll ich schon groß erzählen? Wir waren bei meiner Mum, haben Kaffee getrunken und Kuchen gegessen. Dann sind wir nach Hause gefahren und haben Maggie geholt. Dann sind wir zum Steg gefahren und dort war alles voller Kerzen und Blumen. Ein Tisch stand am Ende und Ian hatte das Drei-Gänge- Menü unseres ersten Date's aufgefahren. Ich war ziemlich überwältigt. Aber warte mal, hast du das etwa alles gemacht?", frage ich sie in einem Ton, sodass sie mir die Wahrheit sagen muss.
„Nein, nein. Ich habe nur die Kerzen angezündet, eine Weile bevor ihr gekommen seid. Für den Rest ist Ian verantwortlich. Glaub mir, ich war genauso

überwältigt und wäre am Liebsten dort geblieben",
schnieft sie ins Telefon.
„Nun erzähl schon weiter!"
Ich kann sie am anderen Ende fast sabbern hören,
wie Maggie, wenn sie vor mir steht und auf ihr Futter
wartet, welches ich gerade in ihren Napf tue.
„Nun ja. Ich habe ihm allerhand Sachen an den Kopf
geworfen und ihm freigestellt zu gehen, wenn mein
Testergebnis positiv ausfällt."
Das Gesabber hat aufgehört und ist in eine
verdächtige Stille übergangen.
„DU HAST WAS? Sag mal bist du eigentlich total
bescheuert?" Irgendwie kann ich ihr den Ausbruch
gerade nicht verübeln und komme deswegen gleich
zum Wesentlichen.
„Immer mit der Ruhe, Cassy. Er hat ja abgelehnt und
stattdessen hat er…" Ich muss schmunzeln. Sie ist die
Erste, der ich davon erzähle.
„Was hat er ‚Elli?" Die Ungeduld wächst in ihrer
Stimme. Ich blicke auf den Ring an meinem Finger.
„Er … Er hat… Er hat gefragt, ob ich ihn
heiraten will!"
Wie ein kleines Mädchen hüpfe ich gerade auf und ab
und wedle dabei aufgeregt mit meiner Hand.
Gekreische am anderen Ende des Hörers. Da ist
jemand genauso aus dem Häuschen wie ich.
„Oh mein Gott, Elli. Das ist ja so romantisch. Und was
hast du gesagt? Bitte sag ja!", sagt sie am Ende fast
flehend.
„Natürlich hab' ich ja gesagt. Was sollte ich sonst
sagen?", lache ich in den Hörer.

„Nachdem, was du mir eben erzählt hast, hätte ich dir alles zugetraut. Oh Elli, das freut mich so unglaublich für euch. Herzlichen Glückwunsch! Das müssen wir noch gebührend feiern!" Typisch Cassy. Alles muss gefeiert werden. Dabei muss ich doch ab jetzt vernünftig sein für unser Baby.
„Du weißt schon, dass ich schwanger bin?", versuche ich sie zu erinnern.
„Ja und deswegen bleibst du jetzt jeden Abend zu Hause oder was? Du bekommst dann halt alkoholfreie Cocktails." Sicher malt sie sich gerade schon alles in ihrem hübschen Köpfchen aus.
„Aber nicht heute, Süße. Ich habe noch eine Verabredung. Wir hören uns die Woche. Ich freu mich wirklich riesig, Elli. Das ist echt toll!", wiederholt sie noch mal.
„Machs gut und viel Spaß!"
Ich lege auf und bemerke, dass meine Hand noch immer auf meinem Bauch verweilt. Unser Baby. Mein Daumen streicht langsam hin und her. Ich muss schmunzeln beim Gedanken daran, dass ich in ein paar Monaten Mutter sein werde. Irgendwie habe ich mich noch nicht ganz an den Gedanken gewöhnt. Schnell verwerfe ich meine Bedenken und blicke auf die Uhr. Wow, Cassy und ich haben eine halbe Stunde lang telefoniert. Die Zeit wird langsam knapp, also mache ich mich fertig. Duschen, anziehen, Haare und Makeup und noch mal mit Maggie raus.
Überpünktlich ist Ian wieder zurück. Wir entscheiden, etwas früher hinzufahren und uns damit einen kleinen Vorteil zu verschaffen, da wir sie dann schon kommen sehen und uns einen ersten Eindruck

machen können. Wie immer suche ich mir einen Fensterplatz aus, der uns vieren genug Platz bietet und in Sichtweite der Bedienung ist. Ich liebe das Diner. Es ist klassisch eingerichtet. Die Sitzbänke sind gepolstert und mit dunkelrotem Leder überzogen. Blechschilder zieren die Wände und sogar eine Jukebox steht neben der Wand mit der Dartscheibe. An einigen Abenden gibt es hier Rockabilly-Veranstaltungen, zu denen Ian und ich immer gerne gehen. Außerdem gibt es hier das wohl beste Essen der Welt. Cheeseburger mit Potatoes. Aber nicht irgendein Cheeseburger, nein. Er ist so groß wie ein Frühstücksteller belegt mit knackfrischem Salat, dem Besten an Rindfleisch was Hamington zu bieten hat, Käse, Tomaten, Gewürzgurken und natürlich Röstzwiebeln. Von den Soßen mal ganz abgesehen. Es ist einfach der beste Burger der Welt und wie immer meine heutige Wahl. Ian bestellt sich schon mal ein Steak, doch wir geben zu verstehen, dass wir noch auf unsere Freunde warten. Also nimmt er erstmal ein Bier und nimmt einen großen Schluck, worum ich ihn ein wenig beneide. Ich habe mich für die etwas gesündere Variante, den Kiba, entschieden und proste Ian damit zu. Wir sind so in unser Gespräch vertieft, dass wir gar nicht bemerken, wie die beiden reinkommen und bereits vor uns stehen.
„Na ihr beiden!"
 Mein Kopf dreht sich geschwind in ihre Richtung und meine Kinnlade fällt sichtlich hinunter. Ich mustere die Frau von oben bis unten und halte mir die Hand vor den Mund.

„Das ist…", beginnt Marques sie uns vorstellen. Ich kann mein Lachen nicht mehr halten. Ian ebenso wenig. Verwirrt blickt der Arme zwischen uns dreien hin und her. Ich stehe auf und umarme die mir wohlbekannte Frau.
„Du hast mir gar nicht erzählt, dass du heute ein Doppeldate hast Cassy", sage ich scherzhaft zu ihr.
„Du mir ja auch nicht meine Liebe", gibt sie zurück und lacht. Ihre perfekt gestylten Korkenzieherlocken fallen ihr dabei über die Schultern. Nun fällt Marques die Kinnlade hinunter und mit einem großen Fragezeichen über dem Kopf sieht er zu Ian.
„Cassidy und Elena sind schon seit der Schulzeit befreundet mein Lieber", klärt Ian ihn auf. Marques lacht und verschränkt seinen Arm hinter den Kopf.
„Na dann, bin ich wohl der einzige, der hier jemanden näher kennen lernen muss."
Er zieht Cassy den Stuhl zurück, damit sie sich hinsetzten kann und endlich können wir bestellen. Da wir des Öfteren hier essen kennen wir die Speisekarte mittlerweile in und auswendig und wissen sofort was wir nehmen. Nicht so Marques. Sein Gesicht ist seit Minuten hinter der Karte verschwunden und alle schauen wartend auf ihn. Als er unsere Blicke bemerkt, legt er schnell die Karte zurück und hebt die Hand, um die Bedienung zu rufen. Es war ein richtig schöner Abend. So vertraut. Ian und ich sahen uns ständig an und überlegten, ob wir von den einschneidenden Neuigkeiten berichten sollten. Immerhin war Marques am Tisch der Einzige, der es noch nicht wusste. Beides eigentlich. Ich hatte noch

keine Gelegenheit, ihm davon zu berichten. Ian nickt mir zu, also will ich es wagen.
„Marques", beginne ich aufgeregt.
„Es gibt da ein paar Neuigkeiten, von denen du noch nichts weißt." Mein Daumen schnellt wie von selbst immer wieder auf die Tischplatte und erzeugt ein leises Klopfen. Ian legt seine Hand auf meine und gibt mir damit Mut.
„Also zum einen, Marques, wirst du Onkel."
Mit hochgezogenen Augenbrauen und einem unsicheren Grinsen warte ich auf eine Regung, aber er scheint nicht zu begreifen. Sein verwirrter Blick gleitet zu Cassidy, die ihn ebenso euphorisch anschaut.
„Ich bin schwanger", sage ich nun ganz direkt, da ich nicht davon ausgehe, dass der Groschen in nächster Zeit fällt. Er sieht auf Ian, dann zu Cassy, die bestätigend nickt und anschließend wieder zu mir.
„Wow, Elli. Damit hätte ich jetzt nicht gerechnet."
Ja wer hätte das schon, nicht wahr? Ich jedenfalls nicht.
„Es kommt noch besser", bremse ich ihn in seinem Aufschwung. Er hält kurz inne und sieht mich neugierig an.
„Seit gestern sind Ian und ich… Naja, wir…. Wir sind verlobt. Wir werden nächstes Jahr heiraten!"
Stolz halte ich ihm meinen Ring unter die Nase. Er begutachtet ihn, steht auf und beugt sich nach vorn, um mich zu umarmen.
„Autsch", schrillt seine Stimme durch den Laden. Die Lampe baumelt hin und her. Marques hält mit schmerzverzerrtem Gesicht die Hand an die Stirn.

Zwei Beulen an einem Tag. Ich versuche mein Lachen hinter meiner Hand zurück zu halten aber es gelingt mir nicht. Cassy und ich prusten laut los und auch Ian kann sich nicht zurückhalten. Nun muss auch Marques schmunzeln und kommt dieses Mal um den Tisch gelaufen, um mich zu umarmen.
„Herzlichen Glückwunsch, Schwesterchen!"
Er gibt mir einen Kuss auf die Wange.
„Ich freue mich wirklich sehr für dich", fügt er noch hinterher.
„Also deswegen bestehst du so hartnäckig darauf, dich …" Er hält inne und blickt zu Cassidy.
„Mich was?", hake ich nach, denn ich habe gerade keine Ahnung worauf er hinaus will.
„Dich testen zu lassen", flüstert er in mein Ohr, sodass nur ich es hören kann.
„Ich wollte es schon, bevor ich wusste, dass ich schwanger bin, Marques. Du brauchst nicht flüstern. Cassidy weiß Bescheid", gebe ich ihm zu verstehen, ohne vorher darüber nachzudenken.
„Sie weiß Bescheid?" Empörung und Erschrockenheit liegen in seiner Stimme. Vorwurfsvoll blickt er mich an, hat eins und eins zusammengezählt.
„Sie weiß, dass unser Vater Huntington hatte?", fragt er noch einmal, obwohl er die Antwort bereits kennt.
„Sie ist meine beste Freundin."
Das sollte doch eigentlich alles erklären. Sein Blick schweift ins Leere. Sein Ausdruck ist kalt und leer.
„Marques?" Ich lege meine Hand auf seine Schulter. Sein eiskalter Blick durchbohrt mein Herz für eine Sekunde.

„Ich…ich kann das nicht", stammelt er, greift seine Jacke und geht wie hypnotisiert aus dem Diner.
„Marques?", ruft Cassy ihm hinterher.
„Marques?", ruft sie erneut etwas lauter, doch er ist schon in der Tür verschwunden.
„Elli, was ist denn los?"
Cassy blickt mich völlig verwirrt an.
„Ich…ich glaube, ich habe gerade den größten Mist der Welt gebaut."

Kapitel 9

Wie gebannt stehe ich noch immer an derselben Stelle und blicke zur Tür in der Hoffnung, er würde gleich wieder herein kommen. Aber ich warte vergebens.
„Elli, setz dich wieder. Er kommt nicht zurück. Was ist denn auf einmal los?" Ian sieht mich besorgt an.
„Ich habe ihm gesagt, dass er nicht zu flüstern braucht, weil Cassidy über alles Bescheid weiß. Ich bin so bescheuert."
Ich vergrabe mein Gesicht in meinen Händen.
„Weil ich über was Bescheid weiß, Elli?", fragt Cassy nach.
„Über mich. Über uns. Unseren Vater. Über Huntington. Darüber, dass ich es auch haben könnte oder eben er. Ich habe nicht darüber nachgedacht, ich Idiot."
Cassidy schluckt schwer und ihre Haut erblasst. Scheinbar hat auch sie nicht soweit gedacht. Ich kann es an ihrem schockierten Gesichtsausdruck sehen. Sie dreht ihren Kopf in Richtung Tür. Tränen sammeln sich in ihren Augen, doch sie schluckt sie hinunter.
„Ich glaube es ist besser, wenn ich jetzt gehe."
Sie nimmt ihre Tasche und Jacke und macht sich ebenfalls auf Richtung Türe.
„Cassidy", rufe ich ihr hinterher, weil ich sie nicht einfach so gehen lassen kann.
„Es tut mir leid", gebe ich hervor, denn es ist im Augenblick das Einzige, was ich dazu sagen kann.

Ich kann es selbst noch nicht fassen. Was ist da nur in mich gefahren? Wieso zum Teufel noch mal habe ich nicht darüber nachgedacht? Ich habe seine Gefühle verletzt, mit Füßen getreten. An seiner Stelle wäre ich auch gegangen. Ich bin so blöd, dass ich es kaum fassen kann. Er wollte sie näher kennen lernen und ich reibe ihm so etwas unter die Nase. Dass sie sein größtes Geheimnis bereits kennt. Seine größte Schwäche. Die kaum Platz für eine normale Zukunft bietet. Und das Schlimmste ist, ich habe auch Cassidy verletzt. Vor den Kopf gestoßen. Es tut mir alles so leid. Tränen sammeln sich in meinen Augen. Ich habe meinen Bruder und meine beste Freundin an einem Tag vergrault. Herzlichen Glückwunsch Elena. Besser geht's kaum. Wie soll ich das nur wieder gerade biegen? Ian erblickt meine Tränen und nimmt mich in den Arm. Mit seinem Portemonnaie gibt er der Kellnerin zu verstehen, dass wir zahlen wollen. Ich schaue aus dem Fenster. Es ist so dunkel, dass man nichts erkennen würde, wenn die paar Straßenlaternen nicht den Weg erhellen würden. Die ganze Fahrt über sage ich kein Wort. Ian sieht immer wieder zu mir herüber. Ich spüre seine mitleidigen Blicke. Maggie freut sich wie immer, dass wir wieder da sind. Mit der Leine im Maul wartet sie geduldig darauf, dass einer mit ihr Gassi geht. Ich laufe sofort zum Telefon und wähle Marques Nummer.
„Maggie, komm!", höre ich Ian rufen, bevor das Schloss hinter ihnen einrastet. Es klingelt, doch niemand geht ran. Ich versuche es wieder und wieder, doch immer höre ich die Ansage der Mailbox nach dem siebten Klingeln. Nach gefühlten 20

Anrufen stammele ich eine Entschuldigung auf die Mailbox. Es tut mir wirklich so unendlich leid. Ich hoffe er kann mir irgendwann verzeihen. Auch bei Cassy komme ich nicht weiter. Ich laufe im Flur auf und ab und zermatere mir das Hirn, wie ich es wieder in Ordnung bringen kann. Doch ich kann es nicht. Gesagt ist gesagt. Cassidy weiß Bescheid. Über mich, über Marques. Mochte sie ihn denn auch so sehr, wie er sie? Einen schönen Streich spielte mir das Schicksal da wieder. Ausgerechnet meine beste Freundin. Es hätte doch nun wirklich jede andere Frau sein können. Aber so war es nicht. Was gerade begonnen hatte, wurde in nur einem Moment von mir zerstört. Mein Handy gab einen Piepton von sich. Cassidy.

Elli, sei mir nicht böse aber ich kann gerade nicht mit dir sprechen. Ich brauche etwas Zeit. Zeit, um das alles zu verdauen und zu entscheiden, wie ich damit umgehen soll. Ich habe deinen Bruder heute erst das zweite Mal gesehen aber es ist, als würden wir uns schon ewig kennen. Vom ersten Moment an war alles richtig zwischen uns, verstehst du? Ich mag ihn wirklich sehr und nun steht das zwischen uns. Er hätte derjenige sein sollen, der es mir sagt und zwar dann, wenn er bereit dazu gewesen wäre. Und das war er nicht. Er meldet sich nicht bei mir, Elli. Sag ihm, dass er mich anrufen soll. Ich möchte mit ihm reden. Ich hoffe du verstehst... Ich bin dir nicht böse. Es ist dir rausgerutscht. Ich versteh das schon.

Bis bald, Cassidy

Oh Cassy. Tränen stehen mir abermals in den Augen. Da ist endlich mal ein Typ, zu dem sie sich hingezogen fühlt und dann ist es ausgerechnet mein Bruder. Und als wäre das nicht schon schlimm genug, verderbe ich auch noch alles.
„Ich muss das wieder hinkriegen", sage ich zu mir selbst, während ich immer noch auf mein Handy starre.
„Ja, das musst du, Schatz. Aber nicht mehr heute. Ich denke es müssen alle erstmal runterkommen." Ich habe gar nicht bemerkt, dass Ian hereingekommen ist. Er nimmt mich in die Arme und gibt mir einen tröstenden Kuss auf die Stirn.
„Lass uns schlafen gehen. Morgen sieht vielleicht alles schon ganz anders aus", versucht er mir Mut zuzusprechen. Doch glauben kann ich es nicht. Und auch das Schlafen fällt mir heute schwer. Ständig wälze ich mich von links nach rechts und sehe immer wieder auf die leuchtenden großen Zahlen meines Weckers. Ich hoffe so sehr, dass sie mir verzeihen können, dass Marques irgendwann wieder mit mir reden wird. Ein letztes Mal noch sehe ich hoffnungsvoll auf mein Handy, vergeblich. Vielleicht hat Ian Recht, mit dem was er sagt. Vielleicht müssen erstmal alle runterkommen. Eine Weile sehe ich noch auf das Bild auf meinem Nachttisch. Sehe meinen Dad an, bevor meine Lider den Kampf aufgeben und sich schließen.

Wie ich diesen Wecker verfluche. Gerade mal vier Stunden Schlaf hat er mir gegönnt. Grunzend liegt Ian neben mir und dreht sich noch einmal um.

„Mach das Ding aus, sonst schmeiß ich es an die Wand!", raunt er und zieht sich sein Kissen über den Kopf. Noch immer müde gähne und strecke ich mich ausgiebig, bevor ich es wage, mich zu erheben. Die Arbeit ruft. Was soll man da schon tun. Langsam trabe ich ins Bad und schaufle mir kaltes Wasser ins Gesicht, um endlich wach zu werden. Nachdem ich mich fertig gemacht und die Kaffeemaschine angestellt habe, wecke ich Ian. Wie immer braucht er eine halbe Ewigkeit, um auf Trab zu kommen. Mit meinem Kaffeebecher in der Hand sitze ich am Küchenfenster und beobachte die ersten Sonnenstrahlen, die den Himmel ein klein wenig erhellen. Meine Gedanken kreisen noch immer um Marques und Cassy. Ich sollte mich ablenken. Ian hat sich unterdessen fertig gemacht und steht vor mir.
„Alles in Ordnung?"
Er macht ein besorgtes Gesicht. Ich nicke nur und gebe ihm einen Kuss, bevor ich meinen Mantel anziehe und nach meiner Tasche greife. Noch immer keine Nachricht auf meinem Handy.
„Bis später!", ruft Ian mir noch hinterher und befestigt die Leine an Maggies Halsband. Die Arbeit ist mir in dieser Woche eine willkommene Ablenkung. Jeden Tag warte ich darauf, dass einer von beiden sich meldet, doch das Telefon bleibt stumm. Ich will ihnen Zeit geben, doch weiß ich genau, dass ich es nicht mehr lange aushalten werde. Wochenende. Schlechter Stimmung schalte ich den PC aus und lege meine bearbeiteten Artikel feinsäuberlich auf einen Stapel, als ich bemerke, dass jemand in der Tür steht.

„Wir haben Feierabend!", sage ich etwas ärgerlich ohne hoch zu schauen.
„Es gibt zwar reichlich über mich zu erzählen, aber ob das interessant genug für einen Artikel wäre, wage ich zu bezweifeln", sagt die mir wohlbekannte Stimme scherzhaft und Freudentränen sammeln sich in meinen Augen. Sofort springe ich auf, laufe zur Tür und umarme sie, so fest ich nur kann. Gott, wie habe ich sie vermisst.
„Tut mir leid, dass ich dich so lange hab schmoren lassen."
Reue lag in ihrer Stimme.
„Scheiß drauf!", gebe ich gelassen und überglücklich zurück.
„Wollen wir was trinken gehen?"
Ich nicke und gebe Ian Bescheid. Außer dem Diner haben die Geschäfte hier nicht allzu viel zu bieten, weshalb wir uns trotz der jüngsten Ereignisse entscheiden, hier hin zu gehen.
„Weißt du, Cassy, ich habe das alles wirklich nicht gewollt. Es tut mir so leid. Ich hab' einfach nicht darüber nachgedacht, was ich sage. Es ein ziemlicher Hammer, dich neben meinem Bruder zu sehen und für mich war es ja so selbstverständlich, dass du es weißt."
Noch immer habe ich das Bedürfnis mich dafür entschuldigen zu müssen.
„Elli, du brauchst dich nicht bei mir entschuldigen. Ich hätte ja selbst drauf kommen müssen aber ich schätze, ich habe es einfach … verdrängt. Ich wollte nicht, dass es so ist. Ich wollte nicht, dass er es eventuell auch hat. Ich war nicht sauer auf dich! Ich

war sauer, weil ich endlich man nen Typen kennen gelernt habe, der mir gefällt und sich auf einmal herausstellt, dass er vielleicht todkrank ist. Und als wäre das nicht schon schlimm genug, haut der Mistkerl einfach ab. Ohne ein Wort. Ohne auf meine Nachrichten zu reagieren."
Wütend schnaubt sie in ihr Glas, bevor sie sich einen großen Schluck ihres nach Alkohol riechenden Getränks genehmigt.
„Männer sind feige Arschlöcher!", setzt sie noch etwas lauter hinterher. Ich erinnere sie daran, dass es mitten in der Woche ist und sie morgen arbeiten muss, doch das interessiert sie nicht die Bohne. Sie bestellt noch zwei weitere von diesen übel nach Ärger riechenden Cocktails und versucht dabei herauszufinden, warum sie immer solch ein Pech mit den Männern hat. Im Moment würde sich vermutlich nicht mal der stärkste Mann in ihre Nähe wagen. Ihre Reden sind hasserfüllt und voller Groll gegen die Männerwelt. So hatte ich sie noch nie gesehen. Marques muss es ihr wirklich angetan haben. In diesem Augenblick verschließe ich meine Ohren vor Cassy's Geschwafel und meine Gedanken kreisen um ihn. Was soll ich nur sagen, wenn ich ihn das nächste Mal sehe. Meine Augen schweifen zur Tür. Ich kann eine mir wohl bekannte Statur ausmachen. Als er sich umdreht, muss ich kurz schlucken. Marques. Sicher ist er hier verabredet. Oh mein Gott, Cassy. Wenn er sie so sieht. Schnell schiebe ich ihr Glas beiseite, worauf hin sie sich natürlich lauthals beschwert. Marques winkt jemandem hinter uns am Billardtisch

zu. Er musste also an uns vorbei. Mein Herz klopfte schneller.

„Cassy, Marques ist hier. Reiss dich etwas zusammen, ja?", ermahne ich sie während er in unsere Richtung kommt.

„Marques? Wo? Dem werde ich…", doch ehe sie weiter sprechen konnte, schellte ihr Glas auf den Boden und zersprang in tausend Stückchen. Die Röte schoss mir ins Gesicht, als Marques erst mich, dann Cassy ansah und den Kopf schüttelt.

„Mitten in der Woche? Ist das euer Ernst?", sagt er abfällig und will gerade weiter gehen, als Cassy ihn am Arm packt.

„Du bist einfach abgehauen!"

Wütend blickt sie ihm in die Augen, worin ich für einen kurzen Moment all seine Trauer und seinen Schmerz ausmachen kann, bevor sie sich wieder zornig zusammenziehen.

„Ich denke, es ist besser so, Cassy", sagt er mit fester Stimme.

„Das kannst du nicht einfach alleine bestimmen!", erwidert Cassy und fuchtelt mit ihrem Zeigefinger vor seinem Gesicht rum.

„Du solltest nach Hause gehen."

Er sieht mich auffordernd an und gibt mir damit zu verstehen, dass ich sie heim bringen soll. Vermutlich hat er auch Recht damit, doch ich kann ihn nicht einfach so gehen lassen.

„Marques, ich…", will ich das Gespräch beginnen, doch sofort lenkt er ein.

„Lass gut sein Elli!" Er schüttelt den Kopf.

„Das kann ich aber nicht!", gebe ich energisch zurück.

„Es war keine Absicht, Marques. Ich habe nicht darüber nachgedacht, was ich da sage. Es war alles so…surreal an dem Abend. Ja, ich hätte besser darüber nachdenken sollen aber ich kann es ja nun mal nicht ungeschehen machen!", brülle ich ihn fast an. Tränen sammeln sich in meinen Augen als er sich abwenden will.
„Marques bitte", sage ich nun fast flehend.
„Ich… Ich will dich nicht verlieren!"
Eine Träne kullert über mein Gesicht. Seine Augen lassen den Zorn verschwinden, welcher sich eben noch darin verlor. Fast mitleidig sieht er mich an und kommt einen Schritt auf mich zu. Mit seinen Fingern wischt er meine Träne ab und zieht mich zu einer Umarmung an sich heran.
„Elena, du wirst mich niemals verlieren. Gib mir noch etwas Zeit!"
Ein riesiger Stein fällt mir vom Herzen und lässt mich wieder freier atmen. Neidisch hat Cassy alles beobachtet und will mit erhobenem Zeigefinger auf Marques zugehen, doch sie verliert den Halt in ihren Pumps. Ehe ich mich versehe, fällt sie mit ihrem Kopf genau auf die Tischkante und anschließend direkt in die Scherben, die immer noch keiner weggefegt hatte.
„Cassy!", rufe ich panisch während ich mich aus Marques Umarmung befreie. Schnell sinkt er neben Cassy auf die Knie und schiebt seine Hand unter ihren Kopf. Splitter stecken in ihren Händen und das Blut tropft hinunter. Ihr Gesicht ist schmerzverzerrt und trotzdem will sie Marques voller Pein zurückschieben.

Eine verlegene Röte lässt sich auf ihren Wangen nieder.
„Nichts passiert, verdammt. Lass mich in Ruhe!"
Sie sieht auf ihre blutverschmierten Hände hinab und beginnt die Splitter hinauszuziehen. Marques sieht mich fragend an. Er hat keine Ahnung, was er nun tun soll. Als Cassy aufstehen will, legt er seine Hände um ihre Taille, um ihr zu helfen, doch sie schiebt sie weg. Mit zusammengekniffenen Augen berührt sie die Stelle an ihrem Kopf, mit der sie auf den Tisch geknallt ist. Schmerzverzerrt zieht sie die Luft ein, wodurch ein Zischen ihren Mund verlässt. Marques stellt sich vor sie, um die Verletzung zu begutachten. Sie scheint zu bluten. Ich gebe dem Kellner ein Zeichen, damit er den Notarzt ruft. Alkohol und eine klaffende Kopfwunde sind keine gute Kombi, obwohl ich weiß, dass Cassy mich dafür hassen wird. Sie hegt genau so eine Abscheu gegen Krankenhäuser wie ich.
„DU!", zischt sie Marques an.
„Du hast mir das angetan!", sagt sie vorwurfsvoll zu meinem Bruder, fasst sich an den Kopf und verliert zusehends den Halt. Bevor sie ein weiteres Mal zu Boden fällt, hält Marques sie fest und hebt sie auf seine Arme. Sie ist bewusstlos geworden. Panik steigt in mir auf. Wie ein kleines Schulmädchen laufe ich ihm hinterher, als er einen Platz sucht, um Cassy hinzulegen. In den Personalräumen gibt es eine Liege. Sacht legt er sie darauf und streicht ihr eine Strähne aus dem Gesicht. Vom Kellner lässt er sich Verbandszeug bringen. Nervös gehe ich zur Eingangstür und warte auf den Krankenwagen. Nach einer gefühlten Ewigkeit kann ich die Sirene in der

Ferne ausmachen und sehe das Blaulicht auf mich zukommen.
„Was genau ist passiert?", fragt einer der Rettungskräfte, während ich ihm den Weg zu Cassidy zeige. Ein paar Mal sieht er mich ungläubig und gleichzeitig schockiert an, sodass ich auf der Stelle ein schlechtes Gewissen habe, Cassy nicht vom Trinken abgehalten zu haben. Was bin ich nur für eine schlechte Freundin. Marques fragt vergeblich, ob er mitfahren kann, als sie Cassy im Wagen verladen haben. Ein Blick zwischen uns genügt. Wir steigen in sein Auto und fahren hinterher. Im Krankenhaus angekommen rufe ich erstmal Ian und Cassy's Mum an, welche völlig aufgelöst ein paar Sachen für Cassy zusammenpackt und sich in Kürze auf den Weg machen will. Ich wäre froh, wenn ich auch nur eine halb so gute Mum werden würde. Nach circa einer Stunde dürfen wir kurz zu Cassy rein und uns vergewissern, dass es ihr gut geht. Eine leichte Gehirnerschütterung und die Wunde musste mit wenigen Stichen genäht werden. Die Splitter wurden gezogen und ihre Hände lediglich von einem dünnen Verband bedeckt. Glück gehabt. Ihre Mum sitzt an ihrem Bett und scheint ihr nicht von der Seite zu weichen. Ein wenig vorwurfsvoll sieht sie uns an, doch dann bedankt sie sich dafür, dass wir so schnell Hilfe geholt haben. Marques versichert ihr, dass sie sich nur bei mir bedanken müsste.
„Sei nicht so bescheiden. Ich wiege schließlich nicht wenig", krächzt Cassy und versucht unterdessen die Augen zu öffnen, was ihr sichtlich schwer fällt.
„Wasser bitte!" Cassy's Mum und Marques greifen

gleichzeitig zu ihrem Glas, doch er lässt ihr den Vortritt.

„Ich bin so froh, dass es dir gut geht mein Schatz. Ich gehe und hole einen Arzt!"

Sie gibt ihr einen Kuss auf die Stirn und begibt sich auf den Flur. Cassy mustert uns beide.

„Ich hasse dich, Elli! Du weißt, ich kann Krankenhäuser nicht ausstehen", sagt sie mit vorwurfsvollem Unterton.

„Hättest du dich nicht dazu entschlossen, uns mit deiner Abwesenheit zu ehren, hätte ich nicht den Notarzt rufen müssen", gebe ich verschmitzt zurück.

„Oh mein Gott, Notarzt? Sag jetzt bitte nicht, ich wurde mit Blaulicht und Tatütata hergefahren, Elli! Ich kann mich doch nie wieder im Diner blicken lassen!" Selbst im Krankenbett denkt sie mehr an ihr Image als an ihre Gesundheit. Es ist zum Verrücktwerden, aber mittlerweile bin ich das ja gewohnt. Marques hingegen schüttelt nur ungläubig den Kopf und kann sich ein Schmunzeln nicht verkneifen.

„Und Sie, Mister! Sie sind schuld an der ganzen Misere!" Mit ihrer Hand deutet sie auf Marques.

„Wärst du letzten Sonntag nicht ohne ein Wort abgehauen, hätte ich meinen Kummer nicht im Alkohol ertränken müssen!", sagt sie bestimmt. Ein stiller Augenblick vergeht. Es scheint, als würde Marques gerade eine Entscheidung für sich treffen. Mit zusammengekniffenen Augen steht er da und blickt Cassidy an, die ihm ein weiteres Mal ein Lächeln entlockt. Langsam geht er zu ihrem Bett und setzt sich ein Stück darauf. Bevor sie jedoch etwas

sagen kann, beugt er sich zu ihr runter und drückt ihr einen zärtlichen Kuss auf. Erstaunt blickt sie ihn an und zum allerersten Mal weiß sie scheinbar nicht, was sie sagen soll. Ohne mich anzusehen sagt er mir, dass wir besser gehen sollten, bevor ihre Mum wiederkommt. Noch immer kommt Cassy nicht zur Besinnung und ich muss darüber schmunzeln, wie sie scheinbar auf Wolke 7 schwebt.
„Bis morgen Süße!", rufe ich ihr zu.
„Bis morgen!", erwidert sie leise.
Als wir auf dem Flur sind, kommt uns Cassy's Mum im Sauseschritt, mit einem Arzt im Schlepptau, entgegen. Als ich ihnen schmunzelnd hinterher sehe, bekomme ich plötzlich weiche Knie und kralle mich schnell an Marques fest. Alles dreht sich und ich kann kaum seine Umrisse erkennen. Er setzt mich auf einen Stuhl und fragt ob alles in Ordnung ist. Ich brauche einen Moment, bevor ich wieder klar sehen kann.
„Elli, antworte doch!"
Die Besorgnis steht ihm ins Gesicht geschrieben.
„Alles ok", versichere ich ihm.
„Ich habe mich wohl nur etwas überanstrengt. Holst du mir ein Glas Wasser?", frage ich, während mein Kreislauf sich langsam wieder stabilisiert. Ich hätte nicht gedacht, dass eine Schwangerschaft so anstrengend sein kann. Nach einigen Schlucken und ein paar Crackern, die Marques vorsichtshalber aufgetrieben hat, geht es mir wieder als wäre nichts gewesen.
„Mein Gott, Elli. Jag mir nie wieder so einen Schrecken ein. Ian bringt mich um, wenn dir

irgendetwas zustößt. Den ganzen Weg bis zum Auto hält er mich fest. Sicherheitshalber. Ich kann gar nicht aufhören darüber zu lächeln, wie ähnlich er unserem Dad ist. Da es schon recht spät geworden ist, fährt Marques mich nach Hause, wo Ian schon ganz aufgeregt auf mich wartet.
„Hey. Ist alles in Ordnung?", fragt er sofort und legt seine Hand auf meinen Bauch.
„Aber sicher doch. Marques hat auf mich aufgepasst", lächle ich ihn an, bevor ich ihn zur Tür bringe.
„Pass auf dich auf", ermahnt er mich. Voller Freude darüber, dass wir uns wieder vertragen haben, springe ich ihn fast an und umarme ihn fest. Überrascht legt er seine Hände um mich und gibt mir ein Küsschen auf die Wange.
„Das war ein wundervoller Tag", sage ich glücklich nachdem ich die Tür geschlossen habe und drehe mich lächelnd zu Ian um, welcher mich völlig irritiert und fassungslos anstarrt.
„Naja mehr oder weniger", gebe ich zu, „aber Cassy geht es soweit gut und wir alle haben uns wieder vertragen", füge ich hinterher und Ian nickt zufrieden.

Kapitel 10

Die Woche vergeht wie im Flug. War gestern nicht erst Montag gewesen und Cassy hat sich im Diner den Kopf angehauen? Es ist bereits Donnerstag. Heute wird sie wieder entlassen und muss nur noch einmal zum Fäden ziehen zurück kommen. Marques und ich waren sie jeden Tag besuchen und haben rumgeblödelt. Die beiden sind wie zwei Turteltäubchen. Da Cassys Mutter jedoch fast ständig um sie herumgeschwirrt ist, haben sie versucht sich nichts anmerken zu lassen, wenn sie den Raum betrat. Ich bin froh, dass sie wieder zueinander gefunden haben. Doch vernünftig über das Geschehene reden konnten sie bisher nicht. Morgen ist Freitag. Zum Abendessen werden wir bei meiner Mum sein. Es wird Zeit, ihr von unserer Verlobung zu erzählen, bevor sie es noch von jemand anderem hört. Sie wird sicher ganz aus dem Häuschen sein. Ich freue mich schon wahnsinnig auf ihren Gesichtsausdruck, wenn ich es ihr sage. Schon über die Nachricht meiner Schwangerschaft hatte sie sich sehr gefreut. Aber das? Das übertrifft vermutlich all ihre Erwartungen. Außerdem ist es nächste Woche endlich so weit. Der große Tag. Vier Wochen sind dann vorbeigeflogen wie nichts. Der Test. MEIN Test. Bei dem Gedanken daran kribbelt es in meinem Bauch. Schnell verwerfe ich ihn wieder und versuche mich auf meine Arbeit zu konzentrieren. Doch aus

irgendeinem Grund gelingt es mir heute nicht. Weihnachten. Es ist bald Weihnachten. Noch ein Monat und wir werden allein Weihnachten feiern. Allein den Baum schmücken. Allein Plätzchen backen und allein den Pudding zum Nachtisch essen. Das erste Weihnachten ohne meinen Dad. Schon jetzt zieht sich mein Magen krampfhaft zusammen bei dem Gedanken daran. Es wird nicht dasselbe sein ohne ihn. Es wird nie wieder dasselbe sein. Eine Träne schleicht sich aus meinem Auge und kullert meine Wange hinab. Es klopft. Schnell wische ich sie weg und setzte mich wieder gerade hin.
„Herein", rufe ich mit verstellt gut gelaunter Stimme.
„Hi Schwesterchen!" Marques. Puh. Erleichtert sacke ich wieder zusammen.
„Hey, was treibt dich denn hierher?", frage ich neugierig. Mal abgesehen von Ian ruft hier keiner an, geschweige denn taucht hier auf, wenn nicht irgendwas im Busch ist.
„Ich... Ich wollte mal mit dir reden über..."
Verlegen legt er die Hand in seinen Nacken und wuschelt durch seine Haare.
„Cassidy?", schmunzele ich ihm entgegen. Sofort setzt er sich auf den Stuhl vor meinem Schreibtisch und blickt mich euphorisch an. Seine Augen funkeln, sobald ihr Name in seinen Ohren ertönt. Doch plötzlich ändert sich sein Blick. Er durchbohrt mich. Fragend.
„Hast du geweint Elli?" Ertappt blicke ich zur Seite und reibe mir die Augen in der Hoffnung ich könnte ihm auftischen, wie müde ich bin. Eine verräterische

Röte legt sich auf meinen Wangen nieder und ich weiß, dass ich ihm nichts vormachen kann.
„Es ist das erste Weihnachten ohne Dad, weißt du?"
Mitleid und Verständnis spiegelt sich in seinen Augen. Er lächelt sanft. Doch er ist nicht wegen mir hier. Gerade als er ausholt etwas zu sagen, komme ich ihm zuvor.
„Also, was ist jetzt mit Cassy?"
Das Funkeln kehrt augenblicklich zurück.
„Ich mag sie", sagt er leise und blickt zu Boden.
Ich spüre seine Nervosität.
„Ja und? Das ist doch… gut", erwidere ich ohne zu wissen, was eigentlich in seinem Kopf vorgeht.
„Auf der einen Seite, ja. Sie verdreht mir den Kopf, Elli. In ihrer Gegenwart fühle ich mich stark und schwach zugleich. Wir kennen uns erst seit ein paar Wochen aber es ist, als würden wir schon ewig Hand in Hand gehen. Sie ist so eine wunderbare Frau, Elli. Ich weiß nicht…" Er hält inne. Findet scheinbar nicht die richtigen Worte.
„Was weißt du nicht? Ob sie deine Gefühle erwidert? Das ist doch offensichtlich!"
Er schüttelt den Kopf.
„Das ist es nicht. Ich weiß, sie empfindet genauso für mich, wie ich für sie. Es ist nur… Ich bin nicht der Richtige für sie!"
Ich sehe Schmerz und Verzweiflung in seinen Augen.
„Wie kommst du denn darauf?", frage ich ungläubig.
„Ach Elli, du kennst doch unser Schicksal."
Er blickt mich an, als hätte sich durch diesen einen Satz alles selbst erklärt, doch er irrt sich.

„Nein Marques. Kenne ich nicht. Aber bald kenne ich mein Schicksal. Nach dem Test nächste Woche. Und Ian wird zu mir halten, egal wie er ausfällt."
Ich versuche ihm Mut zuzusprechen aber es ist nicht dasselbe, wie mit mir und Ian. Wir sind schon länger zusammen. Marques und Cassy erst wenige Tage. Sie könnten es noch immer beenden, wenn sie wollten.
„Ich werde mich nicht testen lassen, Elli. Daran können auch meine Gefühle zu ihr nichts ändern. Mein Entschluss steht. Aber was ist, wenn…. Was ist, wenn die Krankheit wirklich irgendwann ausbricht? Soll sie mit so jemandem zusammenleben? Was ist mit Kindern? Sie will doch sicher welche, irgendwann! Ich kann ihr das doch nicht antun. Sie versaut sich doch ihr ganzes Leben, wenn wir zusammen bleiben!"
Seine Verzweiflung offenbart mir, wie ernst es ihm mit Cassy ist. Er vergräbt sein Gesicht in den Händen.
„Marques, ich denke…"
Hoffnungsvoll blickt er mich an.
„Ich denke, Cassy sollte selbst entscheiden, ob sie das möchte oder nicht. Erklär es ihr. Sprich mit ihr. Sie wird es verstehen! Und dann… Gibst du ihr Zeit, um darüber nachzudenken. Sie ist eine kluge Frau. Sie wird alles abwägen und ihre Entscheidung wird dauerhaft sein. Aber ihr müsst darüber reden!"
Er setzt sich gerade hin, holt einmal tief Luft. Sein Entschluss scheint festzustehen.
„Du hast Recht!", sagt er schließlich, steht auf und drückt mir einen Kuss auf die Wange. Bevor er zur Tür heraus geht, dreht er sich noch einmal um.

„Geht's dir gut, Schwesterchen?" Ich nicke bestätigend. Es muss ja. Das Telefon klingelt. Die Stimme am anderen Ende kreischt mir entgegen.
„Ich bin wieder zu Hause!" Cassy.
Wenn man vom Teufel spricht.
„Wow, das ist super. Geht es dir denn wieder gut?", hake ich nach, obwohl ich die Antwort bereits kenne.
„Natürlich. Könnte nicht besser sein", gibt sie euphorisch zurück.
„Nächsten Freitag muss ich zum Fäden ziehen gegen 17.00 Uhr. Würdest du mich begleiten?"
Freitag. DER Tag.
„Wir könnten zusammen fahren. Da ist mein Termin."
Ich wäre froh, wenn jemand dabei sein würde.
„Welcher Termin? Achso, DER Termin. Entschuldige, Elli. Da hab' ich eben gar nicht dran gedacht. Ok, dann fahren wir zusammen. Gegen halb fünf?"
Die Euphorie in ihrer Stimme ist abrupt verschwunden.
„Ich hol dich ab! Bis dann, Cassy. Ruh dich aus."
Erleichtert lasse ich den Hörer sinken. Ich bin so froh, dass ich nicht allein fahren muss. Ian hätte sich sicher frei genommen, aber das wollte ich nicht. Mit Cassidy ist alles immer etwas entspannter. Sie bringt mich in Situationen zum Lachen, die eigentlich zum Heulen sind. Sie gibt mir Mut in Situationen, die ausweglos erscheinen. Sie ist mein Plus, mein Ying, meine bessere Hälfte. Ich bin froh, als der Tag endlich hinübergezogen ist. Meine Gedanken kreisen immer noch um den Test und wie das Ergebnis mich verändern könnte. Am Boden zerstört oder vogelfrei. Lebe ich in Zukunft mit einer Last auf meinen

Schultern, die ich niemals abwerfen kann, ständig in der Angst, die Krankheit könnte ihren Anfang nehmen? Oder werde ich frei sein von den Ketten, frei von der Angst, die mich heute manchmal lähmt mit dem Gedanken daran. Eine Zukunft planen können, in der ich und mein Baby gesund sind. Das wünsche ich mir. Zu Weihnachten. Für uns. Sanft streiche ich über meinen Bauch. Ich weiß genau, was du wirst und muss schmunzeln bei dem Gedanken daran. Ein Mädchen. Ganz sicher ein Mädchen.

Wie immer steht Mum bereits an der Tür, als wir vorfahren. Ich umarme sie so fest ich nur kann. Die ganze Woche haben wir uns nicht gesehen und seit meiner Schwangerschaft bin ich ein emotionales Wrack. Beim Eintreten rieche ich bereits den köstlichen Duft des Abendessens. Ich sehe mich kurz um. Alles ist wie immer und doch irgendwie anders. Es fühlt sich an, als wäre mein Dad noch immer hier. Mit den Fingerspitzen streiche ich über das Treppengeländer und blicke nach oben. Irgendetwas zieht mich heute da hinauf. Ein Schauder zieht über meinen Rücken. Schnell schüttele ich meine Gefühle ab und gehe ins Esszimmer zu Mum und Ian, der mich verwundert anblickt.
„Esst, Kinder! Es wird kalt."
Mum deutet auf die Terrine in der Mitte des Tisches und ich fülle mir und Ian auf. Ich liebe Curry und freue mich umso mehr, es heute essen zu können. Als Mum den letzten Bissen genommen hat, fällt sie mit der Tür ins Haus.

„Liebes, ich würde gerne die Sachen deines Vaters ausräumen und will mit dem Arbeitszimmer anfangen. Möchtest du nachher einmal reinschauen, ob du noch etwas gebrauchen kannst?"
Meine Kinnlade fällt hinunter und ich glaube, mich gerade verhört zu haben.
„Ich weiß, was du denkst Liebes aber ich ertrage es nicht länger, überall deines Vaters Sachen zu begegnen. Sie sind mit so vielen Erinnerungen verknüpft. Immer wieder sehe ich ihn vor mir. Rieche seinen Duft in seinem Kleiderschrank. Es macht mir alles unerträglich. Ich habe sogar daran gedacht, unser Haus zu verkaufen. Es ist so groß geworden, seitdem keiner mehr hier ist. Ich fühle mich wie verloren."
Ich fand die Offenheit meiner Mutter schon immer bemerkenswert. Sie ist kein Mensch, der innehält, wenn sie etwas bedrückt. Und doch bin ich bestürzt, so etwas aus ihrem Munde zu hören.
„Ist das dein Ernst Mum?" Sie nickt.
„Aber es ist doch unser zu Hause!" Wieder nickt sie. Ich kann den Schmerz in ihren Augen sehen. Sie glänzen traurig und wirken bedrückt und schmerzerfüllt. Ich verstehe sie auf eine Art. Auf die andere nicht. Nicht im Traum hätte ich daran gedacht, dass unser Heim irgendwann nicht mehr unser Heim sein würde. Ich stehe auf und gehe durch die Zimmer. Sie hat Recht. Jeder einzelne ist mit Erinnerungen verknüpft. Doch ich erinnere mich gern. Ich gehe am Kamin entlang und betrachte die Bilder, die wir einst aufgenommen hatten, als wir zusammen und glücklich waren. Ich blicke aufs Sofa und sehe

augenscheinlich ihn darauf, mit einer Zeitung in der Hand, den Kaffeebecher auf dem Tisch. Über seinen Brillenrand sieht er mich an und lächelt. Ich sehe zu der großen gläsernen Tür, die auf die Terrasse führt. Oft stand er dort mit dem Rücken zu mir gewandt. Ein Telefon am Ohr und schaute aus dem Fenster. Er lachte. Ich kann es noch immer hören. Gänsehaut macht sich auf meinen Armen breit und ich umschlinge sie mit meinen Händen. Wieder stehe ich im Flur unten an der Treppe und blicke hinauf. Stufe für Stufe zieht mich etwas nach oben. Vor seinem Arbeitszimmer bleibe ich kurz stehen, drücke schließlich doch die Klinke hinunter und trete ein. Ich schließe die Augen und atme seinen Duft. Sehe Bilder vor mir, wie er am Bücherregal steht, die Brille halb auf seiner Nase. Sehe ihn, wie er mir voller Begeisterung ein Buch heraussucht. Sehe Bilder, wie er am Schreibtisch sitzt, als ich als kleines Mädchen hereinkomme und mit ihm spielen will. Als er meinen enttäuschten Blick sieht kann er nicht anders, lässt seinen Stift fallen, kommt auf mich zu und wirbelt mich umher. Ich kann mein eigenes fröhliches Lachen hören. Und seines. Langsam öffne ich dich Augen. Der Raum ist leer. Doch er ist noch hier. Und wird es immer sein. In meiner Erinnerung. Ich fahre mit den Fingern über das Holz des Schreibtisches und setze mich auf seinen Sessel. Ich versinke förmlich in ihm und schmiege mich an das abgesessene Leder. Ein Bild von uns dreien ist in einem schönen Rahmen vor mir platziert. Gedankenverloren höre ich Ian meinen Namen rufen.

„Ich bin hier!", rufe ich ihm entgegen. Er steckt seinen Kopf durch die Tür und blickt sich kurz um. „Alles in Ordnung?", fragt er mit besorgtem Blick. Ich nicke und kann mir ein Lächeln nicht verkneifen. Sofort blitzen Ians Augen auf. Schon lange hat er mich nicht mehr so zufrieden gesehen. Er lächelt zurück.
„Elli, wir sollten hier einziehen!", sagt er so sanft, dass es fast Balsam für meine Seele ist. Einziehen? Daran hatte ich überhaupt noch nicht gedacht. Für einen Moment überlege ich, ob es sein Ernst ist. Doch Ian würde so etwas nicht sagen, wenn er es nicht Ernst meinen würde. Ich sehe mich noch einmal in diesem Zimmer um. Stelle mir vor, wie unser Mädchen im Garten spielt, wie es morgens in unser Schlafzimmer kommt und sich unter die Decke kuschelt. Wie sie den Kopf durch die Zimmertür steckt und ich ihr voller Euphorie ein Buch heraussuche. Ja, es wäre wunderbar. Es wäre einfach unbeschreiblich schön, hier zu wohnen. In meinem Elternhaus, dass mir schon in meiner Kindheit so viel Wärme und Geborgenheit geschenkt hat. Ian würde schneller zur Arbeit kommen und ich…, ach erst einmal wäre ich in Elternzeit und dann sehen wir weiter. Es fühlt sich richtig an. Es fühlt sich gut an. Es ist beschlossen. Ich gehe zu Ian und umarme ihn.
„Das wäre wunderschön!", hauche ich in sein Ohr. Schon lange war ich nicht mehr so glücklich, wie in diesem Augenblick. Jetzt muss nur noch alles gut werden. Hand in Hand gehen wir die Stufen hinunter. Meine Mutter sieht uns fragend an.
Ich lächle.

„Mum?" Rückversichernd blicke ich noch einmal Ian an, welcher lächelnd nickt.
„Mum, wenn du einverstanden bist, würden wir gerne hier einziehen, wenn mein Mutterschutz beginnt."
Jetzt ist sie es, der die Kinnlade hinunterfällt.
Ungläubig sieht sie zwischen Ian und mir hin und her.
„Meint ihr das Ernst?"
Tränen sammeln sich in ihren Augen. Ich nicke.
Aufgelöst fällt sie uns in die Arme und lässt den Tränen freien Lauf.
„Ihr wisst ja gar nicht, wie viel mir das bedeutet!", schluchzt sie und drückt uns noch fester.
„Kommt, das muss gefeiert werden!"
Sie winkt uns wieder ins Esszimmer und holt eine Flasche Sekt aus dem Kühlschrank. Mit einer hochgezogenen Augenbraue sehe ich sie an.
„Ach natürlich, mein Kind!", kichert sie und schenkt mir einen Orangensaft ein. Bevor wir mit den gefüllten Gläsern anstoßen wollen, hole ich noch einmal aus, um auch die letzte Neuigkeit zu verkünden.
„Mum, da ist noch etwas", beginne ich geheimnisvoll.
„Spuck's aus Kind! Heute kann mich nichts mehr schocken."
„Ian und ich, wir haben uns… Also wir werden… Wir sind verlobt, Mum. Wir werden im März heiraten."
Sie hält sich die Hand vor den Mund und sieht ziemlich schockiert aus. Dann jedoch werden ihre Gesichtszüge weicher. Sie nimmt eine Hand von jedem von uns.

„Ich wusste, dass dieser Tag irgendwann einmal kommen würde. Ihr seid füreinander bestimmt. Das sieht man. Ich freue mich so für euch! Da haben wir ja eine ganze Menge zu tun im neuen Jahr. Ich wünschte, dein Vater hätte dies noch miterleben können."
Sie wischt sich die Tränen aus dem Gesicht und erhebt ihr Glas.
„Auf euch meine Kinder! Auf euch und meinen lieben Ehemann, der viel zu früh von uns gegangen ist!"

Kapitel 11

Das Wochenende ist viel zu schnell ins Land gezogen. Ian und ich hatten es uns gemütlich gemacht. Ein Wochenende ohne Anrufe, ohne Stress und ohne Verabredungen. Mein Körper fordert im Moment einen gewissen Anteil an Ruhe ein, nach einer harten Arbeitswoche. Ansonsten ist mir die Schwangerschaft kaum anzumerken. Im Büro scheint es noch niemandem aufgefallen zu sein. Wirklich zugelegt habe ich auch noch nicht. Es wirkt eher, als hätte ich zu viel gegessen und kommt einem Babybauch noch nicht mal annähernd gleich. Meinetwegen kann es ruhig noch eine Weile so weiter gehen. Seit Tagen überlege ich, es meinem Chef zu sagen aber ich habe den Mut dazu noch nicht aufbringen können. Ich warte auf den richtigen Moment, den es wahrscheinlich sowieso nicht geben wird. Mehr noch kreisen meine Gedanken um den Termin gegen Ende der Woche. Ich habe bereits angedeutet, dass ich am Freitag auf jeden Fall pünktlich los muss. Eigentlich dürfte ich sowieso keine Überstunden mehr machen, wenn Chefchen es wissen würde. Ich bin mir ziemlich sicher, dass Joann meine Kolumne fortführen wird, wenn ich zu Hause bleibe. Der Gedanke daran bereitet mir schon heute Kopfschmerzen. Doch dafür werde ich mit dem süßesten Baby der Welt zu Hause sein. Kann es etwas Schöneres geben? Kaum vorstellbar. In diesen Tagen ertappe ich mich selbst immer wieder dabei, wie ich meine Hand auf meinen Bauch lege und in Tagträumen versinke. Zum Glück sitze ich hinter meinem Schreibtisch, welcher gerade hoch genug ist, dass man mich nicht dabei beobachten kann. Wäre dem anders, wäre mir zumindest Eluise schon auf die Schliche gekommen. Obwohl ich mir vorgenommen hatte, mich mehr auf die Arbeit zu fixieren, gelang es mir in dieser Woche nicht. Jeden Tag riss Ian mich mittags mit seinem Anruf aus meinen Gedanken. Auch Maggie starrte viel zu oft auf den Tennisball in meiner Hand, den ich gedankenverloren ein Stück hoch warf, um ihn im nächsten Moment wieder aufzufangen. Armes Mädchen. Von Cassy und Marques hörte ich in dieser Woche so gut wie gar nichts. Hin und wieder bekam ich eine schmachtende Nachricht, in der immer wieder betont wurde, wie toll mein Bruder doch sein würde. Ich freue mich unheimlich für die beiden. Nach vier fast schlaflosen Nächten war es endlich so weit. Freitag. Der Tag der Tage. Schon seit dem Weckerklingeln heute Morgen zieht sich dieser Tag wie Gummi. Immer und immer wieder bleibt mein Blick an den Zeigern der Uhr in meinem Büro hängen. Konzentration gleich Null. Aufgeregt sein gleich hundert. Schon gegen 16.00 Uhr beginne ich damit, alles zusammen zu räumen, um auch ja nicht zu spät bei Cassidy zu sein. Wer weiß, ob sie heute pünktlich ist. Auf die Minute halb fünf stehe ich vor ihrem Haus und gebe mich durch ein Hupzeichen zu erkennen. Mit leuchtenden Augen und einem Lächeln auf dem Mund, das jeden Kerl augenblicklich verzaubern

würde, kommt sie auf mein Auto zu und setzt sich hinein.
„Hey Maus! Alles paletti?"
Sie drückt mir einen Kuss auf die Wange und schnallt sich an.
„Es muss ja", gebe ich zurück und atme einmal tief durch bevor ich die Zündung starte und Richtung Heimat fahre. Langsam aber sicher gewinnen die Schmetterlinge in meinem Bauch die Oberhand. Als Toni in der Parklücke steht, umklammere ich das Lenkrad und für ein paar Sekunden überlege ich ernsthaft, Cassy rauszuschmeißen und wieder nach Hause zu fahren. Mir wird schlecht. Ich glaube, ich hyperventiliere gleich. Cassy legt die Hand auf meine Schulter und sieht mich besorgt mit ihren großen, schönen Augen an.
„Elli, du musst das nicht machen, wenn du nicht willst. Auf der anderen Seite, es wird doch heute noch nichts entschieden. Sieh' mal, das ist doch nur der Test. Du kannst dich immer noch dagegen entscheiden, dir das Ergebnis sagen zu lassen. Außerdem brauch ich jemanden, der mir beim Fäden ziehen Händchen hält."
Aus dem Augenwinkel erkenne ich, dass sie einen Schmollmund zieht und ich muss augenblicklich schmunzeln. Zwei, drei, tiefe Atemzüge und ein paar Gestiken mit meinen Händen und ich bin bereit. Cassy hat Recht. Das ist nur der Test. Ich kann mich jederzeit entschließen, das Ergebnis nicht wissen zu wollen. Als ob ich das tun würde. Also steige ich aus. Im Wartezimmer sitzen heute noch 2 Personen und ich frage mich, ob sie ihrem Schicksal wohl auch so

ungewiss gegenüberstehen, wie ich und mein Baby.
Sicher nicht. Sicher haben sie eine behandelbare
Krankheit und erfreuen sich in ein, zwei Jahren
wieder bester Gesundheit. Ich spüre Eifersucht in mir
aufkochen. Eifersucht auf zwei Menschen, die ich
weder kenne, noch weiß, ob sie überhaupt eine
Krankheit haben. Auf einmal fühle ich mich armselig.
„Miss Carter, würden sie mir bitte folgen?", sagt
wieder die freundliche Ärztin von meinem
Beratungstermin.
Ein dicker Kloß schnürt mir die Kehle zu. Ich versuche,
mich zu räuspern und ihn hinunter zu schlucken,
vergeblich. Wie ein kleines Kind setze ich mich
ängstlich und zusammengekauert auf den Stuhl.
Cassy genau neben mich. Erneut klärt die Ärztin mich
auf über den Gentest. Es fallen allerhand Wörter wie
Chromosomen und DNA- Diagnostik, die wohl nur ein
Medizinstudent hätte einwandfrei interpretieren
können. Hin und wieder sieht Cassy mich mit
hochgezogener Augenbraue an und gibt mir damit
die Sicherheit, mit meinem Latein nicht ganz allein da
zu stehen. Abschließend muss ich noch eine
Einwilligungserklärung unterschreiben, bevor sie das
silberne Tablett mit den Utensilien zur Blutabnahme
holt. Ich sehe derweil zum Fenster und lasse die
Prozedur über mich ergehen. Ich war noch nie ein
großer Fan von Spritzen. Der Gedanke, dass da etwas
in meiner Haut steckt, widert mich an. Ich hoffe unter
der Geburt werde ich nicht auch noch damit
konfrontiert. Mit meinen Fingern drücke ich auf den
Wattebausch, um die Blutung zu stillen und zum Ende
wird der Einstich mit einem Pflaster gekrönt.

Geschafft. Die Ärztin erklärt mir, wohin meine Blutprobe geschickt wird und fragt allen Ernstes, ob ich das Ergebnis noch dieses Jahr wissen möchte. Einen Monat Bedenkzeit müssten wir verstreichen lassen. Doch ich will mehr. Ich möchte unbesorgt Weihnachten mit meiner Familie verbringen. Geschenke shoppen, den Baum schmücken, Mums Kartoffelsalat und Würstchen essen. Und das ohne darauf zu warten, ob vielleicht morgen das Krankenhaus anruft, um mir das Ergebnis mitzuteilen. „Ich möchte das Ergebnis erst im neuen Jahr wissen", gebe ich ihr sicher als Antwort und suche einen bestätigenden Blick bei Cassy. Sie nickt.
„Alles klar, Miss Carter. Dann sehen wir uns im neuen Jahr. Ich wünsche ihnen und ihrer Familie ein schönes Fest. Sollten Sie noch Fragen haben, können Sie mich jeder Zeit hier erreichen. Auch wenn sie es sich noch einmal anders überlegen sollten, was das Testergebnis angeht."
Sie legt ihre Hand auf meine Schulter. Ich sehe Mitleid in ihren Augen. Das ist das letzte, was ich will. Ich strecke ihr meine Hand entgegen und versichere ihr, dass das nicht passieren wird. Warum auch? Ich will es wissen. Wollte ich von Anfang an und erstrecht, seit dieses kleine Würmchen in mir heranwächst. Auf dem Flur beginne ich endlich wieder, mich zu entspannen. Ich lasse meinen Kopf kreisen und drücke diese eine Stelle im Nacken, die sich durch meine angespannte Haltung, während ihres Vortrages, verhärtet hat. Nun ist Cassy an der Reihe. Die gute Laune ist wie weggeblasen. Im nächsten Moment stellt sie sich vor mich und hält

mich an meinem Arm zurück. Ihr Blick sieht traurig und nachdenklich aus, vermischt mit einer Prise Angst.
„Marques hat mit mir darüber geredet, Elli. Über das Gen. Über die Krankheit. Darüber, dass er sich nicht testen lassen will. Ich kann das überhaupt nicht verstehen, Elli. Ich habe erst eben begriffen, was diese Krankheit für euch bedeuten kann. Was sie mit euch machen kann, wenn sie einmal ausbricht. Wie ihr euch verändern könnt und auf andere Menschen angewiesen seit."
Sie nimmt mich in den Arm und haucht mir ins Ohr. „Ich hoffe so sehr, dass der Test negativ ist, Elli. Für dich und dein Baby. Ich werde immer für dich da sein, dass weißt du doch?" Ich nicke.
Es scheint sie wirklich mehr mitzunehmen, als ich gedacht hätte. Natürlich habe ich mir vorher mal wieder keine Gedanken darüber gemacht, wie es für sie sein würde, hier dabei zu sein. Dabei steckt sie doch mitten drin im Desaster. Ich streiche ihr über die Haare.
„Es wird schon alles gut werden!", sage ich so glaubwürdig, wie ich es in diesem Moment eben kann und schenke ihr ein aufmunterndes Lächeln. Sollte es nicht eigentlich umgekehrt sein? Hand in Hand gehen wir den Flur entlang bis zur Anmeldung. Die Arzthelferin sieht auf unsere Hände und ich glaubte zu sehen, dass ihre Kinnlade für einen winzigen Moment hinunterfiel. Was sie sich wohl gedacht hat? Ich muss schmunzeln. Im Wartezimmer bettelt Cassy mich an, mit hinein zu kommen, obwohl sie weiß, wie sehr ich diesen Anblick verabscheuen werde. Doch

wer kann ihr schon etwas abschlagen. Man scheitert spätestens an dem Versuch, wenn sie einen mit ihren großen Kulleraugen anschaut und dabei einen kindischen Schmollmund zieht. Selbst mit den Fäden in der Braue erntet Cassy noch schmachtende Blicke vom Assistenzarzt. Ich kann förmlich die Spannung in der Luft fühlen und sehen, wie er sie mit seinen Blicken auszieht. Doch Cassy bleibt knallhart. Kurz bevor es los geht deutet sie mir mit ihrer Hand, dass ich sie festhalten soll.
„Ernsthaft?"
Der Arzt zieht belächelnd eine Augenbraue hoch.
„Nicht das sie noch auf die Idee kommen, mich zum Mittagessen einzuladen, nicht wahr Schatz?", sagt sie mit solch ernster Mine, dass selbst ich geglaubt hätte, dass wir ein äußerst glückliches Pärchen sind.
Geschockt sieht er uns an und beißt sich nervös auf die Unterlippe. Eine verräterische Röte schießt ihm ins Gesicht und lässt sich auf seinen Wangen nieder.
„So, das wär's", sagt er schnell und scheucht uns fast aus dem Untersuchungsraum. Wieder auf dem Flur können wir uns vor Lachen kaum halten und haben uns beide damit unsere gute Laune wieder geangelt.
Im Auto beschließen wir kurzerhand noch ins Diner zu gehen.
„Scheiß drauf. Irgendwann muss ich mich da eh wieder blicken lassen und außerdem ist heute Freitag. Es ist schon eine Weile her, dass wir mal wieder alleine hier sind."
Ich grinse bis über beide Ohren.

„Ich hoffe ein Krankenhausbesuch wird jetzt nicht zur Routine, wenn wir hier essen", sage ich scherzhaft und stecke ihr die Zunge raus.
„Danke, Cassy. Danke, dass du heute mitgekommen bist. Ohne dich wäre ich wahrscheinlich rückwärts wieder raus gegangen!"
Oder gar nicht erst rein gegangen.
„Kein Thema, Süße. Dafür sind beste Freunde da."
Sie lächelt, doch im nächsten Moment wird ihre Mine ernst.
„Marques hat mir Zeit gegeben, um darüber nachzudenken, was ich will."
Ungläubig schüttelt sie den Kopf und dreht nervös ihr Glas auf dem Tisch hin und her.
„Als würde ich nicht wissen, was ich will. Ich will ihn! Voll und ganz. Ich möchte noch nicht sagen, dass es Liebe ist aber es fühlt sich an, als wären wir schon eine Ewigkeit zusammen. Es gibt nur eine Hand voll Männer, die sich so auf der Tanzfläche bewegen können wie er. Glaub mir. Ich habe da schon so meine Erfahrungen gemacht. Als wir uns in der Mitte der Tanzfläche getroffen haben, da war es wie… Magie. Wie zwei Magnete, die voneinander angezogen werden. Wie Seelenverwandte, die sich zum Ersten Mal gesehen haben. An diesem Abend kamen wir nicht mehr voneinander los. Ein Blick in seine Augen und ich wusste sofort, dass ich für immer mit ihm zusammen sein wollte. Und ihm schien es ebenso zu gehen. Als du dann erzähltest, dass er dein Bruder ist, wollte ich es einfach nicht wahrhaben. Das all das auch ihn einmal treffen könnte. An Kinder denke ich immer noch nicht, das weißt du ja. Aber

was, wenn ich meine Meinung einmal ändere? Was, wenn ich doch irgendwann einmal Kinder möchte, Elli?"
Ich sehe die Verzweiflung in ihren Augen. Die Angst vor der Ungewissheit. Sie sieht die Dinge genau wie ich am Anfang. Verschließt die Augen vor der Wahrheit. Der Wahrheit, dass jeder einmal sterben muss. Ob er das Ergebnis nun weiß oder nicht. Für ihn spielt es keine Rolle. Jedenfalls erstmal nicht. Doch das muss sie selbst erkennen und begreifen.
„Wenn du wirklich einmal Kinder willst und du ihn darum bittest, Cassy, dann wird er sich testen lassen. Da bin ich mir sicher. Auf der anderen Seite, selbst wenn ich das Gen wirklich geerbt habe, so bin ich dennoch froh, geboren zu sein. Ich werde das Schicksal annehmen, so wie es kommt und auch die kleine Maus in meinem Bauch würde irgendwann allein entscheiden können, ob sie den Test machen möchte oder nicht."
Für eine Weile sieht Cassy mich an, als wäre ich völlig verrückt geworden. Doch dann... dann lächelt sie. Sie beginnt zu verstehen, wie Marques die Dinge betrachtet. Besser hätte ich es nicht erklären können. Da ist wieder das Strahlen in ihrem Blick. Hastig trinkt sie ihr Glas aus und gibt mir euphorisch einen Kuss auf die Wange. Etwas lässt mich erahnen, dass ich die Rechnung gleich allein bezahlen darf. Mit glühenden Augen sieht sie mich an.
„Hast du etwas dagegen, wenn ich...?"
Noch ehe sie weiter sprechen kann, nicke ich.
„Natürlich nicht. Hau' schon ab!"

Fast rennt sie einen Kellner um, welcher ihr wütend hinterher blickt. Seufzend hebe ich meine Hand und deute ihm, dass ich zahlen möchte.

Ian scheint noch nicht zu Hause zu sein. Ich lasse meine Schlüssel in die Schale gleiten und höre den Anrufbeantworter ab.

Hey Baby! Bei mir wird es leider etwas später heute. Ich hoffe, es ist alles gut gelaufen aber Cassidy wird dich schon auf Trab gehalten haben. Warte nicht auf mich! Ich liebe dich!

Ich bin so erledigt, dass es mir heute noch nicht mal etwas ausmacht, dass Ian später kommt. Nach einer kurzen Runde mit Maggie sinke ich in den seligsten Schlaf seit langem. Seit einigen Nächten pflegt mein Körper jedoch die Gewohnheit, gegen vier Uhr morgens aufzuwachen. Ich brauch noch nicht mal den Wecker danach zu stellen. Scheint wohl ein Schwangerschaftsphänomen zu sein, anders kann ich mir dieses absonderliche Verhalten nicht erklären. Meist kann ich eine Stunde lang nicht wieder einschlafen, wandere durch die Wohnung, lese ein Buch oder mache irgendwelche anderen Sachen, die kein anderer Mensch auf dieser Welt um solch eine Uhrzeit macht. Doch heute nicht. Heut wache ich auf mit dem Gedanken an etwas, das ich vor einigen Wochen in eine Schublade gelegt und nicht mehr daran gedacht habe. Der Brief! Der letzte Brief von meinem Vater! Ein Blick zur Seite verheißt mir, dass

Ian selig schlummert. Auf Zehenspitzen schleiche ich zum Schrank und öffne leise die Schublade. Ich schiebe meine Sachen beiseite und ergreife den Brief. Mit ihm gehe ich in die Küche und mache mir eine Tasse Tee. Ich fühle das raue Papier des Kuverts zwischen meinen Fingerspitzen und überlege, ob ich ihn wirklich lesen möchte. Es werden die letzten Worte sein. Die letzten Worte geschrieben aus seiner Feder, die er so liebte. Die letzten Worte, bevor er starb. Unsicher öffne ich den Umschlag und mir fällt etwas Kaltes, Hartes entgegen. Vor mir breitet sich eine dünne goldene Kette mit einem ovalen Anhänger aus. Ich nehme den zarten Schmuck zwischen meine Finger und hebe ihn an. An der einen Stelle kann man den Anhänger scheinbar öffnen. Unsicher, was ich erblicken würde, fahre ich mit meinen Fingern über die zarten Gravuren des Medaillons. Meine Neugierde ist stärker. Ein kaum hörbares Klicken öffnet den Anhänger. Behutsam klappe ich ihn auseinander und halte mir augenblicklich eine Hand vor den Mund. Tränen sammeln sich in meinen Augen und ich vermag der Flut nicht standzuhalten. Immer wieder umkreise ich mit dem Zeigefinger den Rahmen, welches das Bild umfasst. Darauf zu sehen sind wir drei auf einem seiner Lieblingsfotos. Ich in der Mitte umzingelt von zwei Wangenküssen meiner verrückten Eltern.
„Auf diesem Bild kannst du immer sehen, wie sehr wir dich lieben mein Schatz", hatte er damals zu mir gesagt, als er es das erste Mal in den Händen hielt. „Jetzt und für immer!" Niemals werde ich seinen Gesichtsausdruck dabei vergessen. Er war so überaus

glücklich darüber und rahmte es gleich zweimal. Eines steht auf seinem Schreibtisch im Büro und eines auf dem Kaminsims. Und eines würde nun auf ewig meinen Hals schmücken. Erst beim zweiten Hinsehen erkenne ich die kleine Klappe auf der linken Seite des Medaillons und hebe sie sachte an. Dahinter ein Bild von ihm, wie es treffender nicht sein könnte. Seine eisblauen, strahlenden Augen und sein lächelnder Mund. Darunter ein winziger Schriftzug, der mich erneut aufschluchzen lässt: „Jetzt und für immer". Ich kann es nicht. Noch nicht. Ich wische mir die Tränen aus dem Gesicht und wasche meine geschwollenen Augen mit kaltem Wasser. Auf Zehenspitzen gehe ich durchs Schlafzimmer und lege den Brief zurück in meine Schublade. Die Kette findet ihren Platz auf meinem Nachttisch. Noch einmal sehe ich ihn auf meinem Bild an.
„Gute Nacht, Dad", flüstere ich ihm zu und schließe die Augen.

Kapitel 12

Beim besten Willen bekomme ich inzwischen keinen Knopf meiner Hosen mehr zu. Enttäuscht seufze ich in den Spiegel, in dem ich mich gerade aus sämtlichen Perspektiven betrachte. Ich bemerke nicht, dass Ian hinter mir steht, bis er seine Hand auf meinen Bauch legt und meinen Hals küsst sodass mich eine Gänsehaut überfährt.
„Du bist wunderschön!", haucht er mir ins Ohr. Wahrscheinlich bemerkt er, dass ich mich im Moment nicht allzu attraktiv finde. Es ist nichts Halbes und nichts Ganzes. Gewiss würde immer noch jeder unwissende denken, ich hätte ordentlich zugelegt. Der Babybauch sieht noch immer nicht wie ein richtiger Babybauch aus und doch beschleicht mich auf einmal das Gefühl, es langsam mal meiner Arbeit mitteilen zu müssen. Test hin oder her. Ich bin schon bald über den vierten Monat hinaus und sollte wirklich klare Verhältnisse schaffen. Nächste Woche werde ich es in Angriff nehmen. Doch zurück zu meinem eigentlichen Problem.
„Geh doch eine Runde shoppen!", schlägt Ian vor.
„Ich muss heute eh noch mal zu Hause nach dem Rechten sehen und meine Eltern besuchen. Irgendwann wirst du dir wohl oder übel Schwangerschaftsklamotten zulegen müssen", schmunzelt er mich an und sofort greife ich zum Telefon, um Cassy anzurufen. Sie ist natürlich sofort

begeistert und quiekt ins Telefon wie ein kleines Schulmädchen. Bereits nach einer halben Stunde steht sie vor der Tür, um mich abzuholen.
„Na Pummelchen! Passen die Hosen nicht mehr?", grinst sie mich an und ich knuffe sie zum Dank in den Oberarm. Langsam kehrt der Winter ein. Die Straßen sind mit einer dünnen weißen Schicht belegt und winzige Eistropfen hängen an den Astenden der Bäume. Der Wind schneidet eiskalt ins Gesicht. Ich werde auf jeden Fall einen neuen Mantel brauchen. Bei der Gelegenheit werden wir uns gleich einmal nach Weihnachtsgeschenken umsehen. Beim Gedanken an Weihnachten macht sich sofort ein übles Gefühl in meiner Magengrube breit. Wie soll ich das Fest nur ohne ihn überstehen. Einfach alles wird mich an ihn erinnern.
„Hey Elli! Hörst du mir überhaupt zu?" Sicher redet sie schon eine Weile auf mich ein und sogleich schäme ich mich für meine Abwesenheit.
„Entschuldige bitte. Was hast du gesagt? Ich war gerade ganz woanders", gestehe ich und Cassy blickt mich mitleidig an.
„Du denkst an deinen Vater oder?"
Ich nicke lächelnd.
„Woher weißt du das?"
„Dein Blick ist dann immer so traurig, Elli."
„Es wird das erste Weihnachten ohne ihn sein."
„Ich weiß, es ist sicher schwer für euch alle."
Mitten im Gang bleibt sie stehen und ich drohe von ihr erdrückt zu werden.
„Hey, denk an das Baby!", presse ich heraus und schnappe nach Luft, als sie mich wieder loslässt.

„Hast du mit Marques gesprochen?", versuche ich gekonnt vom Thema abzulenken und siehe da, es funktioniert. Sofort hellen sich Cassys Augen auf. Ein Phänomen, das ich in den letzten Tagen nur allzu oft bei meinem Bruder bewundern durfte.
„Ja, habe ich." Sie grinst über das ganze Gesicht, sodass ich mir schon ausmalen kann, wie es gelaufen ist.
„Wir bleiben zusammen. Wir haben gründlich über die Angelegenheit gesprochen und nachgedacht und sind zu dem Entschluss gekommen, es miteinander zu versuchen. Auf die Zukunft versteifen wir uns erstmal nicht so sehr. Im Moment denke ich noch gar nicht daran, einmal Kinder zu haben."
Das hatte ich auch nicht, denke ich leise bei mir.
„Marques meint, dass wir es langsam angehen lassen und sehen, was daraus wird. Und ich finde das gut so." Wieder kann ich dieses Strahlen an ihr ausmachen. Dieses Strahlen, welches es einem ganz warm ums Herz werden lässt. Sie ist glücklich. Ich freue mich so sehr für sie. Meine Hand verweilt einen Moment auf meinem Bauch und mein Ring fällt mir ins Auge. Mein Verlobungsring. Wir sind es beide. Glücklich. Ein zufriedenes Lächeln legt sich auf meine Lippen und ich nehme einen tiefen Atemzug.

Es war ein wundervoller Tag. Als ich die Haustüre aufschließe, steht Maggie wie gewohnt bereits davor und gibt mir durch ihr Gejaule zu verstehen, wie sehr sie mich vermisst hat. Alles in allem war unser Ausflug ziemlich erfolgreich. Ich habe drei Hosen bekommen, welche man im Bund verstellen kann. Ich

wusste noch nicht einmal, dass es so etwas gibt, habe mich bis jetzt aber auch noch nie damit beschäftigen müssen. Außerdem ein paar Oberteile, die zum einen mein Bäuchlein noch gekonnt verstecken können, zum anderen so eng anliegen und gleichzeitig dehnbar sind, dass der Babybauch später ziemlich gut zur Geltung kommt. Ich habe wenig Lust noch einmal einkaufen zu müssen, weshalb ich jetzt etwas mehr zugelangt habe. Eigentlich hasse ich Shopping aber ich kann ja nicht ewig ein Gummiband durch mein Knopfloch fädeln.
Fürs erste bin ich schwangerschaftsmäßig ausgestattet.

Nach dem ausgedehnten, entspannten Wochenende gehe ich voller Euphorie in die Firma. Heute werde ich meinem Chef mitteilen, was ihn erwartet.
Er wird sicher schockiert sein. Ich frage Eluise, ob er heute irgendwann einmal Zeit für mich hat, da ich etwas Wichtiges mit ihm besprechen müsste. Ihre Blicke richten sich auf meinen Bauch und sie beginnt wissend zu grinsen. Weiß sie es etwa? Eine glühende Hitze lässt sich auf meinen Wangen nieder und ich bin sicher, in selben Augenblick zu erröten.
„Ich denke, heute ist es recht ungünstig. Er hat einige Termine und Besprechungen für heute angesetzt, die zeitlich bis nach ihrem Feierabend gesetzt sind. Tut mir leid meine Liebe. Falls sich etwas ändert, gebe ich ihnen sofort Bescheid." Alle Euphorie ist augenblicklich verschwunden. Das Feuer erloschen. Meine Überzeugung niedergemacht. Etwas

deprimiert gehe ich in mein Büro und mache mich an die Arbeit. Nach dem Wochenende gilt es einiges aufzuarbeiten. Nicht alle haben so wie ich jeden Samstag frei. Die meisten arbeiten sogar schichtweise und selbst nach Feierabend wurde schon so mancher zurückgepfiffen, wenn sein Artikel nicht abgesegnet wurde. Mit meiner eigenen Kolumne jedoch habe ich fast als einzige das Privileg, meine Arbeitszeit selbst einteilen zu können. Wenn ich nach der Elternzeit wieder einsteige, würde mir das sicher sehr gelegen kommen. Die Stunden verstreichen und eigentlich rechne ich nicht mehr damit, ihn heute noch einweihen zu können. Es ist bereits 16.00 Uhr und meine Arbeit heute so gut wie getan. Doch völlig unerwartet klopft es an meiner Bürotür und Chefchen bittet um Einlass in mein kreatives Reich. Ich gewähre und er lässt sich vor meinem Schreibtisch auf dem Stuhl nieder. Ein seltsames Gefühl, zumal er sonst in seinem Sessel und ich auf dem Stuhl sitze. Mich durchfläucht ein Unbehagen. Mein Herzschlag erhöht sich. Mein Blut pulsiert und wieder ist diese unverkennbare Röte in meinem Gesicht. Er sieht ziemlich fertig aus, was nach solch einem Tag eigentlich auch kein Wunder ist.
„Ich muss sagen Miss Carter, seit unserem letzten Gespräch sind sie ziemlich über sich hinausgewachsen. Ihre Kolumne ist fesselnder denn je. Ich höre nur positive Kritiken. Wenigstens nimmt sich hier ein Mitarbeiter zu Herzen, was ich sage."
Er grinst. Ich fühle mich geschmeichelt. Solch ein Kompliment bekommt man schließlich nicht jeden

Tag von seinem Chef, was es mir noch schwieriger macht, endlich mit der Sprache herauszurücken.
„Dankeschön!", gebe ich nun etwas verunsichert zurück. Soll ich es ihm jetzt wirklich sagen? Er sieht aus, als hätte er heute schon genug Gespräche führen müssen. Aber vielleicht gerade drum. Mein Gott, ich bin so ein Feigling. Ich sollte es ihm wirklich sagen. Besser früher als später. Doch ehe ich beginnen kann, holt er erneut aus.
„Ich bin wirklich froh darüber, ihnen den Posten damals angeboten zu haben. Ich habe viel Potenzial in ihnen gesehen und den Drang sich zu beweisen. Sie haben mir gezeigt, dass ich mich nicht in ihnen getäuscht habe. Sie haben die Kolumne vorangebracht. Dafür möchte ich mich bedanken. Freuen sie sich auf etwas mehr Weihnachtsgeld als die anderen, Miss Carter", zwinkert er mir zu und vermag nichts Anderes zu tun, als zu grinsen.
„Wenn Sie im nächsten Jahr weiterhin so erfolgreich sind, wäre ich eventuell dazu geneigt, ihre Kolumne weiter auszubauen."
Mein Gott, das wäre ja großartig. Innerlich vollführe ich gerade Freudentänze, bis ich mir in Erinnerung rufe, warum ich ihn sprechen wollte.
„Sie hatten um ein Gespräch gebeten. Worum geht es denn?"
Ich kann es nicht. Nicht jetzt, wo er all diese Sachen gesagt hat. Auf keinen Fall. Warum nur sind wir Frauen hierbei so am Arsch.
„Ach, es hat sich schon erledigt. Es ging um ein falsches Bild in der morgigen Ausgabe aber ich

konnte es doch noch allein klären", lüge ich ihn schnell an.
„Umso besser. Noch mehr Probleme wäre ich heute nicht im Stande zu bewältigen. Ich wünsche Ihnen einen schönen Feierabend." Mit scheinbar letzter Kraft richtet er sich auf und verlässt mein Büro.
Scheiße.

Auf dem Heimweg machen sich die ersten Schneeflocken dieses Jahres vor meinen Scheinwerfern breit und ich bemerke erst jetzt, wie weihnachtlich bereits alles geschmückt ist in der Stadt. Unter dem Glanz der Flocken sieht alles irgendwie bezaubernd aus. Viel Zeit ist nicht mehr, bis wir den alljährlichen Tannenbaum zum ersten Mal ohne meinen Dad aussuchen werden. Bei dem Gedanken daran wird mein Herz schwermütig. Ich liebte diesen Tag schon immer aber ohne ihn wird es einfach nicht dasselbe sein. Stundenlang gingen wir durch den Baumpark und haben uns gestritten um Sorte, Größe und Preis. Bis wir drei Bäume in der engeren Auswahl hatten vergingen meist etliche Stunden und schlussendlich musste Mum einen der drei aussuchen, damit wir uns nicht weiter in den Haaren lagen. Zu Hause angekommen stellten wir ihn auf und schmückten ihn am folgenden Wochenende, meist der vierte Advent, gemeinsam. Seine Augen strahlten im Glanz der roten und weißen Kugeln. Er liebte das Fest genauso sehr wie ich. Plätzchenduft lag in der Luft und Mum hatte eine Schwäche für Weihnachtsplatten. Jedes Jahr kramte sie den

Plattenspieler vom Dachboden und jedes Jahr zog mein Dad sie damit auf, dass wir das im Zeitalter von CD und MP3 doch irgendwann einmal sein lassen könnten. Doch meine Mum meinte, ohne das Knistern der Platten wäre die Heimlichkeit dahin. Bei den Lichterketten hatten wir meist die größten Reibereien, da jeder von uns meinte, er wüsste eine bessere Methode, sie zu befestigen. Doch waren alle Lichterketten und sämtliche Kugeln angebracht, standen wir Hand in Hand und beobachteten den magischen Augenblick, in dem mein Dad die Spitze anbrachte.
Wer würde diesen Part wohl dieses Mal übernehmen?

Zu Hause angekommen greife ich zum Telefon, wähle Cassys Nummer und berichtete ihr von meinem nicht so glorreichen Arbeitstag. Ich sollte sie anrufen, wenn ich es heute hinter mich gebracht habe und nun prustet sie ins Telefon und krümmt sich wahrscheinlich vor Lachen angesichts meines kläglichen Versuches.
„Elli, du musst wirklich langsam rausrücken mit der Sprache. Ich meine, irgendwann ist es nicht mehr zu übersehen. Umso länger du wartest, umso schwieriger wird es doch."
Ich weiß natürlich, dass sie Recht hat und doch will ich meinen Chef einfach nur nicht enttäuschen. Hätte er doch nur nicht mit seiner Lobrede angefangen. Ich könnte mich ohrfeigen.

„Das weiß ich auch selber, Cassy. Es ist halt nur nicht so einfach, wie man es sich vorstellt. Er hat mich und meine Arbeit in den höchsten Tönen gelobt. Da hat mich eben der Mut verlassen. Ich wollte ihn einfach nicht enttäuschen."
„Das verstehe ich ja aber du kommst nun mal nicht drum rum. Außerdem solltest du stolz sein auf deine Kugel und sie allen anderen unter die Nase reiben und nicht unter deinen Winterpullis verstecken. Das ist doch absurd, Elli."
Natürlich hat sie auch damit Recht. Diese Schwangerschaft ist etwas Schönes und nichts, was man geheim halten müsste.
„Ich werde es ihm diese Woche noch sagen, versprochen!", versichere ich ihr, damit sie endlich Ruhe gibt.

In den nächsten Tagen hatte ich leider keine Gelegenheit, es ihm zu sagen, denn er war nicht da. Geschäftsreise. So ein Mist. Da hatte ich all meinen Mut zusammengenommen. Nächste Woche ist schon Weihnachten und ich will diese Sache noch in diesem Jahr mit ihm geklärt wissen. Eluise ist schon ganz genervt von mir. Jeden Tag frage ich, ob sie etwas gehört hat. Heute ist Freitag und wieder bin ich auf dem Weg zu Eluise. Schon von weitem blickt sie mich genervt an und schüttelt den Kopf. Tja, da habe ich wohl Pech gehabt. Meine Chance vor Weihnachten vertan.
Es ist gleich 17.00 Uhr und eigentlich hätte ich dann Feierabend aber ich möchte unbedingt noch diesen Artikel zu Ende bringen, bevor ich mich ins

Wochenende verabschiede. Ich weiß jetzt schon, dass mir meine Arbeit unglaublich fehlen wird.
Gerade als ich den Computer herunterfahre und mein Gerümpel zusammenräume, steckt der Chef seinen Kopf durch meine Tür.
„Nanu, sie noch hier?"
Mein Gott, dass ist das Letzte, womit ich heute gerechnet habe. Meine Gedanken überschlagen sich und ich scheitere an dem Versuch, sie zu sortieren.
„Ich wollte den Artikel noch einreichen vorm Wochenende." Gott sei dank, ich habe meine Fassung wiedererlangt. Sein Blick durchbohrt mich, als würde er etwas wissen.
„Eluise meinte, ich solle mal bei ihnen vorbeischauen. Sie hätten wohl die ganze Woche nach mir gefragt."
Ich werde sie umbringen.
„Das ist richtig. Ich versuche schon seit einiger Zeit mit ihnen über etwas zu reden aber habe nie den passenden Zeitpunkt gefunden. Den wird es wahrscheinlich auch nicht geben, deswegen sage ich es jetzt frei heraus, bevor mich wieder der Mut verlässt." Ein dicker Kloß macht sich in meiner Kehle breit und ich bin versucht ihn hinunter zu schlucken.
„Ich bin schwanger!" Endlich ist es raus. Eine unglaubliche Last fällt augenblicklich von meinen Schultern. Er stemmt die Hände in die Seite und sieht kurz aus dem Fenster, als müsse er das erst einmal verdauen. Dann richtet er seinen Blick wieder auf mich.
„Na, da gratuliere ich Ihnen. Herzlichen Glückwunsch! Unser Verlust ist ihr Gewinn schätze ich." Was für ein

dämlicher Spruch. Ich grinse ihn etwas blöd an, während er meine Hand schüttelt.
„Geben sie Eluise die Schwangerschaftsbescheinigung und wir unterhalten uns dann nächste Woche einmal über den Mutterschutz und wie es nach der Elternzeit weitergeht. Einverstanden?"
Ich nicke. War doch gar nicht so schwer.
„Ach, Miss Carter?", wirft er noch ein bevor er zur Türe raus ist.
„Ja, Chef?"
„Sehen sie zu, dass sie nach Hause kommen! Sie dürfen jetzt nicht mehr länger arbeiten."
„Bin schon weg, Chef!"
Voller Euphorie räume ich noch meinen Schreibtisch zu Ende auf. Beim Rausgehen werfe ich Eluise einen zornigen Blick zu, woraufhin sie schmunzelt und den Kopf schüttelt.
„Herzlichen Glückwunsch, Miss Carter!", ruft sie mir hinterher. Sie wusste es also.

Cassy war ganz aus dem Häuschen, als ich ihr von meinem Erfolg berichtete und wollte natürlich gleich darauf anstoßen. Von Woche zu Woche wurde das Diner voller und kündete damit bereits die bevorstehenden Feiertage an. Die Tage bis Weihnachten vergingen wie im Flug. Nur flüchtig sprach ich hin und wieder mit Marques, da Cassy ihn fast ganz für sich einnahm. Chef klärte mich über das Mutterschutzgesetz auf und wir haben zusammen beschlossen, Joann meine Kolumne anzuvertrauen solange ich in Elternzeit bin. Zwar schmerzt mich diese Entscheidung aber irgendwie muss es ja weitergehen in der Firma. Wenigstens habe ich die Chance, sie eine Weile mitlaufen zu lassen und ihr zu zeigen, was mir dabei am Herzen liegt. Ich kann nur an sie appellieren, genauso viel Herzblut in die Arbeit zu stecken, wie ich es sonst tue. Ein weiterer Schritt in dieser Woche war es, meine Wohnung zu kündigen. Da sich das Baby Ende Mai auf den Weg machen würde, würde ich Mitte April in den Mutterschutz gehen. Wir haben beschlossen, am ersten April bei Mum einzuziehen.

Das erste Mal stehen wir nun an diesem Sonntag vor den unzähligen Tannenbäumen und die Schwermut packt mich mit voller Wucht. Ian nimmt meine Hand und drückt sie zaghaft. Ein leichter Trost. Mum hakt sich bei mir unter und nach einem wehmütigen Blick setzen wir uns in Bewegung. Überall sehe ich ihn. Zahlreiche Erinnerungen spielen sich vor meinen Augen ab, während wir uns den Weg durch die Baumreihen bahnen.
Dutzende Bäume sehen wir uns an und doch kann ich in keinem den Glanz der letzten Jahre finden. Es ist, als würde ohne meinen Vater keine Tanne in unser Wohnzimmer einziehen wollen. Ich spüre die Blicke zwischen Ian und meiner Mutter und lasse traurig den Kopf hängen, bis wir vor einer Tanne stehen, die meinem Dad sicher gefallen hätte. Nicht zu groß und nicht zu klein. Von unten nach oben gleichmäßig aufgebauscht, sodass keine größeren Lücken zu erkennen sind. Nachdem ich ihn einmal umkreist habe, trete ich näher an ihn heran und berühre

vorsichtig die Nadeln. In sattem grün strecken sie sich mir entgegen und lassen sich zwischen den Fingern noch leicht biegen. Ein gutes Zeichen dafür, dass er nicht so schnell austrocknen wird. Ich sehe nach oben zu seiner Spitze und in dem Augenblick, in dem meine Augen sie erklommen haben, zucke ich erschrocken zusammen. Sie hat sich bewegt. Wie tausend Schmetterlinge, die gleichzeitig ihr Flügel entfalten, um in den Himmel emporzufliegen. So zart und doch so kräftig. Ich lege die Hand auf meinen Bauch und gleich passiert es wieder. Ian kommt sofort angelaufen.
„Elli, alles in Ordnung? Willst du dich etwas ausruhen?" Die Sorge steht ihm ins Gesicht geschrieben.
„Sie hat getreten Ian! Schon wieder!"
Freudestrahlend blicke ich in seine Augen und führe seine Hand auf meinen Bauch, doch er spürt nichts. Enttäuscht lässt er ab und widmet sich wieder dem Baum.
„Ich glaube der Kleinen gefällt dieser Baum", sage ich mit einem breiten Grinsen auf den Lippen.
„DER Kleinen?" Ian blickt mich fragend an und auch meine Mutter kann sich ein Schmunzeln nicht verkneifen.
„Wäre doch möglich", gebe ich zurück und ziehe dabei meine Schultern hoch.
„Dieser soll es also sein? Ganz sicher?" Ich nicke.
„Ganz sicher!" Zufrieden gehen Mum und ich zum Eingang zurück und genehmigen uns eine heiße Schokolade, während Ian die Tanne schlägt. Kurze Zeit später kommt er mit dem eingenetzten Baum

zurück und verfrachtet ihn ins Auto. Zu Hause angekommen wird er gleich aufgestellt und entfaltet seinen typischen Geruch. Tränen steigen mir in die Augen, doch ich schlucke meine Traurigkeit hinunter. Für Mum. Die Kisten mit den Kugeln stehen schon bereit und schwermütigen Herzens schmücken wir den Baum wie jedes Jahr. Nun steht er dort in all seiner Pracht. Das Lametta und die Schneeflocken funkeln und glitzern im Schein des Kamins und es fehlt nur noch eines. Traurig blicke ich auf die rote Spitze in meiner Hand und winzige kleine Erinnerungen laufen vor meinen Augen ab, als sie von einer warmen, bekannten Stimme unterbrochen werden.

„Hey Elli!" Mein Kopf fährt herum und alles was ich sehe sind eisblaue Augen, die mir in diesen Stunden mehr fehlen denn je. Ich umarme ihn so fest ich kann und er gibt mir im Moment den Halt, den ich so dringend brauche.

„Was machst du denn hier?", frage ich voller Freude in meiner Stimme.

„Deine Mum hat mich eingeladen", gibt er zur Antwort und ich drücke ihr einen fetten Kuss auf die Wange. Ich reiche ihm Spitze entgegen und behutsam steckt er sie auf dem Baum. Eine Weile stehen wir noch davor und betrachten ihn in seinem Glanz. Dann gehen wir ins Esszimmer, wo schon der Sonntagsbraten auf uns wartet. Es ist seltsam und schön zugleich, die beiden hier gemeinsam zu sehen. Unterm Tisch nehme ich Ians Hand und sehe ihm zufrieden in die Augen, woraufhin er meiner Hand einen zärtlichen Kuss aufdrückt. Alles ist perfekt. So perfekt es eben sein kann ohne meinen Dad.

Kapitel 13

Die Tage streichen vorüber und bald schon wechseln wir in ein neues Jahr. Ein neues Kapitel. Ein unbeschriebenes Blatt, welches gefüllt werden will mit den Ereignissen der neuen Monate. Das erste Jahr ohne meinen Dad. Das erste Jahr mit meinem Baby. Meine Hochzeit. Mein Testergebnis. Der Umzug in unser Haus. Die Meilensteine dieses Jahres sind bereits gelegt und wollen erklummen werden. Mit einem weinenden Auge werde ich zurückblicken in das vergangene Jahr, welches mir einen der liebsten Menschen genommen hat. Mit einem lachenden blicke ich nach vorn in ein Jahr, welches mir so viel geben wird. Ich wünschte, er könnte alles noch miterleben. Mich zum Altar führen. Sein Enkelkind in die Arme schließen. Doch er wird fehlen. Sein Platz wird leer sein. Für immer.

Das Weihnachtsfest war schön, auch wenn er nicht bei uns sein konnte. Meine Mum hatte Marques und Cassy eingeladen, Heiligabend mit uns zu verbringen. Sie wollte ihn kennen lernen und er schien endlich bereit dafür zu sein. Jahrelang sah er in meiner Mum das Monster, welches ihm seinen Vater genommen hatte. Dass sie nun hier so friedlich zusammen saßen, hätte er wohl niemals gedacht. Wir haben gegessen, geredet, gelacht, Geschenke verteilt und wieder gelacht. Alles in allem war es ein sehr gelungener

Abend gewesen. Nicht so traurig, wie ich es mir ausgemalt hatte und doch war Dad immer wieder in unseren Gesprächen bei uns. Wir haben Erinnerungen geteilt. Frische und vergangene. Mum hatte sogar meine Babyfotos rausgekramt. Nichts hätte sie davon abhalten können, Marques unsere ganze Geschichte aufzudrücken. Hin und wieder bemerkte ich, wie sie an seinen Augen hängen blieb, die meinem Dads so ähnlich sind. Ich kann nicht leugnen, dass es auch mir wahnsinnig gut tut, sie anzusehen. Es ist ein Stück weit so, als wäre ein Teil von ihm durch Marques hier. Meine Mutter umarmte ihn bei der Verabschiedung und hieß ihn immer willkommen in unserem Haus. Dies war bestimmt nicht das letzte Mal, dass er es betreten hat. Schließlich braucht seine Nichte einen Onkel. Ians Eltern besuchten wir am ersten Weihnachtsfeiertag. Sie sind schon jetzt sehr gespannt auf ihr Enkelkind und haben uns einen kleinen Teddy und Geld für die Einrichtung eines Babyzimmers geschenkt. Nicht, dass wir das nötig hätten aber nachdem sie etwas enttäuscht waren über den Entschluss bei meiner Mum einzuziehen, wollten sie uns eben in dieser Weise unterstützen. Schließlich hätten sie auch ein großes Haus und auch dort hätten wir mit dem Baby wohnen können.

„Alles, bloß das nicht!", flüsterte Ian mir ins Ohr und ich musste übers ganze Gesicht grinsen. Seine Mum hilft mir dafür mit unseren Hochzeitsvorbereitungen und ist damit voll in ihrem Element. Wir haben uns

für März entschieden, weil ich unbedingt noch vor der Geburt der Kleinen heiraten möchte. Die Auswahl des Kleides ist damit auf jeden Fall um einiges geschrumpft, da ja mein Bauch auch hineinpassen soll. Trotzdem erliege ich immer noch jedem Mädchentraum, eine Hochzeit in weiß und am Besten im Grünen oder am Strand zu feiern. Nun gut, im März am Strand ist es höchstwahrscheinlich noch etwas zu kalt aber die grüne Variante habe ich noch immer vor meinem inneren Auge. Vor ein paar Tagen sind sämtliche Einladungen verschickt worden. Ich bin schon jetzt gespannt, wer tatsächlich alles da sein wird. Ehe ich noch weiter in meinen Tagträumen versinken kann, höre ich das Telefon klingeln und das Display verheißt mir, dass Cassy dran ist.
„Na meine Schöne!", blödele ich rum, wobei ich weiß, dass sie gleich zurückschlägt.
„Na mein kleines Pummelchen!", höre ich sie am anderen Ende lachen.
„Die Einladungskarte ist wunderschön! Danke Elli. Auch von Marques. Er ist gerade hier und lässt dich grüßen. Du hättest sie uns aber auch wirklich in die Hand drücken können!"
„Ians Mum bestand darauf sie euch, wie jedem Anderen auch, zu schicken. Du weißt doch wie sie ist, Cassy", versuche ich zu erklären.
„Ja, da hast du vermutlich Recht. Wir wollten fragen, ob ihr heut mit ins Diner kommen wollt?" Eine lustige Vorstellung. Ich, an Silvester im Diner zwischen hundert Leuten, mit meinem Babybauch. Nüchtern. Niemals.

„Wir gehen schon zu meiner Mum und machen es uns dort gemütlich. Aber ich wünsche euch viel Spaß und einen guten Rutsch! Wir sehen uns dann im neuen Jahr!" Ich freue mich, dass die beiden heute gemeinsam feiern.
„Euch auch Elli! Bis morgen!", ruft sie in den Hörer gefolgt von einem Kuss.

Heute ist Silvester und Ian musste noch mal kurz in die Firma, um für seinen Vater etwas zu erledigen. Wir treffen uns zum Abendessen bei meiner Mum und ein Blick auf die Uhr sagt mir, dass ich mich langsam fertig machen sollte. Als ich meine Klamotten zusammensuche, fällt mein Blick auf den Brief, welcher noch immer ungelesen in meiner Schublade auf mich wartet. Heute werde ich es tun. Zu Hause werde ich ihn lesen. Entschlossen hole ich ihn heraus und lasse ihn in meine Handtasche gleiten. Zu guter Letzt lege ich mir die goldene Halskette meines Vaters an und fahre mit den Fingern über die Gravuren des Medaillons. Wenigstens habe ich etwas von ihm, das mir Halt gibt. Das ich ansehen und festhalten kann, wenn ich ihn so sehr vermisse, dass ich es kaum aushalte. Morgen ist ein neues Jahr. Schon in wenigen Stunden werden Millionen Menschen den Jahreswechsel feiern und sich ein frohes Neues wünschen. Und ich? Ich werde deinen letzten Brief lesen.

Ich lasse die Tür ins Schloss fallen und trage Maggie hinunter zum Auto. Das laute Knallen und Krachen des Feuerwerks lässt sie zittern und sie kauert sich auf dem Beifahrersitz zusammen. Armes Mädchen. Silvester muss wirklich furchtbar für Hunde sein. Deswegen kann ich sie nicht allein lassen. Es ist stockfinster an diesem Abend und bereits jetzt füllt der dicke Qualm der Feuerkörper die Straßen wie ein dichter Nebel. Ich komme nur langsam voran und bin froh, endlich unser Haus erreicht zu haben. Ian scheint noch nicht da zu sein. Ich kann sein Auto nirgendwo entdecken. Meine Mum steht bereits an der Haustür und winkt uns hinein. Der Geruch des Abendessens steigt mir in die Nase und mein Magen beginnt zu knurren.

„Ich würde sagen, wir fangen schon mal an zu essen, Kind. Nicht, dass ihr uns noch verhungert."
Ich stimme zu und wir setzen uns ins Esszimmer.
„Marques und Cassy, ja?" Sie zieht eine Augenbraue hoch und sieht mich fragend an. Seit Heiligabend hatten wir uns nicht mehr gesehen.
„Mein Gott, Mum. Ich sage dir, wenn das kein Schicksal war. Das glaubst du mir nie!"
Ich erzähle ihr die Doppeldate-Story und vor Lachen kann sie sich kaum noch auf dem Stuhl halten.
„Ich hätte ja zu gern ihre Gesichter gesehen!", sagt sie, nachdem sie sich beruhigt hat.
„Das ist wirklich eine unglaubliche Geschichte, Elli. Das Schicksal findet seinen Weg, auch wenn man es vorher nie für möglich gehalten hätte. Sieh dich und Ian an. Wäre sein Vater damals nicht krank gewesen, hättet ihr euch vielleicht gar nicht wieder getroffen."

Natürlich hätten wir uns wieder getroffen. Bei einem anderen Interview, oder so. Wir sind für einander bestimmt- basta. Das Schicksal hätte uns auf jeden Fall zusammen geführt, so oder so. Wir gehören zusammen. Für immer.
„Auf jeden Fall wünsche ich den beiden viel Glück. Bei dir und Ian weiß ich, dass ihr glücklich sein werdet. Ich werde nie vergessen, wie er bei deinem Vater um deine Hand angehalten hat. Der Arme hatte Schweißperlen auf der Stirn und war so was von aufgeregt." In Erinnerungen schwelgend schüttelt sie sacht den Kopf und grinst.
„Das hat er getan?", frage ich ungläubig, denn bis eben hatte ich davon keinen blassen Schimmer.
„Du hast den Brief noch nicht gelesen oder?"
Ich schüttele den Kopf.
„Dein Vater hat ihn an diesem Tag geschrieben. Gleich nachdem Ian weg war, ist er in sein Büro gegangen und meinte, er müsse dir unbedingt davon erzählen", erinnert sie sich.
„Ich habe ihn mitgenommen. Heute wollte ich ihn lesen. Ich hatte ihn einmal geöffnet, doch als mir diese Halskette entgegenkam..." Mit meinen Fingern halte ich ihr den Anhänger ein Stück entgegen.
„...konntest du ihn nicht lesen", beendet sie meinen Satz.
„Du hättest jetzt Zeit. Ian ist noch nicht da und ich würde den Abwasch machen", gibt sie mir nickend zu verstehen. Also hole ich ihn aus meiner Tasche und gehe die Stufen hinauf. Hinauf in sein Büro, wo er die Worte geschrieben hat. Ich fahre mit den Fingerspitzen über das Holz des Bücherregals, über

den Schreibtisch und lasse mich auf seinem Sessel nieder. Ich drehe mich in Richtung Fenster und beobachte ein Feuerwerk, bis ich mich entschließe, ihn zu öffnen. Langsam falte ich ihn auseinander und genieße jedes einzelne Wort, welches aus seiner Feder geschrieben wurde.

Meine liebe Elena!

Heute war für mich ein ganz besonderer Tag. Dein Freund Ian stand vor der Tür und war sichtlich nervös. Ich konnte mir nicht ausmalen, warum er uns ohne dich besuchen kommen wollte aber ich sollte es bald herausfinden. Ich geleitete ihn ins Wohnzimmer, wo wir uns vor den Kamin setzten. Die Schweißperlen auf seiner Stirn vermehrten sich mit jeder neuen Minute. Ich fragte ihn, ob alles in Ordnung sei, woraufhin er nickte. Er sagte, er wäre aus einem ganz bestimmten Grund gekommen und dass er mit mir darüber reden müsste. Er rieb mit seinen Handflächen an seiner Hose, bevor er endlich den Mut fasste, es mir zu sagen.
„Mister Carter! Ich kenne ihre Tochter nun schon sehr lange. Wir sind schon ein paar Jahre zusammen und ich bin sehr glücklich mit ihr."
Ich nickte.
„Ich möchte am Liebsten mein ganzes Leben mit ihr verbringen, Kinder haben und vielleicht ein Haus."
Das ist doch sehr ehrenhaft. Ich nickte wieder.

„Also wollte ich sie bitten…Ich wollte sie bitten um…
Ach verdammt…"
Er war wirklich sehr nervös, musst du wissen.
„Nun spuck es schon aus, Junge!", *versuchte ich ihm
Mut zuzusprechen, obwohl ich längst wusste, was er
sagen wollte.*
„Also, Sir. Ich möchte sie um die Hand ihrer Tochter
bitten."
*Er atmete auf und ließ erleichtert seine Schultern
sinken. Innerlich grinste ich über das ganze Gesicht.*
„So so. Du möchtest also meine Tochter heiraten?"
„Jawohl, Sir!"
*Was hatte er nur immer mit diesem Sir? Ich hörte
deine Mutter im Flur schluchzen. Sie hatte gelauscht.*
„Na dann. Wenn du meinst, du kannst meine Tochter
glücklich machen, werden wir deinen Plänen natürlich
nicht im Wege stehen, nicht wahr Schatz?"
*Ich lachte und deine Mutter warf mir einen bösen
Blick zu. Mit Tränen in den Augen kam sie zur Tür
herein und fiel Ian um den Hals. Ich sage dir, ich wäre
der stolzeste Vater der Welt gewesen, wenn ich dich
zum Altar geführt hätte. Schon jetzt bin ich so stolz
auf dich und bin mir sicher, dass du deinen Weg
finden wirst. Egal, was auch passiert. Wenn du diesen
Brief liest, werde ich vermutlich nicht mehr bei euch
sein und ich kann nur sagen, dass es mir unendlich
leid tut.*
*Es tut mir leid, dass ich vielleicht schon bei deiner
Hochzeit nicht mehr bei dir bin. Ich hätte dich so gern
an deinen Zukünftigen übergeben. Er ist ein guter
Mann, Elli. Halte ihn fest, so gut du nur kannst. Ich
hätte dir gute Ratschläge erteilt für eine glückliche*

Ehe und dir Mut gegeben, wenn du kalte Füße bekommen hättest. Es tut mir leid, dass ich nicht für meine Enkelkinder da sein und zusehen kann, wie sie ihre ersten Schritte machen, zur Schule kommen und selbst einmal Kinder haben. Wie gern hätte ich dich als Mutter gesehen. Es tut mir leid, dass ich euch nicht beim Umzug helfen kann und dass wir sonntags keinen Braten mehr zusammen essen können.
Doch wie ich einst schon zu dir sagte, müssen wir alle einmal diese Welt verlassen. Trauere nicht zu lange um mich! Ich werde immer bei dir sein. Lebe dein Leben und genieße jeden Augenblick darin. Das Leben ist so kostbar, Elli. Du warst mir eines der schönsten Geschenke in meinem Leben. Ich danke dir dafür. Sei glücklich! Und kümmere dich ein Wenig um deine Mutter und deinen Bruder! Familie ist das Wichtigste. Halte immer daran fest. Ich liebe dich mein Kleines! Vergiss das nie!

Für immer, dein Dad

Tränen tropfen auf das Papier und verwischen an einigen Stellen die Tinte. Behutsam falte ich den Brief zusammen und stecke ihn wieder in den Umschlag. „Ich liebe dich auch, Dad!", flüstere ich ihm zu in der Hoffnung er könnte mich hören, dort wo er jetzt ist. Gedankenverloren sitze ich noch eine Weile da und schaue mir die bunten Funken am Himmel an, denke nach über seine Worte und wie dankbar ich bin, dass er mein Vater gewesen ist.
„Elli? Alles in Ordnung?"

Ich habe gar nicht gemerkt, dass Ian
hereingekommen ist. Ich erschrecke, als er seine
Hand auf meine Schulter legt.
„Hey, hast du etwa geweint?", fragt er und beugt sich
zu mir hinunter. Ich deute auf den Brief in meinen
Händen und eine weitere Träne bahnt sich ihren Weg
auf meine Wange.
„Es ist ein Abschiedsbrief, Ian. Mein Vater wusste,
dass er nicht mehr bei uns sein würde, wenn wir
heiraten", schluchze ich ihm entgegen.
„Es ist schon okay. Ich bin froh, dass ich ihn endlich
gelesen habe."
Ian sieht auf das Medaillon meiner Kette und nimmt
es mit fragendem Blick zwischen seine Finger.
„Das ist von Dad. Sie war in dem Brief", erkläre ich
ihm und öffne es, um ihm die Bilder zu zeigen. Er
nimmt mich in den Arm und schenkt mir damit den
Trost, den ich gerade brauche. Schließlich wollen wir
noch Silvester feiern.
„Lass uns runter gehen", sagt er und wischt mir die
Tränen aus dem Gesicht.
„Deine Mum hat Tischfeuerwerk besorgt!"
„Tischfeuerwerk? Ernsthaft?" Ian nickt. Seit meiner
Kindheit gab es hier kein Tischfeuerwerk mehr und
der Gedanke daran hebt meine Laune augenblicklich.
Bevor wir aus Dads Büro gehen, drehe ich mich noch
einmal um und muss lächeln.
Nach dem Essen ist es bereits dreiundzwanzig Uhr
und wir vertreiben uns die Zeit mit Mums Feuerwerk
und dem schlechten Playback im Fernsehen, bevor
wir uns kurz vor Mitternacht mit unseren Gläsern
erheben und den Countdown mitzählen.

„Ich wünsche euch beiden ein wundervolles, tolles neues Jahr. Es hält so viel Schönes für euch bereit und ich bin so stolz darauf, es mit euch erleben zu dürfen." Mum umarmt uns so fest, dass ich kaum Luft bekomme.
„Frohes neues Jahr, Mum! Danke, dass wir hier einziehen dürfen", gebe ich zurück und freue mich bereits jetzt darauf, unsere Kleine hier einzuquartieren. Meine Mum geht zum Fenster und Ian nutzt die Gelegenheit. Er stellt sich vor mich und hebt sanft mein Kinn an, sodass seine Lippen auf meinen landen. Er küsst mich leidenschaftlich und eine Welle des Glücks überfährt mich augenblicklich. Stirn an Stirn stehen wir da und sein Mund wispert mir weiche Worte zu.
„Ich liebe dich, Elli! Das wird ein tolles Jahr! Du wirst sehen." Natürlich wird es ein tolles Jahr. Hallo? Wir heiraten in noch nicht mal drei Monaten.
„Ich habe keinen Zweifel daran! Ich liebe dich auch!"

Es ist seltsam in meinem alten Bett aufzuwachen und erstrecht, wenn Ian neben mir liegt. Oft habe ich es mir vorgestellt. Damals. Als ich ein pubertierender Teenager war. Und nun ist es Wirklichkeit. Wir beide liegen hier. Mit unserem Baby in meinem Bauch. Als hätte es meine Gedanken gehört, spüre ich einen Schubser. Schnell lege ich Ian's Hand an dieselbe Stelle in der Hoffnung, es würde noch mal passieren. Obwohl Ian eben noch geschlafen hat, richtet er sich plötzlich auf und legt voller Euphorie beide Hände auf meinen Bauch. Sein Gesicht strahlt und ich muss

schmunzeln beim Anblick seines Handabdruckes im Gesicht.
„Ich habe es gespürt, Elli. Da. Schon wieder. Du kleines süßes Ding. Warte nur ab! Wenn du da rauskommst, wirst du erstmal totgeknuddelt!"
Ian streichelt und küsst unser Baby und in diesem Augenblick bin ich mir sicher, dass es keinen besseren Vater als ihn geben kann.

Nach dem Frühstück hatten wir uns mit Marques und Cassy verabredet. Sie sahen bei weitem schlimmer aus als Ian und ich an dem Morgen nach seinem Heiratsantrag. Wie motorisiert bewegten sie sich und ihre Müdigkeit ließ erahnen, dass sie noch nicht allzu lang zu Hause sein konnten. Ein bisschen quälen wollten wir die beiden aber dennoch und tranken, höflich wie wir sind, genüsslich unseren Kaffee aus, bevor wir sie wieder sich selbst überließen. Ich kann mir schon ausmalen, dass sie noch einmal den Weg zurück ins Bett gefunden hatten.
Es war ein herrliches Neujahrswetter. Die Sonne schien, die Luft war kalt und klar und Ian und ich gingen mit Maggie das erste Mal in diesem Jahr auf unseren Steg. Während ich dastand und das Wasser beobachtete, welches in kleinen ausschweifenden Wellen ans Ufer trieb und das Schilf, welches sanft im Wind hin und herschaukelte, dachte ich an das neue Jahr und was es alles mit sich bringen würde.
Mein Testergebnis. Unsere Hochzeit. Der Umzug und natürlich unser Baby. Hallo neues Jahr. Du wirst sicher sehr aufregend.

Kapitel 14

Es ist gerade mal fünf Uhr am Morgen des Tages, der mein ganzes Leben bestimmen wird. Ich kann einfach nicht schlafen. Schon die halbe Nacht habe ich mich hin und hergewälzt und sämtliche Was-wäre-wenn-Gedanken in meinem Kopf durchgespielt. Was ist, wenn das Ergebnis positiv ist? Dann würde ich irgendwann vor meiner Tochter stehen und ihr sagen, dass sie vielleicht an einer unheilbaren Krankheit sterben wird. Sie wird vielleicht auch mich sterben sehen. Sehen, wie ich langsam aber sicher zu Grunde gehe. Haben wir uns richtig entschieden? Wenn das Ergebnis negativ ist, bin ich der glücklichste Mensch der Welt. Da besteht kein Zweifel. Aber was, wenn nicht? Hätte ich mich vielleicht doch schon eher testen lassen sollen? Mir das Ergebnis eher mitteilen lassen sollen, um dann abzuwägen ob wir das Baby wollen oder nicht? Jetzt ist es eh zu spät. Schnell räume ich diese Gedanken aus meinem Kopf, welcher inzwischen kläglich pocht. Ich stehe auf und hoffe, dass ein schöner schwarzer Kaffee mir Linderung verschafft. Solange die Kanne durchläuft springe ich unter die Dusche. Das warme Wasser auf meiner Haut tut gut und auch dem Baby scheint es zu gefallen. Ich spüre seine zarten Bewegungen und streiche über meinen Bauch. Wie du wohl aussehen wirst? Nach meinem Kaffee und einem Toast fühle ich mich bereit für den Tag. Der Termin ist erst um halb sechs heute Abend. Ich frage mich, wieso in

Gottes Namen ich so einen späten Termin gewählt habe. Den ganzen Tag sitze ich nun wie auf heißen Kohlen. Ich gehe ins Schlafzimmer und lege mir meine Kette an. So ist Dad wenigstens gewissermaßen bei mir. Ian sieht mich aus seinen müden Augen an.
„Alles in Ordnung, Baby?"
Ich nicke. Er weiß, was dieser Tag für mich bedeutet und doch hat er keinen Schimmer, was in mir vorgeht.
„Komm her! Leg dich einen Moment zu mir! Wie spät ist es eigentlich? Du bist ja schon fertig."
„Erst sechs", erwidere ich und lege meinen Kopf auf seine Brust. Er streichelt meine Haare.
„Dann kannst du ja auch zwei Momente liegen bleiben", grinst er mich an. Ich kann meinen nachdenklichen Blick nicht unterdrücken. Er gibt mir einen Kuss auf die Stirn.
„Es wird schon alles gut werden, Elli."
„Hoffentlich!"
Als sein Wecker klingelt, lösen wir uns widerwillig aus unserer Kuscheleinheit. Meine Frisur kann ich gleich noch einmal machen. Ich gehe noch eine Runde mit Maggie, bevor ich mich an diesem kalten Tag auf zur Arbeit mache.
Wie erwartet kann ich mich auf nichts konzentrieren. Ständig gleitet mein Blick auf die Uhr und ich könnte schwören das Ticken der Zeiger zu hören. Wie immer ruft Ian mich in der Mittagspause an und fragt, ob er mich begleiten soll. Ich denke, dass ist gar keine schlechte Idee. Er wird mich auffangen, wenn das

Ergebnis meinen Tod bedeuten sollte. Bis siebzehn Uhr muss ich meinen Artikel einreichen.
„Reiß dich gefälligst zusammen, Elena Carter!", sage ich zu mir selbst und versuche nicht mehr daran zu denken, was mir später bevorsteht. Gerade so auf die letzte Minute gelingt es mir, den Artikel fertig zu stellen und zu senden. Ian steht bereits unten und wartet auf mich. Ich kann seinen Wagen durchs Fenster sehen. Mein Magen kribbelt, meine Beine werden wackelig. Gleich ist es so weit. Ich greife nach dem Medaillon und öffne es.
„Wünsch mir Glück, Dad!", flüstere ich ihm zu und lasse das kalte Metall wieder unter meinem Pulli verschwinden. Ich bemerke kaum, wie meine Nervosität im Auto zunimmt. Ich kaue an meinen Nägeln. Schon ewig hatte ich das nicht mehr gemacht. Zuletzt bei einer Mathearbeit, die ich dermaßen verhauen hatte, dass ich mich nicht nach Hause traute, als ich das Ergebnis in den Händen hielt. Als Ian es bemerkt, legt er meine Hand in seine und nickt mir mit seinen sanften Augen zu. Alles wird gut. Alles wird gut. Immer wieder sage ich in Gedanken diesen Satz zu mir bis sich das Gebäude vor uns auftürmt.
„Es geht los. Hab' keine Angst, mein Kleines. Es wird schon", rede ich zu meinem Bauch, obwohl ich eher mich selber meine.
Abermals folgen wir den Wegweisern auf dem Boden bis zu dem mir mittlerweile wohlbekannten Warteraum, in dem wir uns niederlassen. Zwei weitere Personen warten ebenfalls. Ob auch sie heute auf Ergebnisse erwarten? Sie sehen nicht

einmal annähernd so nervös aus, wie ich mich fühle. Wahrscheinlich wollen sie nur jemanden besuchen. Der Krankenhausgeruch jagt mir mal wieder einen Schauder über den Rücken. Viel zu sehr erinnert er mich an diesen einen Tag, an den ich nicht mehr denken will. An diesen Tag, an dem sein letztes Licht erlosch. Bei dem Gedanken, dass auch ich hier eines Tages enden könnte, wird mir speiübel. Gerade als ich mit dem Gedanken spiele zur Toilette zu rennen, werde ich aufgerufen. Die Ärztin kommt mir lächelnd entgegen und streckt ihre Hand aus, um mich zu begrüßen. Ob das ein gutes Zeichen ist?
„Hallo Miss Carter! Folgen Sie mir bitte!"
Ich gebe Ian ein Zeichen, dass er auf mich warten soll. Im Fall der Fälle hätte ich gern noch ein paar Minuten für mich, um meine Gedanken zu sortieren. Sie setzt sich an ihren Schreibtisch und schlägt eine Mappe auf, die wohl meine Akte sein muss.
„Setzen Sie sich, Miss", fordert sie mich auf und holt ein paar Blätter heraus, um sie sich anzusehen.
„Also, Miss Carter. Bei Ihrem letzten Besuch haben wir einen Bluttest veranlasst, der das eventuell vorhandene Huntington-Gen in ihrer Erbanlage aufdecken sollte. Sind Sie sich noch immer darüber im Klaren?" Ich nicke. Warum wäre ich wohl sonst heute hier erschienen?
„Sicher bin ich das!"
„Ich muss Sie das fragen. Formalitäten."
Sie lächelt sanft.
„Wollen Sie noch immer das Testergebnis erfahren und mit den Konsequenzen, des Wissens um das Ergebnis, leben?" Wieder nicke ich.

„Sie können sich immer noch um entscheiden, Miss Carter. Sie können das Ergebnis zu jedem anderen Zeitpunkt erneut erfragen. Es ist Ihre Entscheidung!", versichert sie mir, obwohl ich nur eines will.
Das Ergebnis!
„Ich habe lange darüber nachgedacht und bin zu dem Entschluss gekommen, dass ich es wissen muss. Schon meines Babys wegen. Also bitte, spannen Sie mich nicht länger auf die Folter."
„Also gut. Ich merke, Sie sind sich sicher. Unterschreiben Sie bitte hier dafür, dass ich Sie über ihre Rechte diesbezüglich aufgeklärt habe." Ich unterschreibe an der vorgegebenen Stelle und gebe ihr das Blatt Papier, welches sie sorgsam zurück in meine Akte steckt, mich anschließend mit einem ihrer klaren Blicke ansieht, um mir gleich das Ergebnis mitzuteilen, ob es mir gefällt oder nicht. Sie macht eine lange Pause aber vielleicht kommt es mir auch nur so unendlich vor, weil ich die Antwort fürchte. Ich reibe nervös meine Finger aneinander, höre den Wind von draußen säuseln. Sie steht auf und stellt sich vor ihren Schreibtisch. Es scheint, als würde sie die richtigen Worte suchen. Kein gutes Zeichen? Dann holt sie Luft und ich starre wie gebannt auf ihre Lippen in Erwartung dessen, was sie mir gleich sagen wird. Und dann öffnen sie sich und was heraus kommt, kann ich nicht glauben. Nicht begreifen. Nicht wahrhaben. Kann das wirklich sein?
„Der Test war negativ, Miss Carter! Ich freue mich ja so für Sie und Ihr Baby!" Sie lächelt mich an, doch ich bin noch immer wie in Trance. Hat sie das wirklich gerade gesagt? Negativ? Der Test war negativ?

Ich halte mir eine Hand vor den Mund und Freudentränen ergießen sich über meine Wangen. Die Ärztin umarmt mich flüchtig und bittet dann Ian herein, der mich schockiert ansieht.
„Elli, was ist denn? Ist alles in Ordnung? Geht es dir gut? Was…was ist mit dem Test?" Sein ratloser Blick trifft erst den der Ärztin, dann wieder mich. Er nimmt meinen Kopf in seine Hände und tränenüberströmt blicke ich ihn an und lächle dabei.
„Ian, der Test war negativ! Ich habe das Gen nicht geerbt. Ich… ich … ich bin gesund. Wir sind gesund. Das Baby ist gesund."
„Oh mein Gott, ist das wahr?" Er sieht zur Ärztin, die lächelnd nickt.
„Oh Gott sei Dank, Elli! Ich meine wir hätten es trotzdem geschafft aber das ist doch mal eine wunderbare Nachricht!" Er hebt mich hoch, sodass meine Beine seine Hüfte umschlingen, doch gerade als er sich mit mir drehen will, erinnere ich ihn daran, es lieber sein zu lassen. Unser Baby soll schließlich auch gesund bleiben. Er küsst mein ganzes Gesicht und spricht voller Euphorie mit meinem Bauch. Die Ärztin schmunzelt und reicht uns die Hand zum Abschied.
„Machen Sie's gut, Frau Doktor. Und vielen Dank!" Ian nickt ihr glücklich zu. Mit tausend Schmetterlingen und einem unbändigen Glücksgefühl verlassen wir die Klinik. Vor der Geburt würde ich hier sicher keinen Fuß mehr reinsetzen wollen.

„Ich bin so glücklich, Ian!" Freudestrahlend sehe ich ihn an.

„Das muss gefeiert werden. Wollen wir Cassy und Marques ins Diner einladen?" Ich nicke und hole sofort mein Handy aus der Tasche. Nach fünf Minuten Überredungskunst machen sie sich fertig und auf den Weg. Wer weiß, wer weiß, was die beiden gerade getrieben haben.
„Also?", fragt Marques und sieht mich dabei gespannt an.
„Was gibt es zu feiern?" Meine Blicke wandern aufgeregt zwischen Ian, Marques und Cassy hin und her, bevor ich die große Mitteilung mache.
„Nun ja, heute war mein Arzttermin zur Bekanntgabe des Testergebnisses!"
„Ach ja richtig, da habe ich gar nicht dran gedacht, Elli!", entgegnet Cassy und fasst sich vorwurfsvoll an die Stirn, bevor sie mir fragende Blicke zuwirft.
„Und? Nun spann uns nicht auf die Folter!"
Vor lauter freudiger Verzückung bringe ich nur ein Wort heraus.
„Negativ!" Noch immer kann ich mein Glück nicht fassen.
„Aber das ist ja großartig!", quiekt Cassy und kommt sofort herüber, um mich fest zu umarmen.
„Ich bin so froh, dass ihr gesund seid!", flüstert sich in mein Ohr und gibt mir einen Kuss auf die Wange um sich anschließend wieder neben Marques zu setzten, der sich offensichtlich erst einmal fangen muss. Ian stupst ihn unterm Tisch mit dem Fuß an und er blickt auf.
„Ja, das ist wirklich wunderbar, Elli! Ich freue mich natürlich für euch." Der Unterton in seiner Stimme ist nicht zu überhören.

„Alles in Ordnung Marques?"
„Jaja, alles bestens", beschwichtigt er und schnappt sich die Speisekarte. Sollte er sich nicht eigentlich ein wenig mehr für seine Schwester freuen, die gerade erfahren hat, dass sie nicht irgendwann einmal sterbenskrank sein wird? Ich kann sein Verhalten nicht nachvollziehen, will mir aber auch nicht diesen wunderbaren Abend verderben, also lasse ich die Sache auf mich beruhen und genieße das Essen.

Als wir in der Eiseskälte stehen und gerade zu unseren Autos gehen wollen, hält Marques mich zurück.
„Elli, kann ich einmal kurz mit dir sprechen? Allein?" Er sieht auf die anderen beiden, welche den Wink sofort verstehen und schon mal vorgehen.
„Meine Reaktion vorhin… naja… es tut mir leid. Ich freue mich wirklich sehr für euch und natürlich auch für mich, dass meine kleine Schwester gesund und munter ist." Er knufft mir in die Seite, woraufhin ich ihm einen kleinen Schubser verpasse.
„Was ist denn los? Warum hast du so seltsam reagiert?", will ich neugierig wissen.
„Ich… ich schätze… ich schätze, ich war ein wenig eifersüchtig", gesteht er und ich verstehe die Welt nicht mehr.
„Eifersüchtig?", frage ich ungläubig. Er nickt.
„Warum eifersüchtig? Ich dachte du wärst so wild entschlossen, den Test nicht zu machen?", hake ich nach.
„Das ist auch so. War es. Bis eben. Als ich dieses Leuchten in deinen Augen gesehen habe, diese

Gewissheit und wie froh du darüber warst, da hat etwas in mir ebenfalls nach dieser Sicherheit geschrien." Sein Blick landet auf Cassy, welche ihn etwas besorgt ansieht.
„Ach ich weiß auch nicht. Ich denke, ich werde noch einmal darüber nachdenken, den Test machen zu lassen."
„Mach das. Ich meine, du kannst dich ja jederzeit um entscheiden. Überlege es dir einfach. Für mich war es der richtige Weg. Ob es auch deiner wäre, musst du ganz für dich allein entscheiden." Wir umarmen uns zum Abschied und für heute geht jeder seiner eigenen Wege. Marques Worte haben mich nachdenklich gestimmt und ich schaue die ganze Rückfahrt über aus dem Fenster. Als ich Ian von Marques Unsicherheit dem Test gegenüber erzähle, stellt er sich auf meine Seite.
„Da kannst du nichts für ihn tun, Liebste! Es ist seine Entscheidung." Ich weiß. Und doch wünschte ich, er würde ihn machen. Und ich wünschte, er würde negativ ausfallen, genau wie bei mir.

Kapitel 15

Ians Mum steckt mitten in unseren Hochzeitsvorbereitungen. Nächsten Monat ist es schon soweit und ich bin so was von aufgeregt. Cassy und ich haben einen kleinen Laden entdeckt, gar nicht mal so weit von hier, welches Brautmode speziell für Schwangere anbietet. Neun Uhr wollte sie mich abholen, mittlerweile ist es halb zehn und ich könnte ihr den Kopf abreißen. Für Zehn Uhr habe ich dort einen Termin vereinbart, den wir schon jetzt nicht mehr schaffen werden. Endlich klingelt es und ich gehe hinunter. Nagut, für heute hat ihr Kopf noch einmal Glück gehabt, sauer bin ich trotzdem ein wenig.
„Keine Sorge, Elli. Die werden schon auf uns warten!"
Sie zwinkert mir mit einem Auge zu und grinst dabei. Manchmal könnte ich sie umbringen.
„Du hast gut reden. Ich bin schon aufgeregt genug."
Das wird sie wahrscheinlich erst nachvollziehen können, wenn sie selbst einmal heiratet. Ach was, noch nicht einmal dann. Cassy kann so schnell nichts aus der Bahn werfen und manchmal beneide ich sie um diese Eigenschaft.
So klein wir uns den Laden vorgestellt haben, ist er eigentlich gar nicht. Als wir hineintreten, kommt uns schon eine Dame mittleren Alters entgegen und begrüßt uns freundlich.

„Kann ich ihnen helfen?" Sie ist gekleidet, als würde sie selbst gleich auf eine Hochzeit gehen. Ein elegantes, graues Kleid ziert ihren wohlgeformten Körper. Oben mit Spitze abgesetzt, verdeckt es nicht allzu viel ihres Ausschnitts. Um die Taille schmiegt sich ein Band, welches auf ihrer Hüfte zu einer kleinen Schleife gebunden ist und entlang der Seite bis zum Oberschenkel hinab fällt. Der restliche Stoff fällt wellenartig zu Boden. Ich verliere jede Hoffnung, mit meinem jeden Tag größer werdenden Bauch, auch nur halb so elegant aussehen zu können, wie sie. Und das auf meiner eigenen Hochzeit.
„Carter. Ich habe einen Termin."
„Aber sicher, natürlich. Wenn sie mir bitte folgen würden." Sie führt uns in den hinteren Bereich des Ladens und ich komme aus dem Staunen gar nicht hinaus. Wir treten in einen großen kreisrunden Raum. Rundherum hängen die wohl schönsten Brautkleider, die ich je gesehen habe. Nicht, dass ich damit sonderlich viel Erfahrung hätte. Alles glitzert und schimmert in den wunderschönsten Farben. Bleu, Rose`, Rot, Creme, Gelb, Ivory und weiß. Schon seit meinen Kindertagen träume ich von einer Hochzeit in weiß, daher habe ich nur Augen in diese Richtung. Ein cremefarbener Teppich führt in die Mitte des Raumes, wo ein kleiner Hocker vor einem körpergroßen Spiegel steht. Ich habe das Gefühl, dass auch ich gleich dort stehen werde. Zur linken und Rechten davon stehen je ein kleiner Tisch mit 2 Sesseln, vermutlich für die Freundinnen und Angehörigen. Am Rande des Raumes und ganz

unscheinbar durch Vorhänge verdeckt, erahne ich die Umkleidekabinen.

„Wollen wir uns erstmal setzen und ein Gläschen trinken? Dabei könnten sie mir einmal ihre Vorstellungen schildern, damit ich ihnen das Rechte zur Anprobe heraussuchen kann."

Sie nimmt uns die Sachen ab und bittet uns Platz zu nehmen, bevor sie kurz aus dem Raum verschwindet, um mit einem Tablett und drei Gläsern darauf wiederzukommen. Zwei Mal Sekt, einmal Orangensaft. Cassys Augen blitzen freudig auf und sie beschwichtigt mir, dass ich nachher zurückfahren soll. Nachdem ich der Verkäuferin meine Vorstellungen geschildert habe, holt sie verschiedene Kleider und geleitet mich zur Umkleidekabine. Cassy kommt mit rein und hilft mir beim Anziehen, denn ich denke nicht, dass ich jemals in eines der Kleider ohne Hilfe reinkommen würde. Bei den ersten beiden Kleidern kann Cassy sich ein Naserümpfen nicht verkneifen und auch mir sagen sie nicht im Geringsten zu. Das dritte kann sich schon eher sehen lassen, ist aber eindeutig nicht das, was ich suche. Schlicht muss es sein, ein klein wenig verspielt. Auch auf ein wenig Spitze würde ich mich unter Umständen einlassen. Als auch Kleid Nummer vier und fünf völlig daneben liegen, nehme ich die Suche selbst in die Hand. Ich spüre die Blicke der Verkäuferin auf mir. Scheinbar ist Selbstbedienung hier nicht Gang und Gebe aber ich bin schwanger und meine Geduld nicht grenzenlos. Mit meinen Fingern fahre ich über einen weichen, fließenden Stoff, der sich sofort an mein Handgelenk anschmiegt. Ich ziehe das Kleid heraus und kann

meinen Blick nicht mehr von ihm lassen. Das ist es, denke ich bei mir. Ich drücke es der Verkäuferin in die Hände und winke Cassy zu, damit sie mir helfen kommt. Die Verkäuferin hat mir unterdessen die ihrer Meinung nach passenden Schuhe und einen Schleier herausgesucht. Ich schreite den Teppich entlang bis zum Hocker und atme einmal tief ein und aus, bevor ich meinen Kopf hebe, um mich anzusehen. Mir stockt der Atem. Es ist einfach wunderschön. Über den Schultern liegt Spitze. Ein leichter V-Ausschnitt umspielt gekonnt meinen langsam üppiger werdenden Busen. Der Stoff ist weich und anschmiegsam. Weiß natürlich. Unter der Brust ist ein cremefarbenes Satinband angebracht, welches meinen Babybauch wunderschön absetzt. An der einen Seite in großen, an der anderen in kleineren Wellen fällt es zu Boden. Die Schleppe ist etwa einen Meter lang und lässt sich mithilfe eines Knopfes am Kleid befestigen. Kleine Steinchen und Stickereien zieren einen Teil des unteren Kleides. Die Schuhe passen in der Tat perfekt und auch der Schleier, welcher am Rand mit kleinen Steinchen besetzt ist, sieht wunderschön aus zu der Frisur, die ich in Gedanken bereit vor mir trage. Ian wird Augen machen. Cassy steht da und sieht mir nur an. Wasser sammelt sich in ihren Augen und sie schluchzt. Der Alkohol scheint bereits sein Bestes zu tun.
„Du... du siehst so wunderschön aus! Ich bring dich um, wenn du das Kleid nicht nimmst."
Ich blicke auf den kleinen Zettel, welcher am Kleid befestigt ist und mir den Preis verrät. Ich habe das Gefühl, gleich hinten über zu kippen, als ich

erschüttert feststelle, dass es sich um ein halbes Monatsgehalt handelt.
„Ian macht das schon, Elli! Er hat dir nicht umsonst seine Karte gegeben."
Auf jeden Fall würde ich es mein Leben lang bereuen, wenn ich nicht in diesem Kleid vor den Altar treten würde. Ich hoffe Ian weiß, wie teuer so ein Hochzeitskleid sein kann. Nach hin und her überlegen und viel Zuspruch von Cassy nehme ich es und zücke Ians Kreditkarte. Ich kann nur hoffen, dass er mich trotzdem noch heiraten will.
Die Verkäuferin ist glücklich, Cassy ist glücklich und ich bin es auch. Das war doch gar nicht so schwer, wie ich dachte. Unsere Gläser wurden noch einmal gefüllt und meine Sachen in der Zeit sorgsam zusammengepackt.
„Ich wünsche ihnen einen wundervollen Hochzeitstag, meine Liebe!" Die Verkäuferin lächelt und bringt uns zur Tür. Das hätten wir geschafft.
Cassy hat im Auto die glorreiche Idee das Kleid bei sich aufzubewahren, damit mein Verlobter es nicht vor der Trauung zu Gesicht bekommen würde.
„Na, ward ihr erfolgreich?" Ian gibt mir einen Kuss auf den Mund und sieht mich neugierig an.
Ich nicke.
„Ja und wo ist es?"
„Bei Cassy natürlich. Du darfst es doch nicht vor der Trauung sehen."
„Ach was, ich darf es also bezahlen aber nicht zu Gesicht bekommen ja?", witzelt er.

„Ganz genau. Erst wenn du mich heiratest. Apropos Kleid. Es war ziemlich teuer." Ich verziehe mein Gesicht zu einem mitleidigen Blick.
„Wir heiraten nur einmal, Baby. Da ist mir nichts zu teuer", tröstet er mich und drückt mir einen Kuss auf.

Es klingelt. Wer in Gottes Namen klingelt um diese Uhrzeit an einem Freitag bei uns? Wütend gehe ich zur Tür. Vor mir steht Cassy mit ein paar sehr amüsanten pinken Haasenohren auf dem Kopf und sie ist nicht gerade dezent geschminkt dabei. Sie trötet mir entgegen und kommt mit drei weiteren Freundinnen in demselben Aufzug herein. Ich hoffe, sie haben nicht das vor, was ich gerade denke. Denn dann muss ich sie leider umbringen. Hatte ich nicht ausdrücklich gesagt, dass ich in meinem Zustand so etwas nicht will?
„Was soll das denn bitte?" Mein Gott, die tragen sogar ein Stummelschwänzchen. Cassy kommt auf mich zu und ehe ich mich versehe wird auch mein Haupt durch diese tollen Ohren geschmückt.
„Junggesellinnenabschied natürlich! Kommst du?" Was jetzt? So wie ich bin? Ich kann noch nicht mal ansatzweise ausdrücken, wie sehr ich sie in diesem Moment hasse. Ian! Wo ist Ian?
„Aber ich kann Ian doch nicht einfach..."
„Seine Jungs und Marques warten ebenfalls unten auf ihn. Nun komm schon!", fordern mich die Ladys auf und mir scheint, ich habe keine andere Wahl, als ihnen Folge zu leisten. Schnell schnappe ich meine

Tasche und überprüfe im Spiegel mein Makeup, bevor ich an den Händen hinausgezogen werde.
„Elli? Elena!" Ian steht in der Tür und ist sichtlich verwirrt.
„Junggesellinnenabschied, mein Schatz!", rufe ich ihm entgegen, bevor die Haustüre unten ins Schloss fällt.
Vor der Tür stehen tatsächlich die Jungs. Haben die ernsthaft ein Bärenkostüm in der Hand? Doch ehe ich mich vergewissern kann, werde ich in eine schwarze Limousine gezogen. Zu gern hätte ich meinen zukünftigen Ehemann in diesem Outfit gesehen.
„Gott, seid ihr verrückt?" Noch nie habe ich in solch einem Fahrzeug gesessen und hätte auch nie gedacht, dass ich es irgendwann einmal tun würde.
„Wir haben keine Kosten gescheut."
Sie drücken mir ein Glas in die Hand und stoßen an auf diesen Abend, der deren Meinung nach noch heiß werden soll. Ich hoffe sie haben keinen Stripper engagiert, denn das wäre doch etwas armselig bei meiner Kugel. Doch meine Hoffnung war umsonst. Im vierten Club erwartete mich ein Polizist, der es genoss, sich vor mir auszuziehen und sein bestes Teil vor meiner Nase hin und her wedeln zu lassen. Ich denke nicht, dass er oft in den Genuss kommt, vor einer Schwangeren zu tanzen. Mein Bauch sorgt auf jeden Fall für genügend Abstand zwischen uns, sodass ich mir nichts vorwerfen müsste. Ob Ian genauso zurückhaltend ist? Zu gern würde ich wissen, was die Jungs gerade veranstalten. Das Bärenkostüm sieht sicher verlockend an ihm aus. Nachdem wir sämtliche Clubs in der Stadt aufgerissen haben, tut

der Alkohol bei den Mädels nichts Gutes mehr. Ich muss gestehen, dass es mich langsam nach Hause zieht. Ebby und Dilia flirten in der Ecke heftig mit zwei Typen, die offensichtlich darauf brennen sie mit nach Hause zu nehmen. Cassy und Finja schwingen das Tanzbein und werden ebenfalls von zwei schmucken Kerlen belagert. Mittlerweile stehe ich allein am Tresen und die Müdigkeit überkommt mich allmählich. Ein Blick auf die Uhr lässt mich erschaudern. Gerade Mal halb zwölf. Eigentlich zu früh, um diese Party schon zu beenden, wo sich doch alle so prächtig zu amüsieren scheinen, abgesehen von mir.
„Kommt, Mädels! Die Limousine wartet auf uns."
Meine Rettung. Cassy weiß genau, wann ich mich unwohl fühle und reagiert sofort.
„Aber denke nicht, der Abend wäre schon vorbei", flüstert sie mir geheimnisvoll ins Ohr und ich bete innerlich, nicht im nächsten Club zu landen, in dem ich allein irgendwo rumstehe. In der Limousine werden mir sorgfältig die Augen verbunden und sofort muss ich gähnen.
„Elli!", tönen die Ladys wie aus einem Mund.
„Was ist? Ich bin schwanger. Ich darf das", versuche ich mich zu rechtfertigen. Immerhin hatte ich keine von den Damen gebeten, so etwas für mich zu veranstalten. Jetzt fühle ich mich auch noch wie ein Spielverderber. Die Limousine hält und ich werde von zwei meiner Freundinnen herausgeführt. Eine Tür wird geöffnet und sofort erkenne ich das mir nur allzu bekannte, treue Jaulen meiner Hündin.

„Sind wir wieder zu Hause?", sage ich schmunzelnd und bin augenblicklich wieder wach. Ich frage mich wirklich, was die Weiber hier im Schilde führen.
Warum sind wir ausgerechnet wieder hier? Würden sie mich nur nach Hause bringen wollen, hätten sie mir sicher nicht die Augen verbunden.
„Au man, Cassidy!", ertönt es vorwurfsvoll aus Ebbys Mund.
„Was denn? Ich kann jawohl nicht an alles denken!", gibt Cassy genervt zurück und ich kann mir ein lautes schadenfrohes Lachen nicht verkneifen.
Maggie springt an meinem Bein hoch, sobald die Tür geöffnet wird und ich bücke mich, um sie zu kraulen. Anschließend werde ich, meines Erachtens nach, ins Wohnzimmer geführt und in die Mitte gestellt.
„Okay, du kannst die Augenbinde abnehmen!"
Ich löse den Knoten und lassen sie hinabgleiten.
Oh. Mein. Gott.
"Überraschung", grölen alle zusammen wie aus einem Mund, sodass ich fast gewillt bin, mir die Ohren zuzuhalten. Mein Herz macht einen Satz bei dem Anblick, der sich vor mir ausbreitet. Ich schnappe nach Luft und muss erstmal verdauen.
Überall fliegen rosa Ballons scheinbar an die Decke. Über dem Fenster ist eine Wimpelkette angebracht, auf der „Babyparty" steht. Die Möbel sind etwas verrückt, sodass die Sitzgelegenheiten einen Halbkreis bilden. In der Mitte steht der Tisch. Auf ihm sicher an die 10 oder sogar 20 Geschenke und eine zweistöckige, rosa Torte mit Blumen und obenauf einem nackten Baby verziert. Die Hand vor meinem Mund verdeckt, dass er immer noch vor Erstaunen

offen steht. Ich kann nicht fassen, was für unbeschreibbar tolle Freundinnen ich habe.
„Wir haben nicht gewusst, ob wir zwischen eurer Hochzeit und dem Umzug noch eine Babyparty zustande gebracht hätten, deshalb…", beginnt Cassy.
„Deshalb und weil du im Moment eh immer zu müde bist, um ordentlich mit uns zu feiern…", führt Ebby ihre Worte fort, „haben wir uns überlegt, einfach eine Junggesellinenabschieds- Babyparty zu organisieren. So haben wir auf jeden Fall alles mitgemacht, was im Lehrbuch steht!"
Ich weiß gar nicht, was ich sagen soll. Deshalb gehe ich auf sie zu und nehme sie alle gleichzeitig in den Arm. Gruppenkuscheln.
„Ich danke euch! Für alles!"
Ehe ich mich versah, musste ich an Babywindeln schnuppern und mir den Geruch notieren, Babybrei probieren und den Geschmack aufschreiben und Karaoke singen, ohne das Wort Baby dabei zu benutzen. Ich wurde genötigt, ein Riesenstück Torte zu essen und alle Geschenke noch an diesem Abend auszupacken. Vorher dürfte ich definitiv nicht schlafen gehen. Die Girls tranken ein Glas Hugo nach dem Nächsten und konnten sich irgendwann kaum noch auf den Beinen halten. Zu meinem Glück kamen sie nicht auf die Idee bei uns zu übernachten, sondern beschlossen, sich mit der Limousine nach Hause kutschen zu lassen.
Völlig fertig ziehe ich mich aus und kuschle mich in mein Bett. Irgendwann morgens bemerke ich, dass mein zukünftiger Ehemann mir bereits Gesellschaft leistet und drücke meinen Körper an den seinen.

Noch acht Tage und ich werde zu Misses Elena Kingston. Langsam packt mich die Aufregung. Ich werde verheiratet sein. Bis dass der Tod uns scheidet. Eine lange Zeit aber mit Ian kann sie nicht lang genug sein.

An diesem Morgen ist es Ian, der zuerst wach ist. Da Maggie nicht mehr am Fußende liegt, gehe ich davon aus, dass sie spazieren gegangen sind. Ich recke mich und freue mich auf dieses ruhige Wochenende, an dem wir nichts weiter vor haben außer meine Mutter zu besuchen und uns Babymöbel im Internet anzuschauen. Schließlich muss das Kleine ja auch irgendwo schlafen, vom Windeln wechseln ganz zu schweigen. Und auch die Klamotten, so winzig sie am Anfang auch sind, wollen einen Platz für sich haben. Ein Lächeln legt sich auf meine Lippen bei dem Gedanken daran, dass wir bald zu dritt sind.
Ich höre das Schloss einrasten und Maggie kommt ins Schlafzimmer gerannt und springt aufs Bett. Ian trottet derweil in die Küche und kurz darauf höre ich die Kaffeemaschine laufen. Dann geht flüchtig die Tür zum Wohnzimmer auf und Schritte kommen mir entgegen.
„Da sind rosa Ballons in unserem Wohnzimmer."
Vor Lachen halte ich mir die Hand vors Gesicht. Seine Nase ist noch immer braun angemalt und um seinen Mund sind Bärenzähne gezeichnet, die, wenn er den Mund aufmacht, aussehen wir ein aufgerissenes Maul.

„Und du siehst noch immer aus wie ein Bär!", kichere ich und Ian kneift die Augen zusammen und formt einen Spitzmund.
„Ach ja? Dann komm mal her, damit ich dich fressen kann!" Er stürzt auf das Bett und schnappt nach mir mit seinem Mund, bis wir uns erschöpft darauf niederlassen.
„Die Mädels hatten eine Babyparty organisiert", erzähle ich ihm noch immer begeistert.
„Das habe ich mir schon fast gedacht, Misses Kingston", sagt er und zieht dabei die Augenbrauen hoch.
„Noch nicht ganz Mister!", erwidere ich lächelnd.
„Aber in acht Tagen!"
„Genau, nur noch acht Tage!", stelle ich abermals fest und lasse gedankenversunken meinen Kopf auf seiner Schulter nieder.

Kapitel 16

Verdammt! Schon acht Uhr! Habe ich tatsächlich nicht meinen Wecker gehört? Gerade heute. Das ist wieder so typisch für mich. In einer halben Stunde kommt die Frisörin und Cassy mit dem Kleid und ich bin noch halbnackt. Maggie müsste auch noch mal raus. Schnell springe ich auf und AUTSCH. Das kann doch einfach nicht wahr sein. Ich halte meine Hand auf die schmerzende Stelle an meinem Kopf und blicke auf das Regal über meinem Bett. Du kommst wirklich woanders hin mein Freund.
Schnelldurchgang. Kaffeemaschine anstellen, duschen, anziehen, mit Maggie rausgehen, Kaffee trinken und frühstücken und da klingelt es auch schon.
„Guten Morgen Sonnenschein! Na wie fühlen wir uns an unserem großen Tag?" Cassy strahlt übers ganze Gesicht und hängt mein Kleid ins Schlafzimmer. Wie fühlt man sich wohl, wenn an diesem einen Tag, wo alles laufen müsste wie am Schnürchen, einfach alles schief geht?
„Gut denke ich", sage ich unsicher und mir wird flau im Magen.
In nicht mal fünf Stunden werde ich heiraten. Fünf Stunden und an die hundert Menschen werden mir dabei zusehen, wie ich zum Altar schreite. Es hat kaum jemand abgesagt. Ich kann nur froh sein, dass meine Familie um einiges größer ist als die von Ian,

sonst wäre ich wahrscheinlich noch nervöser. Cassy legt mir ihre Hände auf die Schultern.
„Tief einatmen, und wieder ausatmen. Wir schaffen das schon." Wie gut, dass ich so eine tolle Trauzeugin habe. Ohne ihre Hilfe hätte ich schon längst kalte Füße bekommen. Als Giselle hereinkommt, mustert sie mich erstmal von oben bis unten.
„Na da haben wir ja noch einiges zu tun meine Liebe!" Sie schiebt mich in Richtung Schlafzimmer und setzt mich auf den Stuhl vor meinen Schreibtisch. Sogar ihren Fön hat sie aus dem Salon mit angeschleppt. Sie sucht eine Steckdose und als sie fündig wird, bläst mir die warme Lust daraus entgegen und trocknet in Windeseile meine Haare. Ein wenig klamm belässt sie die vorderen Strähnen, damit sie diesen Teil besser flechten kann. Ich habe mich für eine halb hochgesteckte Frisur mit geflochtenen Elementen entschieden. Da wir die Frisur schon zweimal geprobt haben, ging sie Giselle innerhalb einer dreiviertel Stunde perfekt von der Hand. Sie dreht mir die Perlen ins Haar und befestigt den Schleier oberhalb der hochgesteckten Partie. Cassy beobachtet das Treiben auf meinem Kopf und hin und wieder sehe ich sie fragend an, um Gewissheit zu haben, dass alles nach meinen Wünschen ausgeführt wird. Die nächste halbe Stunde trägt sie sorgsam das dezente Makeup auf und nickt selbstgefällig, als es vollbracht ist.
„Ich will es sehen!"
Als ich mich umdrehe steigen Cassy Tränen in die Augen und ich weiß, dass ich traumhaft aussehen muss. Als ich in den Spiegel sehe, erkenne ich mich

kaum wieder. Noch niemals habe ich so wunderschön ausgesehen. Am Liebsten möchte ich Giselle um den Hals fallen, doch diese winkt ab.
„Denk an dein Makeup, Schätzchen!", ermahnt sie mich und wedelt mit dem Zeigefinger vor meinem Gesicht.
„Tausend Dank!"

Nachdem ich eine Kleinigkeit gegessen habe und Giselle deswegen meinen Lippenstift nachziehen muss, wird es Zeit für das Kleid. Die Verkäuferin hatte Cassy ein paar Handgriffe gezeigt. Gekonnt schwingt sie es über mich und zieht den Reißverschluss hoch. Sie streift mir die Schuhe über und drückt mir das Sträußchen in die Hand, welches ich, passend zum Kleid, mit weißen und roten Rosen bestellt hatte. Ein letzter Blick in den Spiegel. Ein letztes Mal tief durchatmen. Cassy trägt ein lavendelfarbenes Kleid, welches hervorragend zu ihren braunen Haaren passt, dass sich in großen Locken auf dem zarten Stoff niederlässt. Mit ihren hochhackigen Pumps und meinen etwas Niedrigeren sind wir ziemlich genau auf einer Höhe. Mit einem sanften Lächeln öffnet sie mir die Tür und geleitet mich zu unserem Hochzeitswagen, an dem meine Mum bereits auf mich wartet. Die ersten Tränen fließen. Ich versuche sie zurückzuhalten, um mein Makeup noch etwas zu schonen.
„Du siehst wunderschön aus mein Schatz!", schluchzt sie und hilft mir mit dem Kleid in den Wagen. Ich werde nervöser und sehe immer wieder an mir hinunter. Ob Ian das Kleid gefallen wird? Ich habe ihn

seit gestern Vormittag nicht mehr gesehen. Wir wollten es ganz traditionell halten mit den Hochzeitsbräuchen. Wie gerne würde ich ihn jetzt in die Arme nehmen und mit ihm reden. Er würde mir Mut zusprechen und ich hätte nicht solche Angst, zu fallen. Cassy nimmt meine eine Hand und drückt sie sanft. Meine Mutter die andere.
„Du wirst schon keinen Purzelbaum schlagen, Elli! Entspann' dich!"
"Leichter gesagt als getan, Cassidy! Du stehst ja nicht gleich vor hundert Leuten", gebe ich etwas schnippisch zurück, wobei es nicht meine Absicht ist. „Tut mir Leid. Ich bin nur nervös." Umso näher wir dem Ort der Trauung kommen, umso lauter höre ich mein Herz klopfen. Mir wird heiß und heißer und ich bin froh, als der Wagen endlich zum Stehen kommt und ich meine erröteten Wangen in der frischen Märzluft abkühlen kann. Da sind wir nun. Mein Herz klopft bis zum Hals. Noch wenige Schritte und ich werde meinem zukünftigen Ehemann gegenüberstehen und an unseren Familien und Freunden vorbeitreten. Hoffentlich lege ich keine Bruchlandung hin. Meine Finger gleiten über die Gravuren meines Medaillons. Ich frage mich, ob Dad gerade zusieht, wo auch immer er ist.
„Ich wünschte, Dad wäre hier", gebe ich etwas deprimiert zu. Wie sehr hätte ich mir gewünscht, jetzt seine Hand zu halten und mich von ihm zum Altar führen zu lassen. In seinen Augen hätte ich die Ruhe gefunden, die ich jetzt gerade so dringend brauche.
„Ich bin mir sicher, er ist bei uns, mein Schatz."

Ein wenig unsicher aber in freudiger Erwartung gleich Ian zu sehen, gehen wir hintenrum zum Wintergarten des Gasthofes. Die Sonne scheint, aber es ist um einiges zu kalt, die Zeremonie draußen abzuhalten. Der Vorsprung sowie auch der Wintergarten sind aus großen, gläsernen Fenstern, sodass man von innen trotzdem ins Grüne blicken kann. Alle sitzen mit dem Rücken zu mir. Noch hat mich niemand bemerkt und ich nutze den Augenblick, um kurz noch mal durchzugehen, ob ich alles Traditionelle an mir trage. Ein blaues Strumpfband. Die Ohrringe meiner Großmutter. Cassy war so lieb, mir ein passendes Armband zu leihen. Perfekt. Meine Mum gibt mir einen Kuss und geht mit Cassy hinein. Ich atme tief durch und fühle mich auf einmal wie benebelt. Hoffentlich geht alles glatt. Meine Bedenken werden zerschüttet, als ich Marques auf mich zukommen sehe.
„Na, kalte Füße Elli?" Ich nicke.
„Soll ich dich zu Ian bringen? Er wartet schon sehnsüchtig auf seine Braut!"
Ein Blick in seine eisblauen Augen lassen mein Herz wieder ruhiger schlagen.
„Das wäre wunderbar."
Meine Gesichtszüge entspannen sich wieder. Ich höre leise Musik.
„Du siehst wunderschön aus, Schwesterchen. Wollen wir?"
Ich hole tief Luft und setze mich in Bewegung. Die Schleppe fällt hinter mir zu Boden und zieht sich elegant den Teppich entlang. Die Gäste sitzen links und rechts vom Gang und drehen sich wie

automatisch um, als ich den Raum betrete. Röte schießt mir in die Wangen, als alle Augen mich mustern. Die Gesichter erhellen sich und einige nicken mir, unter Tränen in den Augen, zu. Ich kralle mich mit einer Hand an Marques fest.
„Lass mich bloß nicht fallen", flüstere ich ihm leise zu, sodass nur er es hören kann.
„Niemals", erwidert er und gibt mir einen Kuss auf die Hand.
Ich sammle mich noch einmal und lausche der Musik, in deren Takt ich mich mit weiteren Schritten näher zu Ian bahne. Er sieht verdammt gut aus in seinem schwarzen Anzug. Darunter trägt er eine anthrazitfarbene Weste und ein weißes Hemd. Die Krawatte ist lavendelfarben und somit perfekt auf die Kleider der Brautjungfern, die zu meiner linken stehen, abgestimmt. Kurz bevor ich ihn erreiche, hebe ich meinen Blick und sehe ihm in die Augen, welche vor Freude glänzen. Er kommt mir einen Schritt entgegen. Marques übergibt meine Hand in die seine und stellt sich rechts von Ian auf. Ian führt mich zu unseren weißen Stühlen vor dem Altar und wir lassen uns gemeinsam darauf nieder. Die Gäste tun es uns gleich und die Musik wird leiser.
„Wir haben uns heute hier zusammengefunden, da diese junge Frau und dieser junge Mann sich entschlossen haben, ihren weiteren Lebensweg gemeinsam zu bestreiten."
Die Standesbeamtin hält ihre Rede, doch ich habe nur Augen für Ian, der auch mich immer wieder ansieht und lächelt. Ein Gefühl, als wäre die Zeit stehen geblieben. Niemand ist da. Nur er und ich. Ich nehme

seine Hand. Er drückt die Meine sanft. Unendliches Glück. Alles kribbelt. Dann höre ich meinen Namen. Mein Gelübde. Wir stehen auf und stellen uns gegenüber, sodass wir uns in die Augen blicken können.

„Ian. Mein Liebstes. Mein Glück. Ich kenne dich nun schon so viele Jahre und entdecke noch heute jeden Tag Dinge an dir, in die ich mich neu verliebe. Unser Anfang war holprig. Zufall sogar. Oder auch Schicksal. Doch wie auch immer ich es nennen mag, so ist es doch nur eines. Liebe. Vom ersten Augenblick an. Die letzten Jahre mit dir waren unbeschreiblich schön. Die nächsten werden noch schöner sein. Ich will dich lieben und ehren für jetzt und für immer, in guten wie in schlechten Tagen. Bis dass der Tod uns scheidet." Ich stecke ihm seinen Ring an den Finger. Er lächelt mich an. Ich bin gespannt auf seine Worte und sehe gebannt auf seine Lippen.

„Elli. Du bist mein Schatz. Mein Liebstes. Mein wahr gewordener Traum. Seit dem ersten Augenblick, als ich in deine Augen sah, wusste ich, dass ich mit dir mein Leben verbringen möchte. Das Schicksal war es, welches dich nach Jahren wieder zu mir führte und ich schwor, dich nie wieder gehen zu lassen. Du machst mich heute zum glücklichsten Mann der Welt. Ich werde immer für dich da sein. In guten wie in schlechten Tagen. Bis dass der Tod uns scheidet." Behutsam nimmt er meine Hand und schiebt den Ring auf meinen Finger. Geschafft.

„Herzlichen Glückwunsch! Sie dürfen die Braut jetzt küssen." Ian beugt sich zu mir hinunter und legt seine warmen Lippen auf meine. Unsere Familien und

Freunde stehen auf und klatschen. Unsere Mütter schluchzen und auch Cassidy kann sich eine Träne nicht zurückhalten. Ich könnte nicht glücklicher und stolzer sein als an diesem Tag. Nach etlichen Glückwünschen, dem Sektempfang und unseren Hochzeitsbildern begeben wir uns in den Festsaal, in dem wir unglaublich viele Geschenke entgegen nehmen. Anschließend schneiden wir unser Erdbeerherz an und suchen unsere Plätze auf. Langsam legt sich die Aufregung und es geht zum entspannten Teil des Tages über.
Der Saal ist wunderschön geschmückt mit weißer Tischware und grünen Akzenten. Auf den Fensterbrettern stehen Lichtertüten mit Kerzen darin, um den Raum zu späterer Stunde in ein warmes Licht zu tauchen. Von der Decke hängt ein großes weißes Herz mit roten Rosen geziert. Nach dem Kaffee legen wir mit Bravour den Eröffnungstanz hin und bis zum Abendessen wurden wir mit Spielen und netten Showeinlagen- ich sage nur Luftballon und Heliumbeschäftigt. Die Hochzeitszeitung war einsame Spitze. Cassy erklärte mir gleich, dass sie ganze drei Monate mit Ebby daran gesessen hatte. Das Buffet kam super gut an und alle waren bis zum Schluss bester Laune. Der erste Gast ging gegen dreiundzwanzig Uhr. Den letzten Gast haben wir beim Frühstück wieder gesehen. Da ich kugelig bin, konnte ich mich ruhigen Gewissens relativ frühzeitig zurückziehen, was der Party jedoch nicht im Geringsten den Lauf genommen hatte. Unser Bett war über und über mit Rosen ausgestreut. Morgens hoffte ich, unserer

Hochzeitsnacht nie entfliehen zu müssen, doch auf jeden Mond folgt nun mal der Sonnenschein.
„Guten Morgen Misses Elena Kingston", wispert mir mein frisch getrauter Ehemann ins Ohr.
„Guten Morgen, Mister Kingston", gebe ich lächelnd zurück, bevor ich ihn zärtlich auf den Mund küsse.
„Und wie fühlt es sich an, verheiratet zu sein? Denn das sind wir ab heute. Verheiratet. Ein Ehepaar, für alle Zeit. "
„Wunderbar. Einfach wunderbar."
Eine Weile bleiben wir noch im Bett liegen, bevor wir uns der ausgehungerten und verkaterten Meute beim Frühstück stellen. Die meisten machen sich danach auf den Heimweg. Nach endlosen Verabschiedungen zieht es auch uns nach Hause, wo wir noch einmal von einer Girlande überrascht werden, die unseren Türrahmen ziert. Maggie bellt schon ganz aufgeregt und begrüßt uns freudig, als wir die Tür endlich aufschließen. Mit der Leine im Maul läuft sie in den Treppenaufgang und wartet, dass sie einer von uns ausführt. Gemeinsam schließen wir die Tür wieder hinter uns und gehen heute eine große Runde bis zum Steg. Kein Lüftchen weht und keine Regung auf dem Wasser. In der Ferne platscht eine Ente auf die Oberfläche des Sees. Die Sonne wärmt unsere Körper und ich denke, dass es bald Frühling werden muss. Und mit dem Frühling werden wir unser neues Abenteuer bestreiten. Unsere kleine Tochter. Kathy.

Kapitel 17

Ein wenig schwermütig sehe ich dabei zu, wie der Mann von der Umzugsfirma die restlichen Kartons aus meiner Wohnung zum LKW bringt und mit der letzten Ladung zu meinem neuen alten Zuhause fährt. Ich gehe ein letztes Mal durch diese Räume, mit denen ich so viele schöne Erinnerungen verbinde. Meine Finger streichen über den Türrahmen, an den Ian mich so oft gelehnt hat, um mich leidenschaftlich zu küssen. Ich gehe ins Schlafzimmer, wo er sich des Öfteren an meinem Regal den Kopf gestoßen hatte und wir uns nach seinem Antrag innig geliebt haben. Im Wohnzimmer hatten die Mädels die beste Babyparty aller Zeiten für mich geschmissen und wie oft saß ich an meinem Küchentisch, habe aus dem Fenster gesehen und über Gott und die Welt nachgedacht. Unzählige Momente, in denen ich glücklich oder aber auch traurig war. Meine erste eigene Wohnung. Und nun gehe ich zurück nach Haus. Der Ort, der scheinbar für mich bestimmt ist.
„Hast du dich verabschiedet?"
Ian stellt sich neben mich und nimmt meine Hand.
„Ja, habe ich. Lass uns gehen."
Ich lasse die Tür ins Schloss rasten und drehe den Schlüssel zweimal um. Wie immer. Jetzt nicht mehr. Maggie hüpft ins Auto und ich sehe durch den Spiegel noch einmal zurück. Schön war die Zeit.

Entgegen unserem Willen hat sich Mum die Einliegerwohnung fertig gemacht, um zukünftig darin zu wohnen. Ich fühle mich seltsam dabei, das Schlafzimmer meiner Eltern zu beziehen aber sie meinte, ich würde mich schon daran gewöhnen. Marques und Cassy halfen uns dabei, die Möbel aufzubauen und die ganzen Sachen einzusortieren. In Nullkommanichts waren wir fertig. Das Babyzimmer richteten wir in meinem alten Zimmer ein. Ich habe mich von vielen meiner Sachen trennen müssen und einige davon im Keller verstaut, um sie später einmal unserer Kleinen zeigen zu können. Es ist wunderschön geworden. Mein altes Zimmer ist nicht wieder zu erkennen.

Wir haben eine kleine beschauliche Wieder-Einweihungsparty geschmissen und uns nach zwei Wochen schon richtig gut eingelebt. Ian ist froh, nicht mehr fahren zu müssen und mir macht es für die letzten zwei Wochen nichts aus. Mittlerweile sehe ich aus wie ein Walross auf Beinen und meinetwegen kann der Mutterschutz jetzt beginnen. Als ich an meinem letzten Arbeitstag die Tür zu meinem Büro öffne, fällt mir vor Staunen die Kinnlade hinunter. Babyparty Nummer zwei. Rosa und grüne Ballons. In Babypapier eingewickelte Geschenke, Luftschlangen und eine Torte mitten auf meinem Schreibtisch. Der Raum füllt sich mit meinen lieben Kollegen, dem Chef und Eluise. Ein Sektkorken ploppt. Es wird angestoßen auf mein Wohl, dass das Baby gesund zur Welt kommt und ich die Firma gefälligst besuchen soll, wenn das Baby da ist. Die eine oder andere Träne kullert im Laufe der Stunden über meine

Wangen. Ich glaube, dass meine Arbeit mir wirklich fehlen wird. Zwei Jahre werde ich in Elternzeit gehen, mit der Option, nach einem Jahr in Teilzeit wieder anfangen zu können. Mit so einem Abschied hatte ich nicht gerechnet. Da hätte ich mir meinen Kuchen ja getrost sparen können. Arbeiten brauche ich heut wohl nicht mehr. Joann hat angeblich schon alles fest im Griff. Bei ihrer Einarbeitung hat sie sich auch wirklich nicht schlecht angestellt, sodass ich ruhigen Gewissens gehen kann. Etwas komisch ist mir dennoch zumute, als der Chef mir eine Kiste mit meinen Habseligkeiten überreicht und mir eine ganz wundervolle Zeit wünscht. Ich fühle mich rausgeschmissen, obwohl das natürlich völliger Quatsch ist. Die Zeitung wird weiter bestehen. Artikel werden gedruckt. Auch ohne mich. Ich bin ersetzbar. Auf einmal fühle ich mich so klein. Was werde ich nur die nächsten sechs Wochen anstellen. Ich habe mir noch gar keine Gedanken darüber gemacht. Sobald ich durch diese Türen gehe, bin ich arbeitslos. Kein Chef sitzt mir mehr im Nacken. Keine Termine. Ich kann tun und lassen, was ich will. Eigentlich gar nicht schlecht. Und dann wäre da noch der Geburtsvorbereitungskurs. Naja, so lang sind sechs Wochen nun auch wieder nicht.

Meine Sorgen, ich würde nichts mit mir anzufangen wissen, sind schon am ersten Tag verblasst. Mir scheint, ich habe meinem Körper einiges zugemutet in den letzten Wochen, denn jetzt zieht mich die Müdigkeit in ihren Bann. Ausschlafen. Welch

himmlisches Wort. Daran könnte ich mich sogar gewöhnen. Doch ich denke, in ein paar Wochen wird auch dies der Vergangenheit angehören.
Nach zwei Wochen meines Murmeltierdaseins rappel ich mich wieder auf, gehe raus, treffe mich mit Cassy, kaufe die letzten Babysachen mit meiner Mum. Mütter wissen ja so vieles besser. Mittlerweile fühle ich mich mehr als bereit. Meinetwegen kann es ruhig losgehen mit der Geburt. Angst? Habe ich keine. Zwar hat der Geburtsvorbereitungskurs mir etwas von meiner Leichtigkeit der Geburt gegenüber genommen, trotzdem denke ich noch immer, dass es die natürlichste Sache der Welt ist. Immerhin haben schon früher Frauen ohne ärztliche Hilfe geboren, auf Feldern, im Krieg, also warum bitte sollte ich das nicht hinbekommen?

Wenn der Kopf frei ist, frei von Arbeit und Pflichten, widmet man sich wieder Dingen, die man im stressigen Alltag längst beiseite geschoben hat. Ich für meinen Teil habe die Schreiberei für mich wiederentdeckt. Ich habe meinem Dad geantwortet, auf jeden seiner Briefe. Zwar wird er sie nicht lesen können, dennoch hat es mich befreit. Befreit von all den Dingen, die ich ihm nicht mehr sagen konnte. Wahrscheinlich werde ich noch öfter zur Feder greifen, wenn ich ihm etwas erzählen möchte. Er fehlt mir noch immer jeden Tag, jedoch bin ich nicht mehr ganz so traurig, wenn ich morgens aufwache und an ihn denke. Ich bin vielmehr dankbar. Dankbar dafür, dass er mein Vater war. Dass ich dieses unglaubliche Glück hatte, von ihm geliebt und aufgezogen worden zu sein. Für jede Minute, die ich mit ihm verbringen durfte. Es war besonders. ER war besonders. Ich bin mir sicher, die kleine Kathy wird auch in Ian diesen wunderbaren Vater finden.

Die Aufregung spitzt sich von Tag zu Tag zu. Ich kann nicht glauben, dass mein Bauch immer noch größer werden kann, doch er nimmt keine Rücksicht auf meine Gefühle. Langsam wird alles beschwerlich und ich habe ehrlich gesagt die Nase voll. Hin und wieder pampe ich Ian an, wenn etwas nicht so gelingt, wie ich es möchte. Der Arme. Er schiebt es auf die Hormone und ich kann froh sein, dass er so viel Verständnis zeigt. Der Arzt sagt, es könnte jeden Moment losgehen. Also heißt es warten. Unterdessen soll ich Cassy zu einem Einkaufsbummel begleiten und bei der der Gelegenheit kann ich noch einmal in der Firma vorbeischauen. Nicht, dass ich neugierig wäre. Aber ich würde schon gern wissen, ob Joann alles hinbekommt. Der Morgen startet sonnig und nach dem Frühstück holt Cassy mit auch schon ab.
„Marques meinte, ich solle einen Eimer mitnehmen, falls dir unterwegs die Fruchtblase platzt."
Sie lacht. Haha. Sehr witzig. So abwägig ist das gar nicht mal, wenn ich so drüber nachdenke aber bis jetzt gab es keinerlei Anzeichen dafür, dass es in nächster Zeit losgehen könnte.
„Idiot", gebe ich genervt zurück. So etwas können auch nur Männer raushauen.

Ein wenig neidisch bin ich schon, als Cassy mich bei verschiedenen Sache nach meiner Meinung fragt. Sie ist so dünn und hübsch wie eh und je. Ich hingegen könnte mich aus dem Geschäft kugeln, wenn ich Arme und Beine einziehen würde. In die Oberteile, die sie mir zeigt, passe ich sicher zwei Mal oder sogar drei Mal rein. Hin und wieder brauche ich eine Verschnaufpause. Meine Füße bringen mich noch um.
„Wollen wir Mittag essen gehen?", schlägt sie vor und betrachtet mich belustigt, wie ich prustend auf dem Ledersessel ausruhe.
„Wenn du es schaffst, mich hier wieder hoch zu holen, gern", witzle ich und wir gehen in Richtung Italiener. Heute genehmige ich mir noch mal eine schöne fette Pizza. Wer weiß, wann ich wieder dazu kommen werden, Essen zu gehen. Es ist ein ausgesprochen schöner Tag. Die Sonne wärmt schon so sehr, dass ich meine Jacke ausziehen kann, um meine blasse Haut in die warmen Strahlen halten zu können. Scheinbar habe ich zu viel gegessen, denn eine Übelkeit holt mich ein, sodass ich denke, ich müsste mich gleich in Richtung Toilette aufmachen. Erst jetzt fällt mir dieser stechende Schmerz im unteren Rückenbereich auf, der seit heute morgen anscheinend an Intensität zugenommen hat. Bis jetzt habe ich mir nichts dabei gedacht, da ich in letzter Zeit des Öfteren über Rückenschmerzen klagen konnte, doch jetzt, dieser Schmerz war wesentlich intensiver. Langsam aber sicher verzerrt sich mein Gesicht mit jeder neuen Welle und nun dämmert es

mir. Es geht los. Ich bekomme mein Baby. Cassy bleibt mein Gesichtsausdruck nicht verborgen.
"Ist alles in Ordnung Elli?" Ich schüttele den Kopf.
„Soweit schon, mal abgesehen davon, dass die kleine Kathy sich gerade auf den Weg macht!"
Es dauert ein bisschen, bis Cassy meine Information gefiltert hat und wieder ansprechbar ist.
„Was denn, jetzt?" Mit weit aufgerissenen Augen sieht sie mich an. Ich nicke.
„Ich bin gleich wieder da!" Sie springt auf und ich frage mich, warum zum Teufel sie mich jetzt allein hier sitzen lässt. Der Schmerz wird schlimmer und ich kann mir ein Stöhnen nicht mehr allzu lange verkneifen. Gott Cassy, komm zurück.
Mit schnellen Schritten eilt sie wieder zu mir und hilft mir hoch.
„Kannst du laufen?" Was für eine dumme Frage. Ich habe mir kein Bein gebrochen. Ich bekomme ein Kind. Sie hilft mir auf und wir gehen zum Parkhaus. Ihr Fahrstil lässt mich erschaudern und ich kralle mich am Sitz fest.
„In welchen Abständen kommen die Wehen denn?" Mit verwirrtem Gesichtsausruck sehe ich sie an. Habe ich vielleicht eine Stoppuhr in der Hand? Verdammt, warum mussten wir gerade heute shoppen fahren. Jetzt müssen wir den ganzen Weg zurück nach Hamington.
„Ich fahre noch bei Ians Firma vorbei. Dann können wir ihm Bescheid sagen, dass es losgeht."
„Bist du verrückt?", fauche ich sie an und ein Schrei durchflutet das Auto.

„Es ist zu spät, um noch irgendwo ran zu fahren. Ruf ihn an, wenn wir da sind!" Sie begreift, dass es nicht mehr allzu lange dauern wird und beschleunigt noch einmal das Fahrzeug. Ich glaube wir landen am nächsten Baum, wenn sie so weiter macht.
Endlich. Das Krankenhaus. Ich war noch nie so froh es zu sehen, wie in diesem Augenblick. Cassy sieht kurz über den Parkplatz, entschließt sich dann doch direkt vor dem Gebäude zu halten, da sie der Meinung ist, dass es sich um einen Notfall handelt.
„Sie bekommt ein Baby", schreit sie der Dame an der Anmeldung entgegen, welche mich kurz ansieht und lächelt.
„Das sehe ich. Gehen Sie bitte zum Kreißsaal. Immer den grünen Markierungen entlang. Ich sage Bescheid, dass sie da sind, Misses Kingston."
Das sie meinen Namen noch weiß, erstaunt mich einen Moment lang, bevor ich wieder von meinen Schmerzen überrollt werde. Als wir endlich am Kreißsaal angekommen sind, führt uns eine Hebamme in Raum Nummer eins. Während ich untersucht werde, ruft Cassy Ian an und sagt Bescheid, dass es jetzt losgeht.
„Und beeile dich, ich kann das hier nicht mitansehen", flüstert sie ins Telefon und für einen Moment vergesse ich den Schmerz und schmunzle in mich hinein.
„Ihr Muttermund ist fast vollständig geöffnet, Elena. Das Baby möchte jetzt kommen", erklärt mir die Hebamme ruhig, doch ich bin mehr als geschockt und sehe Cassy verzweifelt an.
„Aber mein Mann. Er ist noch nicht da."

„Er wird sicher gleich kommen, Elena!", versucht Cassy mich zu beruhigen und stellt sich an mein Kopfende, um meine Hände festzuhalten. In diesem Moment bin ich unglaublich stolz auf sie, denn ich weiß, dass sie Geburten mehr als verabscheut.

„Und noch einmal mitschieben Elena, dann ist ihr Baby da", ermutigt mich die Hebamme und ich nehme meine letzte Kraft zusammen.
Der Schmerz versiegt. Ich schnappe nach Luft. Sie muss da sein. Ich sehe zu Cassy. Sie hat Tränen in den Augen.
„Da ist sie. Darf ich vorstellen, ihre kleine Tochter!" Die Hebamme legt sie mir auf die Brust und auch ich werde von den Tränen übermannt. Cassy kommt herum und blickt auf den winzigen Körper in meinen Händen. Nur ein Handtuch und meine Haut spenden ihr Wärme und Geborgenheit.
Ein zarter Schrei ertönt und sie schmiegt ihren kleinen Körper fester an mich. Ihre winzige Hand umfasst meinen kleinen Finger.
„Wollen Sie die Nabelschnur durchtrennen?"
Sie hält Cassy die Schere hin, die sofort abwinkt.
„Sind sie verrückt geworden?", entgegnet sie ungläubig und streckt angewidert die Zunge heraus. Ich muss lachen.
„Ich mache das!" Ian! Na endlich.
"Da hast du mich aber ganz schön hängen lassen, mein Lieber!", neckt Cassy ihn, gibt mir einen Kuss auf die Stirn und lässt uns allein.
„Mein Gott, sie ist so wunderschön!"

Tränen sammeln sich in seinen Augen, als er sein kleines Mädchen sieht.
„Warum nur hast du nicht auf deinen Papa gewartet, hm? Ich wollte doch so gern dabei sein!"
„Sie hatte es nun mal eilig", sage ich grinsend.
„Wie soll denn die kleine Maus heißen?", fragt die Hebamme und hält ein rosafarbenes Namensbändchen in der Hand. Ich sehe Ian an, welcher zustimmend nickt.
„Kathy", sagen wir wie aus einem Mund.
„Ihr Name ist Kathy!"

Dies ist sicher einer der schönsten Tage in meinem Leben.

5 Jahre später

„Happy Birthday to you, happy Birthday to you, happy Birthday liebe Kathy, happy Birthday to you! Blas die Kerzen aus, Liebling!"
Euphorisch sehe ich auf die kleinen Lichter, die den Kuchen zieren, welchen ich gestern spät abends erst fertig gestellt habe. Sie holt tief Luft und braucht nur einen Anlauf, um die Lichter zu löschen. Sie kneift die Augen zusammen und wünscht sich etwas, bevor ich ihr einen Kuss gebe. Sie strahlt übers ganze Gesicht. Ihre Wangen sind rot von der Aufregung. Ich schneide für jeden ein Stück Kuchen ab und verteile sie auf den Tellern, welche mir gierig aus den Händen gerissen werden. Dieses Jahr musste es die Eiskönigin sein und ich habe mir die größte Mühe damit gegeben. Fünf Jahre ist mein Mädchen nun schon. Mein großes, hübsches, wundervolles Mädchen. Es kommt mir vor, als wäre es gestern gewesen, als ich dieses kleine, zierliche Paket in meinen Armen hielt und Angst hatte, es würde zerbrechen, wenn ich es zu fest drücken würde. Eine Träne kullert meine Wange hinunter. Schnell wische ich sie weg, bevor ich wieder als emotionales Wrack ausgelacht werde. Seit ich Mutter bin, bin ich ziemlich nahe am Wasser gebaut und Ian und Marques ergreifen beinahe jede Gelegenheit, um sich darüber zu amüsieren. Scheiß Hormone. Es ist so ein schönes Wetter heute, dass wir nach dem Kaffee raus gehen können, um ein paar

Spiele zu spielen. Während ich mit Mum den Abwasch bewältige, sehe ich aus dem Fenster, wie Ian auf dem Boden krabbelt und die Kinder beim Topfschlagen anweist, obwohl sie das locker auch ohne seine Hilfe schaffen würden. Cassy und Marques stehen händchenhaltend in der Ecke. Die beiden Turteltäubchen. Marques hat sich endlich dazu durchgerungen, ihr einen Antrag zu machen, den sie natürlich annahm. Der Umzug ist in vollem Gange. Sie haben ein kleines Häuschen am Rande von Hamington gefunden. Bis jetzt kam das Thema Kinder noch nicht wieder über Cassys Lippen, doch an ihren sehnsüchtigen Blicken erkenne ich, dass sie dem nicht abgeneigt ist. Sie beobachtet die Kinder und sieht traurig zu Marques, welcher seine Hand an ihre Wange legt und mit dem Daumen darüber streicht. Dann gibt er ihr einen Kuss auf die Stirn und legt einen Arm um sie. Ihr Kopf ruht auf seiner Schulter und schaut weiter auf das bunte Treiben der Kinder.
„Elli, ist irgendwas?"
Ich löse mich aus meiner Trance und bemerke, dass ich den Teller wohl nur noch in der Hand gehalten habe, anstatt ihn wie seine Vorgänger ins Wasser zu tauchen.
„Nein Mum, alles in Ordnung", erwidere ich, doch glaube ich meinen Worten selbst nicht.
Diese Traurigkeit in Cassys Blick verrät mir, dass etwas nicht stimmt. Marques löst sich aus ihrer Umarmung und setzt sich in Richtung Veranda in Bewegung. Cassy hilft Ian die Preise unter den Topf zu legen und ihn zu verstecken.
„Ich komme gleich wieder, Mum."

Ich trockne meine Hände an der Schürze und gehe zu Marques. Verträumt sitzt er auf der Hollywoodschaukel, schwingt hin und her und starrt dabei auf den Boden.
„Ist alles in Ordnung, Marques?"
Ich fürchte ein wenig um die Antwort.
„Ja, sicher", gibt er mir schnell zurück, steht auf und geht an mir vorbei in die Küche, wohin ich ihm folge.
„Ich wollte mir nur etwas zu trinken holen", beschwichtigt er und streckt seine Hand nach oben zum Schrank, in dem die Gläser stehen. Bevor sie jedoch den Griff erreicht, schnellt sie nach unten auf die Arbeitsplatte in einer bizarren Bewegung, die ich so noch nicht gesehen habe. Schnell richtet er seinen Blick auf den Öffner, der vor ihm liegt und nimmt ihn in die Hand. Röte schießt in meine Wangen. Ein pochender Schmerz macht sich um meine Schläfen breit und ohne näher darauf einzugehen, trete ich neben ihn an den Schrank und hole ihm ein Glas heraus, welches ich auf die Arbeitsplatte vor ihm hinstelle. In seinen Augen sammelt sich Flüssigkeit. Sofort wischt er die Träne weg, welche sonst gedroht hätte, sich ihren Weg über seine Wange zu bahnen. Seine Hände zittern. Mit einem verzweifelten Lächeln auf den Lippen sieht er mich an und hält mir den Öffner vor die Nase.
„Irgendwie muss ich die Flasche ja auch aufbekommen, nicht wahr?"
Mitleidig sehe ich in seine Augen, welche nicht mehr wie sonst die Zuversicht und Wärme ausstrahlen und ich begreife, was er und Cassidy längst wissen. Unter

einem Anflug von Tränen falle ich um seinen Hals und umarme ihn so fest ich kann.
„Es ist okay, Schwesterherz", flüstert er mir ins Ohr und streicht meine Haare nach hinten.
„Heute ist Kathys Geburtstag. Also lass uns feiern."
Er gibt mir ebenfalls einen Kuss auf die Stirn, nimmt das Glas und den Öffner und geht wieder raus, als wäre nichts geschehen. Ich wische mir die Tränen aus dem Gesicht und drehe mich um zu meiner Mum, welche geschockt dasteht, mit dem Geschirrhandtuch in der Hand.
„Lass uns weitermachen!", weise ich sie an und nehme den nächsten schmutzigen Teller, um ihn im Spülwasser zu versenken. Durchs Fenster sehe ich Marques Cassy das Glas in die Hand drücken. Er öffnet die Wasserflasche und schenkt ihr ein. Unsere Blicke treffen sich. Er lächelt. Er nickt. Das Schicksal hatte wieder einmal zugeschlagen. Man kann ihm nicht entrinnen. Nicht immer jedenfalls. Ich blicke auf Kathy, welche den Holzlöffel auf das kalte Metall donnert, ihre Augenbinde lüftet und neugierig unter den Topf schaut. Ihre Augen glänzen und sie rennt zu Ian, um ihm zu zeigen, was sich darunter befand. Sie dreht sich zu mir herum und hält stolz ihre Preise in die Luft und zeigt darauf.
Ich lächle und denke nur an seine Worte.
Es ist okay.

Seele des Menschen,
wie gleichst du dem Wasser!
Schicksal des Menschen,
wie gleichst du dem Wind!

Johann Wolfgang von Goethe

Danksagung

Es ist vollbracht. Mit diesem Debütroman habe ich mir einen lang ersehnten Traum erfüllt, der mich schon seit mehreren Jahren immer wieder heimgesucht und verfolgt hat. Ich möchte an dieser Stelle allen Menschen danken, die daran mitgewirkt haben, diesen Traum zu verwirklichen. Besonderer Dank gilt meiner Familie. Meinem Mann und meinen zwei Töchtern, dass sie mit mir so geduldig waren, wenn ich abends die Finger nicht vom Computer lassen konnte. Ihr sorgt jeden Tag für Sonnenschein in meinem Leben, auch wenn der Himmel noch so grau ist. Ich danke meinen Eltern und Großeltern, dass sie immer für mich da sind und stets an mich glauben. Meinen Geschwistern, dass ich niemals allein bin, denn ich trage jeden von ihnen immer im Herzen. Ich liebe euch sehr. Außerdem danke ich meiner lieben Autorenkollegin und Freundin Sarah Stankewitz, dass sie mein Buch Probe gelesen und mir mit Rat und Tat zur Seite gestanden hat. Ich freue mich auch schon auf neue Werke von ihr. Silvana Smolinski, danke, dass du dir die Zeit genommen hast, um das fertige Probebuch zu lesen. Stefanie Schläfke, weil du mir immer eine wunderbare Freundin bist und dieses tolle Cover mithilfe von Sarah Buhr gestaltet hast. Ich hoffe, du bezauberst mich auch weiterhin mit deinen tollen selbst genähten Sachen.

Natürlich danke ich auch jedem Einzelnen von euch, meinen Lesern, die dieses Buch gekauft und sich auf meine Geschichte eingelassen haben. Ich hoffe, dass sie dem einen oder anderen gefallen hat und dass Elli euch genauso ans Herz gewachsen ist, wie mir.
Ich freue mich auf eure Feedbacks und darauf, euch mit meinen nächsten Projekten wieder ein Stück weit des Alltags entreißen zu können.

                                        Eure Ulrike Allert

Dein Herz und meine Seele

Kennt ihr die Liebe? Die Liebe auf den ersten Blick? Ich schon. Ich kann behaupten, dass ich sie erlebt habe. Dass ich sie gespürt habe. Vom ersten Augenblick, in dem ich ihn sah bis zum Letzten, in dem er aus meinen Träumen wich. Die Liebe ist hart. Und zuckersüß. Verführerisch. Und gefährlich. Verliert man sich in ihr, scheint man verloren. Lebt man mit ihr, steigt man empor in die weichsten Wolken. Verliert man sie, bricht man zusammen und kann erahnen, wie sich das Fegefeuer anfühlen muss. Ich kenne die Liebe. All ihre Facetten. Ich bin geflogen. Ich bin gefallen. Er hatte mir alles gegeben. Und musste alles dafür zurücklassen. Ich war verloren. Er rettete mich. In jeder Hinsicht. Zweimal sogar. Ich liebe dich. Für immer.

Frühjahr/Sommer 2016

Memorya

"Wenn wir es nicht verhindern, wird bald nichts mehr übrig sein, wofür es sich zu kämpfen lohnt!"

Maxim glaubte schon immer, dass unsere Welt nicht die Einzige des Universums sein kann. Doch dass ausgerechnet SIE nun diejenige sein soll, die es vermag, Memorya zu retten, scheint ihr schlichtweg unmöglich. Ungeahnte Kräfte lassen das Feuer in ihr entfachen und sie begreift allmählich, dass sie ihrem Schicksal nicht entrinnen kann.

Eine Geschichte über eine andere Welt. Ungeahnte Fähigkeiten. Mut und Erkenntnis. Hass und Liebe. Und einem Schicksal, das bereits von einer Prophezeiung vorbestimmt wurde.

Herbst/Winter 2016